ちくま文庫

悪党どものお楽しみ

パーシヴァル・ワイルド
巴妙子 訳

筑摩書房

ROGUES IN CLOVER

by

Percival Wilde

1929

目次

悪党どものお楽しみ

本書では、様々なカード・ゲームが物語の題材として取り上げられています。ルールを知らなくても物語を楽しむことはできますが、第五話「良心の問題」に登場するカシーノは馴染みのない方も多いと思いますので、巻末（四一一頁）に簡単な説明を掲載しています。

シンボル

1

その週の初め、彼の懐にはいかにも賭博師らしい札束があった。きちんと固い筒状に巻いた一ドル札が九十枚。一番外側を裏の黄色い二十ドルで飾ってある。それは富を呼ぶ札束だった。というのも、それを見せつけられた人々は、調べさせてくれとは要求できず、見たまま受け入れるしかなかったからだ。馬の喉さえ詰まらせるほど、ばかでかい札束でもあった。馬というのは、たとえ一ドル札であっても二十ドル札と同様、簡単に喉を詰まらせるものだ。また持ち主のビル・パームリーの魂に安らぎを与えた札束でもあった。あまりにかさばるので、どこにしまおうと、ありがたい重みを感じないわけにはいかなかったのだ。もし胸ポケットに入れれば、大いに呼吸の邪魔になる。ズボンの前ポケットだと、一歩一歩その存在を思い出すことになる。いつものように腰の大きなポケットに隠すと、座るたびに気になってしかたがない。

以前たびたび手にした札束と同じように、それも何もないところから生まれた金だった。もっと殖やせるだろうとビル・パームリーは思っていた。有り金があわや尽きようかという時、たまたま刺激的な楽しみを求めている行商人に出会ったのだった。ビルは一対一のポーカー・ゲームで、その男をのぼせ上がらせてやり、カードをさりげなく操って偶然の法則を、自分一人が圧勝するような掟に変えてしまった。カードの出方で彼の元には満足のいく札がたくさん集まった。エースを隠し持っておいて、都合のいいところで普通のカードとすり替えるという単純な方法により、悪い手もそれほど悪くはならず、良い手はさらに良くなった。しかしビルはどうしてもという場合を除き、そうそう巧みな技に頼り過ぎてはいけないと、よく心得ていた。一回の集まりで三、四度やればいい――それで十分だ。狙いあやまたず好機を選べば、結果はおのずと一つだ。そういうわけでビルが慎重にツーペアを自分に、スリーカードを相手に配った時、ゲームは最高潮に達した。しかしコール（前に賭けた人と同額を賭けること。参加者全員の賭け金が揃えば勝負となり、コールされた側が札を見せる）されたビルが何食わぬ顔で札を見せると、ツーペアは奇跡的にフルハウスに変わっていたのであった。

これには行商人もお手上げだった。「あんたにはかなわないよ」と彼は潔く認めた。

「列車の切符まで巻き上げられないうちに、退散するとしよう」彼はその通りにし、ビルは賢明にも、集めたさまざまな金を一ドル札に替え、外側を一枚の二十ドル札で飾り、その束を見せびらかし始めたのだ。

続くその週は満足にはほど遠かった。ビルが本拠地にしている並程度のホテルに、ごく短期間泊まっている客たちは、悲しくなるほど冒険心に欠け、ビルの親しげな誘いを辞退した。彼らの唯一の賭け事といえば、窓ガラスを這《は》い回る蠅《はえ》たちの競争に賭けるというものだった。ビルはこの罪のない娯楽に参加したが、三時間頑張って、やっと二十五セントという大金を手にしただけであった。彼はうんざりしてやめた。諸々の経費はもっと多くの見返りを必要としていた。そしてそのゲームは本来、いかさまでなければならない。蠅とグルになるなんて到底無理だ。

もっと開けた町に移った方がいいのではないかと真剣に考え、何日か悩みながら過ごしたが、その間にも札束はどんどん薄くなる。ついに作戦基地の移動を決意しかかった時、思いがけない招待という形で機会が訪れた。雨の日曜の午後のことだった。ちょっとポーカーでもどうだい？　望むところだ！

安息日の賭け事に異議を唱える心の声を押さえつけ、彼は冒険心溢れる四人の男とともに、静かな部屋に引きこもった。ゲームの初めに彼は、ふと覚えたという以上の興味をもって、一同の顔を探った。こうした場に必ずいる、この前のとは別の行商人。かなり年配の裕福な農場主。保険精算人と称する、痩せた不機嫌な男。専売特許品である攪《かく》乳器《にゅうき》のセールスをしている、太った小男。ビルはもう一度仲間を見回し、笑いをかみ殺した。ちょろいもんだ。彼は五人のうちで一番若かった——人の良さそうな顔、率直な青い目、皺《しわ》のない額は、まだ彼が二十五歳にも満たないことを示していた——が、経験においては、百年単位で数えられるくらい上回っていた。

世の中を見たいという欲求を募らせ、立派な家を飛び出した十八歳の頃から、彼は自らの才能が自然と向かっていく方面の教養を深めることに、毎日を捧げた。彼はアメリカが生んだこの偉大なゲームを、うまく——うま過ぎるくらいに——やることを覚え、そしてたまたま知り合った人々から、創意の才を悪用し、何としても運をつかみ取ろうとするさまざまな仕掛けを教わってきた。彼はいろいろな隠し袖や隠し札を、試しては捨て去った。隠し箱も実験してみた。テーブル反射鏡と呼ばれる小さな道具の使い方にも精通した。しかしその彼も、巧妙でちっぽけな「南京虫」と言われる仕掛けの単純さには、本物の詐欺師らしく兜《かぶと》を脱がざるを得なかった。

その南京虫は世にも珍しい虫で、三、四インチの時計用ぜんまいと、靴屋が使う突き錐《きり》の細い先端でできており——他には何もなかった。ぜんまいの一端は鋭く尖らせて、突き錐の先端にはめ込んであった。そしてその先端をテーブルの木材に刺し込むと、ぜんまいの残りの部分はテーブルの裏側に平べったく張りつき、カードの一、二枚は確実に、こっそりと挟んでおけるのである。

それでもビルは用心深く、心理的に絶好の機会が訪れるまでは、この装置を使わなかった。時によっては小手先の器用さで補ったポーカーへの深い知識があれば、ほぼどんなゲームでも優位に立つには十分だったのだ。最初の三十分は、裕福な農場主が五十ドルまで負けていた。次の三十分で、彼の負けは手持ちの現金の限界まで達した。その次の三十分間は、一定額の小切手を現金に替えるため、何度もホテルのフロント係のところへ急ぐ彼の姿が見られた。敗者はゲームの面白さに魂を奪われており、ビルの方はテーブルの下に装置を静かに据えつけ、一攫千金《いっかく》の用意をしていた。彼の貯えはたちまち増えていった。今こそ——今しかない——頂点に昇りつめるのだ。

破滅が訪れたのはこの時だった。ビルがカードを配り終えるか終えないうちに、痩せた保険精算人が、骨張った手を残りのカードの上に置いた。「今五枚ずつ配ったな」彼は大声で言った。「それで二十五枚だ。とすると残りは二十七枚ってことだ。そうだろ？」答えも待たずに、彼はカードを裏向きにして広げ、黙って数え始めた。「二十六枚だ」彼は静かに言った。「嘘だと思うなら、自分で数えてみろよ」

わずかな機会でもあれば、ビルはなくなったカードを、抜き取った時と同じくらい手際よく、元に戻しておいただろう。しかし行商人、金持ちの農場主、太った攪乳器のセールスマンが立ち上がって、彼の一挙一動を見つめていた。

彼は気後れすることなく、事態に向き合った。「僕は渡されたカードをすべて、そのまま配っただけですよ。もし一枚足りないなら、もともと五十一枚しか揃っていなかったんでしょう」

「そうかもしれないし、そうじゃないかもな」保険精算人は険悪な表情で言った。「いずれにせよ、どれがなくなってるか、すぐにわかるさ」

ビルが無理に笑顔を作って眺めている間に、敵は静かにカードを組ごとに分け、ハートのエースがなく、その理由も見当たらないことを確認した。

ビルは考え込むようにうなずいた。「僕が思うに、ハートのエースは午後中ずっとなかったんですよ」

行商人がはっと息をのんだ。「なかったものか！」彼は吐き出すように言うと、人差し指を不運な賭博師に突きつけた。「ついさっきツーペアを持ってたじゃないか？ クイーンとエースのペアだったろう？ そしてエースの一枚はハートじゃなかったか？」

ビル・パームリーは用心深く立ち上がった。「僕がいかさまをやったと言うんじゃないでしょうね？」

「言ったとしたら？」

ビルは手を腰ポケットの方に伸ばし、「それなら——」と言いかけた……。

その直後の出来事は、彼の記憶の中でいささか混乱している。覚えているのは、行商人がいきなり突進してきて、見事なフットボールのタックルで膝をつかまえると、他の三人がひとかたまりになって飛びかかってきたことだ。カードは部屋中に散らばり、テーブルはいまいましい証拠を裏側にくっつけたまま、思いがけないことに突然ひっくり返った。続く数分間をビルはまったく覚えていないのだが、その結果、気がつくと冷たい霧雨に濡れながら、保険精算人に右腕を万力《まんりき》のようにがっちり締めつけられて、通りを歩いていた。

二人の男はしばらく黙って歩を進めた。「どこへ連れて行く？」とビルは聞いたが、答えはなかった。

やがて、昼のうちからともっている貨物置き場のアーク灯が、霧を通して青白い光を投げかけているあたりにくると、ビルをつかまえていた男は忠告とともに彼を放した。「失せろ」それが男の助言だった。

ビルは一歩も動かなかった。「なぜ留置場に引っ張って行かない？」彼は尋ねた。

保険の精算人はにやりとした。「必要ならそうするさ」彼は請け合った。「だがそうはしたくないんでね。いいかい兄ちゃん、お前と俺は同類なんだ。俺のちっぽけな池でお前が釣り始めなかったら、すべてはうまくいってたんだぜ。俺たちにとっちゃ世界は広い。何もそんなことをしなくたっていいじゃないか」彼は打ち明けるように声をひそめた。「あの老いぼれ農夫は俺のカモだ。わかるか？　ヒグビーは——行商人ってことになってる奴だ——俺の相棒で、この一週間、二人であの年寄りにくっついてたのさ。あいつは俺たちだけの金づるだ。縄をかけて、手足を縛って、焼き印を押してある。やつの金は、俺たちがポケットに収めるまでは守らなきゃならない。そして儲けた日にゃ、他の誰とも分け合うものか。絶対にな！」彼はあっけにとられた捕虜に薄茶色の目を向け、さらに声を低くした。「これでうまくいくだろう。俺たちがお前の正体を暴いたもんだから、爺さん大いに感謝するぜ。お前が参加する前のところから、もう一度ゲームをやり直して、お前の札束を奴に与えてご機嫌を取る。だが夕食のベルが鳴るまでには、お前のも、奴の札束も、本来の場所に収まってるだろうさ――ヒグビーと俺の懐にな」

保険精算人と称していた男は、どこか安全な隠し場所から裏の黄色い札を取り出し、餌《え》食《じき》となった男の手に押しつけた。「兄ちゃん」彼は忠告した。「俺がお前なら旅立つね――それもすぐに。この街はお前さんには、ちょっとやばくなりそうだぜ」

ビル・パームリーにもまったく異存はなかった。

2

今渡されたばかりの自分の二十ドルと、まさかの時に備えて本物の賭博師らしく、靴の中に隠しておいた金貨を使えば、寝台付きの豪華な客車に乗って堂々と街を離れることもできた。しかし彼は街に着いたらまず、必ず時刻表を読み込むようにしており、記憶によれば、客車は六時まで来ないことになっていた――二時間以上も先だ。この状況について急いで考えをめぐらせた結果、さっさと出発する方に賛成する理由は多く、反対は皆無だとわかった。待っていれば、威厳をもって街を出られるかもしれないが、しかしまた、タールと羽毛まみれという愉快な格好で、線路の上に放り出されることもあり得るのだ。

考えはそこで中断した。遠くの方から、長い貨車の列を引っ張って坂道を上ってくる、機関車の咆哮が聞こえてきたのだ。ビルは機会をとらえ、何年もの放浪生活で培った熟練を発揮して、招くように空いている貨車へ身を躍らせた。汽車がどこへ行くのか知らなかったが、さっきまでの仲間との距離を広げていることは確かだった。それで十分だ。

貨車の中で居心地よく落ち着くと、若く希望に溢れていた彼は、どっと笑い出した。だますつもりがだまされたのだ。それもこっぴどく。しかしその落ちがわかるくらいのおおらかさはあった。彼は自分が去った後の光景を思い描いてみた。裕福な農夫は感謝する。一人のいかさま師から逃れられて、別の二人の手に落ちることを。そしてビルは来たるべき時へと思いを馳せた。ありがたがっていた農夫の財布は軽くなり、経験だけは積んで、正直なゲームで負けたのだと思い込んだまま帰途に着くのだろう。

まあ、それが人生だ。誰も勝ち続けてばかりはいられないし、冒険の代償として自由を失うはめにならなかっただけ、自分、ビル・パームリーは明らかに幸運だったのだ。

彼はぐいと座り直すと、開いた扉から霧に包まれた風景がすばやく流れ去っていくのを見つめた。上り坂は下りに変わっており、汽車は時速四十マイルで疾走していた。ここはどこなのかも、汽車が自分をどこに連れて行くのかもわからなかった。

六ヶ月間、あてもなく旅を重ねながら、彼はだんだん生まれ故郷に近づいていた。何年も前にぷいと出ていったきりの小さな村に帰りたいとは全然思っていなかったが、無意識のうちにいかに故郷との距離が縮まっているかに気づき、何となく興味を覚えていた。彼はあちこち訪れた。金の儲かるところへ、また申し分ない規模のゲームが行われるという情報に引きつけられて。東へ西へ、旅立っては戻ってきた。その間、巨大なチェス盤の上で動かされるポーンのように、彼の歩みはゆっくりと、しかしある一方向へと進んでいった。彼はそれに気づいて、不思議に思った。六ヶ月前は、太平洋の岸辺に打ち寄せる波の音を聞いていた。今は大西洋の轟《とどろ》きから、そう遠くないところにいる。そして汽車は、ガタンガタンと激しく傾きながらカーブを曲がり、その海岸へと彼を連れていくらしい。

彼が扉の側《そば》に座り、うとうとし、また霧を通して外を見つめる間、雨はさらに勢いを増していった。せいぜい家から百マイルと離れていないだろう。歳月を経てわが家は、見分けがつかないほどに変わってしまったのではないだろうか。彼ははっきりと覚えていた。食事のたびに祈りを捧げていた、厳格な老いた父。ビルが十五歳の時、一見不要に思えた部品を取り除いて以来、二度と元に戻らなかった時計。広い居間のきれいに掃き清められた暖炉。その上にあったヒッコリーの小枝の鞭《むち》——ああ！　ここで彼の思いは行き止まり、そのまま離れられなくなった。

　鞭そのものは、杖ではなく、小川のほとりの森の中で切り取ったものだった。長さは二フィートくらいだろうが、思い出せないほどはるか昔には、六フィートにも見えたものだ。彼は思い出に微笑んだ。しばしば――かなり頻繁に――それは彼の尻の、最も柔らかい部分に打ち下ろされた。今なら片手の指で持ち上げて、真っ二つにへし折ることもできる。あれはいまだにあるのだろうかと、彼は疑問に思った。暖炉の音を掻き消すほど風が吹きすさぶ冬の夜、すぐ側でパチパチと燃えている炎に、投げ込まれはしなかっただろうか。

　子供時代を支配していた暴君の記憶がにわかにはっきりと蘇り、彼は思い出し笑いをした。よく昼下がりには、罪を意識しながらその前に立ち、父の手がそれを掛け釘から取り上げ、彼の小さな身体に打ち下ろすのを待っていたものだ。隠そうとしたり、燃やそうと、あるいはバラバラにしてしまおうと考えたことも、一度ではない。何度も手に取り――そして決意を実行に移す勇気を失ってしまうのだ。

　彼にとってそれは、目に見える形で表に現れた、古くからの正しさの印であった。恐怖を覚えたことも珍しくない。しかしまた誇らしげに、敢然と恐れを捨ててその前に立ち、「いいか、おんぼろ鞭め、もう僕に手出しはできないぞ！」とつぶやくこともあったのだ。そうしためったにない時、鞭は非常に親しみやすく見え、斜めから射す光に輝いていた――そしてビルの子供らしい手は、その滑らかな皮のない表面を、思い切ってなでてみるのであった。

ああ、しかしあの日々は去ってしまった！　ビル・パームリーは霧に目を凝らしながら、いかさまカード師、詐欺師、賭博師である自分に、鞭は何と言うだろうかと、ほんの一瞬苦々しく考えた。賛成はしないだろう。それは確かだ。けれどもビルは、自ら慎重に選んで今の仕事に流れ着いたわけではない。

彼はずっとカードをやってきた。彼の父ですら、ピューリタンであるにもかかわらず、クリベッジやセブンアップなどのおとなしいゲームを楽しんだ。ビルはわずか十四歳の時、それらの極意を伝授され、四年後には向こう見ずにも、混乱を極める世の中に身を投じ、今まで磨いてきたそういう才能が、現金という形で報いてくれることを知って喜んだ。実入りの悪い仕事を次々に渡り歩きながら、ビルは副収入が役に立つ、いやそれどころか不可欠であると悟った。彼はポーカーを覚えた。正々堂々とやることを学んだが、ある日、気の合った仲間の一人が何のためらいもなく、別のカード一組からすり替えた札を配るのを見て仰天した。ビルは抗議したが、正直者ではなく、機転の利く奴がゲームを支配するのだと教えられた。見つからなければ、何だって正しいのだ。

ピューリタンの家庭から出てきたばかりの若者にとっては、目からうろこが落ちるような体験だった。しかしこの新たな道徳観念に慣れるのに、ほとんど苦労はしなかった。

いかさまが正しいというなら、やってやろう――それも隣の奴よりうまくやってみせる。一ヶ月のうちに彼は十セント・ゲームを卒業し、もっと高く賭けるゲームを覚え、誰の目から見ても明らかな才能で、より多くの見返りを得た。カモを招いたゲームをやって、それで生計を立てている男たちと知恵比べをするようになったのは、それからすぐのことだった。彼は華々しくやってのけた。

この頃までには、他の仕事を軽んじるようになっていた。カードの方が稼げる、儲けがある時ならば。しかし楽に贅沢を手にすることはできなかった。時に札束は増える――驚くほど――だが、遅かれ早かれ消え失せてしまう。一、二度、自分より上手《うわて》の詐欺師に出会い、カモが引っかかるお決まりの手で、有り金を巻き上げられたこともある。少なくとも三回は、銃で脅されて貯えを手放すはめになった。賭博好きが嵩じてルーレットに手を出し、一晩で一ヶ月分の稼ぎをすった経験はさらに多い。

金回りのいい時期と悪い時期は交互に訪れた。悪い時、彼は賭け金を得るために働くことで難を逃れてきた。それさえ稼げば、二、三回の慎重なゲームで、それ以上働く必要はなくなった――次の破滅までは。彼は六年近くこの稼業についていたが、もし棚卸しをしてみたら、ほとんど成果が見当たらないことを、しぶしぶ認めざるを得なかっただろう。スーツは買った時には高かったのだが、今やすっかり着古している。外から見た限りでは良さそうな靴も、水がしみ込む。シャツとカラーも、以前はまだましな状態だった。ネクタイは比較的新しかったが、二十五セントもしない代物だ。へこんだカフスボタンには、何の価値も認められない——これらに加え、すでにホテルに押収された帽子とスーツケース、そしてこっそり身につけていた数ドルの現金、それが彼の全財産であった。ビル・パームリーは乏しい貯えが殖えるようなゲームを望んでいた。それがだめなら、また賭け金を稼ぐしかない。

彼は汽車が通り抜けていく田舎の風景をぼんやり眺め、そして息をのんだ。霧はもう晴れており、弱まっていく光の中にやわらかく浮かび上がった谷、その上に点在する低くて丸みを帯び、草で覆われた丘には、妙に見覚えがあった。驚くほど数多く、驚くほど丸いそれらの丘は、不思議がる少年に、似たような地形はずっと遠くへ行くまで見られないと説明していた学校の教師の声を、遠い記憶の彼方から蘇らせた。はるか太古の時代、氷河がこれらの丘を弄び、その背中に爪痕を残したのだ。まるで土砂降りのように、思い出が一気に押し寄せてきた。

汽車はガタゴトいいながら、小さな駅を通り過ぎようとしていた。ビル・パームリーは一瞥するまでもなく、それを見分けることができた。この世でこれほどまでにひどく、またなじみ深い醜悪な建物はない。自分が何をしているか気づかないうちに、彼は地面に飛び降り、故郷の土に再び立っていた。

3

家を出てからというもの、彼は少年時代よく通った場所に、将来どのように帰るか夢見てきた。都会に行って金持ちになり、生まれた村に錦を飾るために戻るだろう。都会へ行った田舎の少年は、必ず裕福になって戻るものだ。昔の書物にはそう書いてあるではないか？「我々の比類なき同郷の市民、ミスター・ウィリアム・パームリー」――前もってそれを予期していた彼は、長ったらしい文句を何度もつぶやく。彼は横柄に構えることはない。その偉大さを、持っていることに気づかない荷物のように扱う。かつての近隣の人々に対しても、鷹揚な公平さをもって接し、たちまち寛がせる。この謙虚な計画では、彼を歓迎するブラスバンドと、打ち上げ花火と歓迎委員会の光景が、重要な見せ場を作っていた。

不思議なことに、現実は大いに異なっていた。それでもビル・パームリーは、雨に濡れた道をビシャビシャと歩きながら、無駄な後悔に時間を割きはしなかった。彼の靴には水がしみ込んだが、故郷の水だった。型崩れしたズボンはべっとりと脚にまとわりついたが、その脚が歩んでいるのは昔ながらの懐かしい道だった。彼はかつての遊び仲間の家を見つけ、奇妙な興奮を覚えた。その住人たちは、年月が流れた今、彼を見分けることができるだろうか。花の香りが、じっとり湿った空気の中で濃密に漂っていた。彼はそれを熱心に、嬉々として吸い込んだ。

ライカー家の牧場を突っ切る近道に入ると、彼の顔は自然とほころんだ。青々とした草がくるぶしをくすぐり、肌までぐっしょり濡らした。しかし彼は音を立てて楽しげに歩いていった。昔やっていたように裸足になり、爪先の間に冷たい水が入ってくるのを感じて、わくわくした。彼は幼い頃の歩みをたどり直していたのだ。

いきなり、劇的に思えるほど唐突に、子供時代の彼の家が目の前に現れた。細部は変わっているだろう――間違いなく変化している――が、その前に立ち、長いこと忘れもしなかった輪郭に見とれる男の貪《むさぼ》るような目には、かつてのままに映った。以前は自分のものだった部屋の窓。その側に座って彼は夢見たものだ。ちょうつがいが一つ壊れている地下室のドア――その光景に辛かった思い出が蘇り、胸が痛むとは何とおかしなことか！　蔦《つた》が伸び過ぎた小さなベランダ。彼がよく草むしりをした、懐かしい花壇。前庭に立っている桜の木には、よく登ったものだった。

刈ったばかりの芝生を踏んで彼はドアに近づき、手をかけたまましばらくためらっていた。帰ってきたのだ！　偶然のおかげで彼の目は、窓ガラスに映った影が自分の行動をそっくり真似しているのを見ずにすんだ。その代わり、彼は擦り切れたマットと、百年は経っているノッカーを見つめていた。

次の一瞬、ビル・パームリーの心に、あまり楽しくない思いが溢れたかもしれない。

希望と勇気に満ちてこの地を出ていった少年と、人生やそれがもたらす報いに、悲しく夢破れて帰ってきた男とが比べられるだろう。教訓が引き出されることは間違いない。しかし詐欺師でいかさま師のビル・パームリーはとりわけ、彼の喉を絞めつけている何だかわからないもの、喉元までこみ上げている塊《かたまり》、疲れのようでいてまったく違う、全身に広がった痛みに気づいていた。

それから、自然のなりゆきとして、彼はドアを押し開け——鍵は掛けられたことがなかった——敷居をまたいだ。大きな居間はほとんど変わっていなかった。暖炉はいつものように、きれいに掃き清められていた。見慣れた多色石版画が作り笑いを浮かべ、ずっと以前に亡くなった母親の写真が、壁から微笑みを投げかけていた。ビルが機械部分に手を入れてからというもの、頑として動かなくなった時計は、何年も前に過ぎ去った時刻を、静かに指したままであった。実際にはあり得ないような薔薇の花束が、同じく現実離れした壺に入っている絵柄の絨毯も同じだ。暖炉には忘れもしない鞭が、古くなったとはいえ相変わらず厳然と、脅すように掛け釘の上に載っていた。片隅にあるラジオが——最近加わったものだ——騒々しい文明の侵入を無言のうちに表していた。しかしその他は何一つ変わっていない。

これらをビルは一目で見てとった——歓迎の雰囲気、この部屋の控えめな居心地の良さは、ずっと記憶していた通りだった。それから彼の目は、彼と向き合うために立ち上がった、やせて前かがみになった男の凝視にぶつかった。

数年経っただけで、父親がこれほどまでに年老いるとは、ビルにはとても信じられなかった。顔の見慣れた皺はより深くなり、前にはなかった線が何本も刻まれていた。頭はさらに白髪が増え、薄くなっていた。背中は曲がっていた。以前はそうではなかった。それでも彼の姿にはどこか、成功した者特有の雰囲気があった。時は彼の身体を手荒く扱ったかもしれないが、そのたゆまぬ努力には当然の見返りを与えたのだ。

にもかかわらず、ジョン・パームリーの表情は昔のままだった。ピューリタンの先祖の血を引いて、人生を生真面目に捉え、肉体は弱くとも精神は依然として堅固なのだ。しっかりした目は若者を射抜き、その魂を探り当て、最も深い部分にある秘密を見すえた。容赦なく見つめられて、ビルはもじもじした。きまり悪そうに重心を片足からもう一方へと動かした。

雑働きのメイドが戸口に現れ、夕食が整ったと告げた。

「待たせておきなさい」ジョン・パームリーは命じた。彼はドアを閉め、流れ者の息子の方に向き直った。「ビル」彼は冷たく尋ねた。「いつ出て行くんだ?」

懐かしい周囲の光景にわくわくし、平凡な部屋の隅々に心の底からの思い出を呼び起こされ、幸せで溢れんばかりだった若者にとって、その質問は顔を殴られたようなものだった。

「父さん！」彼は喘《あえ》いだ。「ねえ、父さん！」

父は再び無情に詰問した。「出発はいつだ？」

「父さん！　父さん！　六年も会っていなかったんだよ！　聞くことはそれだけなんですか？」

ジョン・パームリーは息子をじっと見た。「お前がまともに答えられる質問は、それしかあるまい。その他については——もう答えはわかっている」

ビルは耳を疑った。「腹ぺこで、くたくたで、びしょ濡れになって帰ってきて——」

相手は最後まで言わせなかった。「我が息子からは絶対に聞きたくなかった話をするというのか！　もう何も言うな。目を見ればわかる。お前がどこにいたか——何をしていたかなど知りたくもない。知ればつらいのはわかっているし、すでに嫌というほどお前は教えてくれたよ」

「父さん！」

「お前が出て行った時、わたしは怒らなかった。まだほんの子供で、無分別だったのだから。お前が無一文で、腹を空かせ、なす術《すべ》もなく帰ってきても、気にしなかっただろう。食事を用意してやれたし、そのつもりだった。お前の父親なのだからな。世の中が甘くはないと悟った若者は、お前が初めてではない。ビル、汚れずに帰って来さえしたら、他のことはどうでもよかったのだ。目が合った時、わたしの名を辱めることはなかったと、わからせてくれたなら。だが」ここで初めて、老いた男は口ごもった。「ビル、お前が教えてくれたことはまったく違う」

憤りが賭博師の心にどっと押し寄せてきた。「どうしてそんなことが言えるんです？」彼は挑むように言った。

父親は彼の肩を哀れっぽくつかんだ。「ビル」彼は懇願した。「わたしが間違っていると言ってくれ！　お前の目の中に見えたものが、錯覚だったと！　ずっと変わらずわたしの息子だったと言ってくれ！」

「そう言ったら？」

「ビル」ジョン・パームリーはたじろいだ。「お前を信じよう。どんなに信じたいか、神様だけがご存じだ！」

一瞬、二人の男は向かい合った。やがて賭博師ははっきりしない唸《うな》り声を上げて、部屋の隅へ大股で歩いて行った。

「それがお前の目に現れていたものだ――まさしくな」父親は言った。彼は急に暖炉の前の椅子に座り込んだ。「お前はわたしのことを、少しは思い出しただろうか」彼は独りごちた。「お前にとっては六年など何でもない。桶の中の一滴――ただそれだけだ。お前はまだ子供に過ぎない。しかしわたしにとって六年間は、残り少ない寿命の一部なのだ。それを考えたことがあるか？　わたしは年を取った。ますます裕福になり、孤独になった。ビル、お前が出て行ってからというもの、食事のたびにお前の席を、隣の部屋に用意してきたんだよ。真向かいにお前の場所が用意されなければ、わたしは決して食事の席につかなかった。お前が戻ってその場所を埋めるのを待っていたんだ」彼は冷ややかに笑った。「そしてお前は戻ってきた」

「戻ったよ」

「だがお前は家を出た時のビル・パームリーではない」彼は言葉を切った。「今お前にできる最良の道は、また出て行くことだ」

「ではそれが父さんの考えなんだね？」賭博師は心地よい部屋を見渡し、椅子を引き寄せ、ドスンと座った。「僕は戻った」彼は宣言した。「留まるためにね」

「それで？」

彼は馬鹿にしたように、父親の張りのない身体を見つめた。

「気に入らないなら、放り出せばいい。でも父さんが六人集まってやっとでしょうよ」

「そうだろうね」ジョン・パームリーは同意した。

焼けた肉のうまそうな匂いが、ビルの鼻孔を刺激した。「金持ちの父親を持つこの僕が、国中放浪してまわるなんて！」彼は不平がましく言った。「とんでもない！　僕は戻ったし、もうどこにも行かないんだ！　わかったかい？」

父親は不吉な微笑みを浮かべた。「一かばちか試してみたいなら、ビル、やってごらん」

「どういう意味です？」

「この家には、わたしが望むより長くは五分といられないんだよ。何人もの男がここで働いているから、わたしはひとこと言いさえすればいい」

「で、言うつもりなんですか？」

「そうさ」

「やくざ者でろくでなしの息子がいることを、町中に知らせる気ですか？　その息子を浮浪者みたいに放り出したことも？」賭博師は椅子から立ち上がった。

「悪いかい？」

「世間がなんて言うだろうね？」

ジョン・パームリーは口の端を歪めて笑った。「もうすでに、あることないこと何でも言ってるよ」

賭博師は父親のこわばった表情を、まじまじと見た。こうして幾度となく、ポーカーのテーブル越しに、相手の手札を値踏みしてきたのだった。「まさか！」彼は吐き出すように叫んだ。「本気なんだね！」

「もちろん本気さ！」

ビル・パームリーの血に流れている何かが、彼を座らせた。「父さん」彼は言い放った。「そんなこけおどしの手には乗らないよ！」

父親は少なくとも一分以上、きれいに掃いた暖炉を見つめていた。「人にはいろいろと言われた」彼はめぐる思いを口にした。「だが連中は知らないのだ。できれば知らせたくない」急に彼は立ち上がり、部屋を横切って使い古した書き物机の方へ行き、ほこりまみれのカードを一組取り出した。「ビル」彼は提案した。「今ここで片をつけよう。運にまかせるんだ。どうだ？」

「それはいい」ビルは意気ごんで賛成した。

「カード勝負をしよう。お前が勝てばここに残る。負けたら出て行く。いいか？」

「わかったよ」

ジョン・パームリーは炉棚まで行って、マッチの大箱を持ってきた。彼は重々しく、百本のマッチを息子と自分に二等分した。「これはチップの代わりだ」彼は高らかに告げた。「一本を五十ドルに替える。いつ降りてもいいぞ——何なら今でもな」

ビルはかぶりを振った。

父親のパームリーは、古びた一組のカードを取り上げた。

「ビル」彼は聞いた。「ポーカーのやり方はわかるか？」

4

ビルは巧みに不器用を装ってカードを切りながら、小躍りしていた。スペードのエースは端が欠けている。彼は注意深く心に留めていった。クラブのキングは背骨と垂直に二つに折れていて、十フィート離れた相手が持っていてもわかるだろう。明らかに六枚のカードがなくなっており——彼は愉快な気分が、ポーカーフェイスで隠しおおせていればいいと願ったが——無邪気にも違う色のカードで差し替えられていた。こんなカードだったら、負ける心配は少しもない。といって、あまりにもさっさと簡単に勝つほど大胆ではなかった。

「リミット（賭け金の上限）は？」彼は尋ねた。

「ノーリミット（チップの範囲内で無制限に賭けること）だ」ジョン・パームリーは簡潔に答えた。

ビルがうなずいて自分のカードを寄せ集め、ニヤニヤしたくなるのを抑えていると、父親はマッチをテーブルの中央に押しやってゲームを始めた。

初めの二、三番は正直にやって負けたが、意図した通りだった。そうすれば敵は疑わないだろう。

五番目の勝負で彼はようやく、思い切って続けざまのお楽しみプレゼントに打って出た。父親にはエースを三枚配る。彼自身には、クイーンのペア一組だけ。父はフルハウスを狙ってカードを二枚引き、望みをかなえるだろう。そうすれば、その手に見合った金を賭けるに違いない。ビルの方も三枚カードを引く――自分の手を実際とは違うように見せるためであり、また引く枚数がそれ以下だと、相手の賭ける気が失せてしまうかもしれない――だが三枚のうちの二枚はクイーンで、その結果はフォーカードだ。過去何度もうまくいった、単純な作戦であった。

十五枚のカードをあらかじめ仕込むのは、何の雑作もなかった。実際、三枚目と四枚目のクイーンは、裏側が赤い六枚のうちの二枚で、ほかのカードは青だったので、情けなくなるほど簡単であった。

ビルはカードをカット（一組のカードを二分、または三分して上下の位置を変えること）しようと申し出て、微笑みながら見事に訓練された稲妻のような手さばきで、カードを元の状態に戻した。芸術的だ、と彼は振り返った。それでも、五十ドルのチップがかかったゲームなら、そうした技を使うだけの価値はある。注意深く彼は手持ちのカードを眺めた。自分のクイーンが予定通り手元に来ていることを確かめると、父親の最初の賭け金に対抗して、値を吊り上げた。マッチが三十本――千五百ドル――集まったところで、ビルは山札を取り上げ、「何枚替える？」と優しく尋ねた。彼はそれを少し広げた。青が三枚、次に赤が二枚。勝利をもたらすクイーンだ。「何枚？」彼は再び尋ねた。

父親はビルの手札をじっと見つめてから、自分のカードをまとめ、表を下にしてテーブルの上に置いた。「替えないよ」彼はきっぱり言った。

ビルは驚きを押し隠せず、「何だって？」と喘いだ。

ジョン・パームリーはにっこりした。「他の札はいらない。十分いい手が揃っている」

賭博師は大急ぎで考えた。欲しかったクイーンは上から四番目と五番目にある。見つからずに二番目を取ることはできるだろう。時には三番目を取ったことすらある。このようなゲームなら絶対、もっと下にあるカードを取ることもできるはずだ。だが欲しいカードが赤で、その他の札が青である場合、そんな企ては自殺行為と言うほかない。父は札を替えない。運悪く、スリーカードよりもいい札を配ってしまったのだろうか、不可解な間違いが起こって、フルハウスが予定より早くできてしまったのか、とビルはいぶかった。

「お前は何枚取るんだ？」ジョン・パームリーは尋ねた。

「三枚」とビルは唸った。クイーンのペアに、相手に行かせるはずだった九のペアが加わった。

老人はマッチを五本、ポット（賭け金を置く場所）に押しやり、「二百五十ドルだ」と告げた。

ビルはうんざりしてゲームを投げ出した。「金は父さんのものだ」と彼は認めた。

ルールを無視して、ジョン・パームリーは息子の札を裏返した。「ツーペアか」とつぶやき、自らの手札から、エースを三枚抜き出した。「スリーカードほどは良くないな」

「あとの二枚は何です？」ビルは勢いこんで迫った。

父親は秘密めかしてにやりと笑うと、それらをほかの札に混ぜてしまった。「お前はコールしなかっただろう」と彼は気づかせた。「教える必要はないね」

ビルのマッチの貯えはめっきり少なくなったが、心の中では闘いの血が熱くたぎっていた。簡単だ、ばかばかしいほど簡単に、形勢を逆転できるはずだ。イライラしながら待った末ようやく、三のワンペアが何の役もない相手の札に勝ち、札を配る役割とマッチ四本が回ってきた——その夜で最も少ない賭け金だった。今度こそ運任せにはしない。キング三枚に対し、こっちはエース三枚で始める。残った山の一番上には、ツーペアを置いておく。敵が札を引こうと引くまいと、ビルが引いたらフルハウスができる。再び彼は、カードに仕掛けを施し始めた。両手に半々ずつ持って六回切る間に、一回細工をすれば——うまく用意した捨て札を、ほどよく差し込むのと組み合わせるのだ——準備万端だ。

自分の技に見放されたのに気づいて、彼が愕然としたのはこの時だった。いくら混ぜても、カードは彼の究極の意図に逆らうのだ。必死になって救いを求め、彼は部屋中を見渡した。助け船は現れなかった。

父親は優しく微笑んだ。「それ以上混ぜたら、カードの模様がなくなってしまうぞ」と彼は警告した。

ビルはカードのカットを申し出て、片隅が欠けているスペードのエースが一番上に載っているのに注意し、それを真ん中に戻そうと工作した。すると仰天したことに、手が意志に背いて勝手に動いてしまったのだ。二度めの細工でもまったく不本意ながら、エースが一番上に舞い戻ってしまった。

当惑して押し黙ったまま、彼はカードを配り、フォーフラッシュ（同じ組の札が四枚しかないフラッシュ崩れ）で破れかぶれに賭けたものの、札を引いても役を作れず、父親がコールに応えて見せたジャックのペアに、残った貯えの半分を奪われてしまった。ビルの方でコールしたのだ。狂気の沙汰だ。どうかしている。自分には何もなく、相手は少なくともエースを持っていることを、彼は知っていた。だが抑えが利かなくなったような手は、コールのためのマッチをポットに押しやっていた。

彼は残ったチップを数えた——十五本にも満たなかった。

「もうやめた方がいいんじゃないか」父親はぼそっと言った。「どうやらポーカーには、あまり詳しくないようだな」

「やめるもんか！」カッとしてビルは言い返した。

「お好きなように」

堅実に賭けていったにもかかわらず、正直に六回勝負して正直に負け、マッチは三本に減ってしまった。彼は知っている限りのトリックを全部試したが、潜在意識の奥深くに潜む、得体の知れないものに、一手一手追い詰められるのである。一枚だけでなく手札すべてを隠し持つと、精神の集中に反して何かが作用して、五枚全部を床に落としてしまい、拾い上げて配り間違えたと告げることを余儀なくされた。裏が赤い六枚のうち四枚を持っていて、あとの二枚が父の手にあるのを見つけ、必然的にそれらがクイーンのペアだとわかった時も、彼の理解を超えた力によって、相手の手を知らないかのように賭けるはめになった。その結果は、許し難いほどの大損だった。

額に汗を光らせつつ、危険を冒して最後の三本のマッチを賭けて勝つと、彼は震える手で全部の札をつかんだ。今からでもまだ遅くはない。今でも、自分が知り尽くしている数々の仕掛けのどれかを使えば、失った資金を取り戻せるかもしれない。しかしそれらを利用しようという努力は、空《むな》しく失敗した。彼はもたもたと、腹立たしいほど不器用にカードを切った。もたもたと配り、急にかすんできた目で凝視すると、自分の手札も相手のも読めなくなっていることに気づいた。

手に取って、広げ、見つめる間、カードの重さは十ポンドもあるように感じられた。突然、彼の心臓は喜びに躍り上がった。正直に配って正直に得た彼の手札は、二が四枚とキング一枚だった。運が向いてきた。損した分をすべて回収してお釣りがくるだろう。鼓動が高鳴り、彼は残っていたマッチをすべて賭けた。

父は息子を鋭く一瞥し、賭け金を上げてきた。「いいだろう、ビル。一枚だけ引くよ」彼は一枚捨て、テーブルの上にクラブの九、十、ジャック、クイーンを表向きに並べた。

ビル・パームリーの親指は山札の上に軽く置かれ、クラブのキングであることを示す折れた筋に触れていた。父親がじっと自分の目を見つめていることに、彼は気づいた。二枚目や三枚目、あるいは一番下のカードを渡すのは簡単だろう。テーブル上の四枚に加わって、ストレートフラッシュ——彼の手を打ち負かす役——を作るカード以外のどれでも、難なく渡すことができる。

彼は小刻みに震える指で、山札を持ち上げた。手が滑り、カードを全部床の上にぶちまけてしまった。

「気にするな、ビル」父は囁《ささや》いた。「適当に一枚取ってくれ」

バラバラになったカードをまさぐりながら、心の中で突然何かが蘇り、ビルはかぶりを振った。

「いや」彼は言い切った。「てっぺんにあったカードを取らなきゃ。どれかはわかってるんだ、背中が折れていたんだから」彼はクラブのキングを拾い上げ、テーブルの上の正しい場所に置いた。

「ほら、これだ」彼はあっさり言った。「ストレートフラッシュですね——僕の負けだ

おかしなものだな、とビルは考えた。予想もしなかったし、不思議でわけがわからな

い。懐かしい部屋を最後に見渡し、夜の中に勇んで出て行こうとした時、突然愉快な気分が湧き起こってくるなんて。また雨が降っていた——それも激しく——空《から》っぽの胃袋をベルトで締めつける彼の耳に、規則的な雨音が聞こえてきた。外はぬかるみだろうし、運命が次に彼をどこに連れて行こうと、恐ろしく遠い道のりだろう。だが父親の方を振り向いて、手を差し出した彼の声には、驚くほど明るい響きがあった。「父さん、行く時が来たようだね」

しかし老いた男は、まるでナイト爵を与えるように、若者の両肩に腕を回した。「ビル」彼は喜びに満ち溢れていた。「カードテーブルの向こうからお前の目を覗き込んだ時、望んでいたものを見ることができたよ。ビル、息子よ、家にいなさい」

5

その夜、清潔な白いベッドで気持ちよく手足を伸ばし、見慣れた窓から外の暗闇を眺めながら、ビルは自問した。「なぜ?」彼は問い詰めた。「どうしてだ? 僕はいかさまをしたかった——しようと思ってたんだ——なのにできなかった! ただできなかったんだ!」

その時まばゆい稲妻のように、ゲームの間ずっと自分が、暖炉に向かってどのように座っていたか、記憶が蘇った——ヒッコリーの鞭が暖炉の掛け釘に置かれていた情景を、まざまざと思い浮かべ——そしてビルは理解した。

カードの出方

1

トニー・クラグホーンは、偶然の法則を盲目的に信じていることを除けば、ごくまともな青年だった。今日カードの出方が悪ければ、明日は良くなるだろう——確率は二対一だ——そしてもし、運悪く明日も失望に終わったら、明後日にその埋め合わせができるのはほぼ間違いない——四対一の勝算で。賭け金が多かろうが少なかろうが並だろうが、数学が彼の理論の正しさを証明しており、トニーはためらいなく二日目には賭け金を倍にし、三日目には四倍にすることで、その理論を支持した。厳密に徹底すれば、ゲームの機会が続くたびに、賭け金を倍にしていったことだろう。四日目に勝つ割合は八対一、五日目には十六対一という具合に。だが連続してゲームを三回もすれば、トニーの有り金が残っていることはなかったのである。

毎月の初め、トニーの銀行口座には多額の金が転がり込んだ。三日目の夜十一時までは、そこから資金調達ができた。十一時一分には、トニーの数学的研究はたいてい、しばらく中断せざるを得なかったのだ。

その後の二十七日間、彼は高い信用をもとに掛けで生活し、たまったつけは翌月一日に支払っていた。しかし余った金は、しばしば相当の額だったが、七十二時間以内の命しか与えられていないようだった。その期間が過ぎると、トニーにはもう何も残っていなかった。

ミセス・トニー・クラグホーンは非常に魅力的な女性だったが、夫をそこまで熱烈に愛していなければ、もっと彼のためになっただろう。彼女にとって、トニーはたとえ間違っていても正しいのである。トニーはもったいぶって、なぜ負けるはずがないかを彼女に説明する。あるいは薔薇色の予測にもかかわらず、なぜ結局は負けてしまったのかを。そしてミセス・クラグホーンは、たくましくハンサムな夫の姿に胸を高鳴らせ、彼が自分のものである——何から何まで——という思いにうっとりし、適度な間をおいて「ええ、あなた」とつぶやき、可愛い頭をこっくりさせてうなずく。それから、去年のドレスを仕立て直して、今年も持たせようと心に決めるのであった。

「昨夜はしくじったよ」とトニーは認める。「奴が初手を替えなかった時、フルハウスができていたことくらい、わかってもよかったのになあ。僕にはコールする資格なんてなかったんだ」

最初の部分しか理解できなかったものの、ミセス・クラグホーンは、頭の良い夫がなぜそんなことをしたのだろうと思い、同情でいっぱいになる。「気にすることないわ、トニー」彼女は請け合う。「今夜はきっと埋め合わせができるわよ」

「もちろんさ！」とトニーは宣言するのだが、真夜中頃、きれいに巻き上げられてふらふらと戻り、またもやうまくいかなかったと説明することになるのだった。

ミセス・クラグホーンがそれほど夫を愛していなかったら、彼女が時々必要とする物を、飽くなきポーカー・ゲームより優先させるよう言い張ったかもしれない。しかしそんな考えは全然浮かばなかった。それはトニーに逆らうことであり、とてもそんなことはできなかった。

彼女は時おり考えたものだ。その頃サトリフという名で通っていた、めかしこんだ男とトニーが出会う以前は、カードでこんなにきまって損をすることはなかったのに、と。トニーはクラブでゲームをし、勝つことも負けることもあったが、たいていわずかに黒字で月末を迎えていた。ポーカーは気晴らしであり、取り憑かれていたわけではなかった。そしてサトリフが登場し、あっという間に何もかもが変わってしまったのだ。小さな口をすぼめ、無邪気な額に皺《しわ》を寄せて、ミセス・クラグホーンはぼんやりと壁を見つめ、あれこれ考えた。なかでも不思議だったのは、彼自身の控えめな告白によれば百万長者の何倍もの金持ちであるサトリフが、なぜトニー・クラグホーンとカードをするだけの価値があると思ったのだろうか、ということだ。

百万長者の何倍もの金持ち。正確には八百万ドルだった。何度も飽きることなく語ったところによると、サトリフはテキサスに小さな土地を持っていた。「ほんのわずかな土地さ」彼は説明した。「三千から四千エーカーで――持ってることすらほとんど忘れていたくらいでね。それから――どうなったと思う？――ある日そこを掘り始めたところ、ビューッときたね！　この世でも最大の油井が、油井やぐらを吹き飛ばして粉々にした上、周辺数マイルの穀物を台無しにしてしまったんだ。ああ、そうだとも！　それ以来」と百万長者は謙虚に締めくくった。「油田使用料が入ってくるから、もしもの時に備えて貯め込んでいるんだ。どのくらいかって？　そう、八百万か――おそらく九百万はあるかもな」彼は穏やかに微笑んだ。「五十万ドル単位じゃわたしの財産は数えきれないよ」

成功者サトリフは、おそろしく成功した男であった。六ヶ月前にも非常によく似た話を、シカゴの知人たちに話していたのだ。彼はコロラドに小さな土地を持っていた。「ほんのわずかな土地さ、三、四千エーカーってところだね。それから――どうなったと思う？――ある日そこにある男が立坑を掘ってみたら、ガツーンときたね！　この世でも最大の金鉱を掘り当ててしまったのさ！　ああ、そうだとも！　その金鉱の中にただ歩いて行けば、両手いっぱいに金塊を拾うことができるんだ。それからというもの」再び控えめな微笑みが、抜け目ない顔に広がった。「鉱山使用料が入ってくるから、もしもの時に備えて貯め込んでいるんだ。どのくらいかって? そう、八百万か――おそらく九百万はあるかもな」

成功はこの驚異的な男の人生を追い続けていた。通信販売の商売で、彼は八百万か――おそらく九百万儲けていた。そして政府が極秘裏に買い取ったある発明でも。またUSスチール社（米国最大の鉄鋼会社）の株を買い占めるという、株式市場でのちょっとした投機でも。しかし一グループの聞き手に対し、一つの話しか披露しなかったのは、彼の慎ましさゆえだろう。彼が触れるものは何でも、金に変わるようだった。彼がカードに取りかかれば、勝てる組み合わせが決まって集まってくること以上に、当たり前の話があるだろうか? 彼が相手の手元にエースが四枚あることを察知して、自分のキング四枚に賭けようとしない非凡な判断ほど、理に適ったものがあるだろうか?

時々彼は、一冬を南部で過ごしたことがあると口にした。彼の住所はアトランタの連邦刑務所だったのだが、詳しいことはおくびにも出さなかった。北部での夏について触れたこともあった。その時も、どこにいたかはあやふやだった。彼は梯子《はしご》のてっぺんまで昇りつめた、貧しい若者だった。実際、クラグホーンと出会う数ヶ月前までは、数少ない貴重品をその場しのぎに質入れするまで食いつめていたのだ。驚くべき偶然によって、彼はトニーと数学的実験を始めてから間もなく、再びそれらを身につけていた。

クラグホーン夫妻は夏の間、バークシャーの小さなホテルで過ごすことに決めていた。新たに見つけた友人たちと離れるよりは、サトリフは自分から、毎月数日を彼らとともに過ごすことを申し出た――なるべくなら、初日、二日目、三日目を。

2

オーバーオールを着た絵に描いたような田舎の若者が、柵にもたれて埃《ほこり》っぽい道をじっと見ていた。彼を賭博師たらしめていた情熱に劣らず、ビル・パームリーは農場経営に関する無数の些末事に没頭していた。あらゆるカードのいかさまを習得することで六年間を浪費したが、彼は若く、自分でも意外だったことに、ホルスタインやジャージー種の牛、純血のデュロック種の豚、レグホン、ワイアンドット、プリマスロック種の鶏に、驚くほど楽しみを見出すようになったのだ。旅先で知り合った、才覚を頼りに世間を渡り歩いてきた連中は、彼を嘲笑うかもしれない。しかしビルは、大人になってから初めて土の近くに身を落ち着けて、おかしなことにどういうわけか幸せを感じていた。

一ヶ月経って彼は、カードを手に取ることもなく――それを寂しいとも思っていないことに気づいた。太陽とともに起きて暗くなるまで忙しく働き、夜になってみると、慣れ親しんでいた気晴らしは、奇妙にも色褪せて見えた。それよりも小さなロードスターのエンジンをかけ、静かに——可能な限りだが——空気のきれいな田舎道を走らせたり、近所の農夫たちと情報を交換し、昔なじみの友人に挨拶し、時には映画館に繰り出して陽気に騒いだりする方が、ずっと満足できる。

自分自身を見出すまでに、六年かかったのだ。しかしいったんわかってからは、迷うことはなかった。じっくりと考えて事実を理解し、この上なく満ち足りていた。

彼は乾ききった農地を睨《にら》んだ。ここ数週間雨が降っていない。頭上で太陽は容赦なく照りつけ、ビルは半ば目を閉じたまま、熱せられた空気の波が、震える層になってよじれながら立ち昇っていくのを見ることができた。足元の大地は干からびて粉のようになっていた。

「この分だと」ビルは思案した。「今年の冬はジャガイモが高くなるぞ」

大型のセダンがエンジン音を響かせて道を曲がり、排気弁を全開にしたまま丘を上ってきて、次の曲がり角を折れて見えなくなった。通り過ぎた後には、地面から土煙がもうもうと二十フィートの高さまで舞い上がり、道の向こう側を見通すことはまったくできなかった。

ビルは息を吸い込んでむせ返り、遠ざかる車に向かって拳《こぶし》を振り上げた。「お前みたいなやつは監獄行きだ！」彼は言い放った。それから埃越しに目を凝らすと、その中をさっきのより小さいロードスターが、雄々しくもよたよたと進んでくるのが見えた。車は道の端から端までふらついたかと思うと突然暴走しはじめ、深さ二フィートの溝があるのを思い出したビルは、大声で警告した。叫んではみたものの、彼には遅過ぎたとわかっていた。車は左右にぐらぐら揺れながら道の端へと逸れていき、ドスンという音とともに前輪二つが道から飛び出し、バンパーが電柱に激突して止まった。

ビルは助けに駆けつけた。車は危なっかしく傾いていたが、ひっくり返ってはおらず、運転席では若い女性が青ざめながらも唇をきつく結んで、すでに止まっていたエンジンをスタートさせ、ギアをバックに入れ替えていた。

ビルは荒々しくドアを開いた。「出ろ！」彼は中にいた唯一の人間に命令した。

「そうしようとしてるの」

「車から出ろと言ってるんだ！」

「道に戻すのが先よ」彼女はクラッチをぐいっとつないだ。

車は一瞬ひやっとするほどぐらつき、後輪が痙攣《けいれん》するように空回りしたが、再びエンジンは止まってしまった。

「今のは間一髪だったぞ！」ビルはどなった。

黙ったまま女性ドライバーは、再びスターターの上に足を乗せた。

「死んでしまうぞ！」ビルは警告した。

「どういたしまして」

時には言葉より行動の方が雄弁で、腕ずくの方が口論より有効なこともある。ビルは無言で車の中に手を伸ばし、イグニッションを切ってしまった。

「なんてことをするの？」若い女性は問い詰めた。彼女の抗議は、力強い腕が腰をつかんで全身を持ち上げ、道路に降ろす間に金切り声になっていった。「なんてことを？」と彼女は繰り返した。そして急に、へなへなとその場にくずおれた。

ビルは彼女の顔を覗き込んでにっこりした。「なんとも勇ましい人だね、それは認めますよ！　でもこいつは女の仕事じゃない」彼は震えている女性を半ば担ぎ、半ば支えるようにして道路脇にどかせ、楽な姿勢で柵に寄りかかれるようにし、さっと血の気の引いていった頰に、また赤みが差してくるのに目を留めた。

うら若いミセス・クラグホーンは立とうとした。「大丈夫です」彼女は言い張った。「自分で招いた不始末なんだから、自分で抜け出すわ」

「もちろん大丈夫でしょうとも」ビルも口を揃えた。「リングサイドから見ていてくればね。ロープの外にいてくださいよ」

彼は厚板とシャベルを取ってきて、農場で働いていた二、三人の手を借り、用心深く車を一インチずつ後退させ、路上に戻した。彼は麗々しくドアを開けて車を降りた。

「どこも壊れてはいません。バンパーのおかげで命拾いしましたね。さあ、お望みならまた運転できますよ」

可愛らしいミセス・クラグホーンはそうしたかった――心からそう望んでいた――だが彼女の神経は張り詰めたあまり、限界に達していた。彼女は運転席に座り、レバーに手をかけ、そしてすっかり取り乱してしまった。

「で――できないわ」彼女はどもった。「あなた――やってくださいません？」

ビル・パームリーは彼女が隣に身をずらすと、まじめくさって運転席に座った。同じくらい重々しい態度でギアを入れ、丘の上を目指した。若い女性が結婚指輪をはめていることに、彼は気づいていた。それで彼は安心した。彼女の左手に何の飾りもなかったら、彼はこれほど冷静に、機に応じて対処することはできなかっただろう。彼女は愛らしく、人を引きつけるような愛敬《あいきよう》に溢れ、今見せたばかりの勇敢さも、魅力を損ねはしなかった。しかし彼女は結婚しており、ビルは安全だ。

「どこへ行きます？」彼は尋ねた。

「どこでも、ああ、どこでもいいわ。ちょっと落ち着くまで」

四方を取り囲むなだらかな丸い丘を縫うように曲がりくねった道を、二人は一マイル以上も黙ったままたどった。ビルはこの地方の隅々まで知り尽くしており、愛していた。暑かったが、車の動きが熱を吹き飛ばした。突然彼は、連れが語りかけていることに気づいた。

「お互い自己紹介をした方がいいと思って」と彼女は言っていた。「わたしはミセス・

クラグホーン――ミセス・アンソニー・クラグホーンです。夫とわたしはホテルに泊まっているの」

ビルはうなずき、「僕はパームリー――ビル・パームリーです」と名乗った。

「まだお礼を言っていなかったわ」若い女は言った。

「そんなことはいいですよ」

「でも、本当に感謝しています」彼女はなおも言った。「あなたがあの場にいてくださらなかったら、どうなっていたか、ミスター・パームリー。自分で戻そうとするなんて、どうかしていたわ。止めてくださって良かったのよ……」

「さあ、もう……」ビルは口をはさんだ。

「初めて――本当に初めてなんです――こんなことが起こったのは。何年もずっと、子供の頃から運転していて、今日まで絶対に一度だって危険な目には遭わなかったわ」

ビルはにやりとした。「絶対にというのは長い時間ですよ」彼は断言した。「以前、西部でルーレットのテーブルについていた時、ボールが十六回も赤に入ったことがあったんです。でも十七回目に回したら黒が来ましたからね。遅かれ早かれ、そうなることになってたんです」

「まあ、ルーレットをしたことがあるの？」ミセス・クラグホーンは、急に興味を覚えたように聞いてきた。

「少々ね」元賭博師は笑いながら認めた。「ファロ（賭けトランプの一種）をやった時は」彼は思いをめぐらすように続けた。「親は一時間半も負け知らずでしたよ」

「じゃあ、ファロもなさるのね？」

「何でも少しずつはね」ビルは同意した。

「ポーカーも？」

「一番やったのはポーカーですよ」

もしごく普通の状況で会っていたら、二人の会話はただの雑談で終わっていたはずだ。若いミセス・クラグホーンは、この骨張った、やけにひょろっとした農夫に対してしたようには、仲間うちの誰かに心の中を打ち明けることはできなかっただろう。しかしビルの率直な青い瞳や、物静かで思いやりのある態度には、彼女に思い切って先を続けさせる何かがあった。彼女と出会ったのは偶然だった。おそらく二度と会うことはないだろう。彼女は、まるで草に覆われた丘に向かって語りかけるように、不幸な物語のすべてを包み隠さず話した。

ビルが口をはさんだのは一度だけだった。「そのサトリフという男について、何か知っていることはありますか？」彼は尋ねた。

「百万長者——何百万ドルも持っている金持ちなんです。八百万か——おそらく九百万は持っているかもしれないんですって」

そのくだりには妙に聞き覚えがあった。「八百万か――おそらく九百万は持っているかも、か」ビルは考え込んで繰り返した。そして記憶の扉が開いた。「やっと思い出した！」彼は叫んだ。「彼は金《きん》で――コロラドの金鉱で儲けたんでしょう」

「いいえ」ミセス・クラグホーンは訂正した。「石油で――テキサスの油田よ」

「ほう！」

「彼は三、四千エーカーの土地を持っていて――何の価値もないと、皆思っていたの――それから石油を掘り当てたのよ。それ以来、油田使用料で暮らしているんです」

ビルは微笑み、「彼が誰だかわかったように思いますよ」と言った。

「会ったことがあるんですか？」

「いいえ。でも噂は何度も耳にしていてね」彼はロードスターで最後のカーブを曲がり、ホテルへと向かった。「あなたのお話を正しく理解できていれば、彼は明日――月の初日に――ちょっとポーカーをしに現れるんですね」

「ええ」

ビルは思いにふけるように遠くを見つめた。「御主人さえ良かったら、しばらくそのゲームを見ていたいんですが」

「それは何とかなると思います」

「何かわかるかもしれない」カードの知識に頼って六年間暮らしていた男は、一人つぶやいた。「そんなにいいプレイヤーが二人もいれば、必ず学ぶところがあるでしょう」

「でも参加はしないで」ミセス・クラグホーンは、ゲームに首を突っ込んできた素朴な農夫の熱心さに、やや恐れをなして警告した。「賭け金が高いのよ。払いきれないくらい負けてしまうかもしれないわ」

「ご忠告ありがとう」ビルは受け入れた。「参加する時は、負けないよう気をつけますよ」

「主人もいつもそう言うんです」ミセス・クラグホーンは嘆いた。

ビルは明るく微笑んだ。「たぶん」彼は思い切って口にした。「たぶん――参加したら――ビギナーズ・ラックに恵まれるでしょうよ」

3

ポーカーは定義によれば、いろいろな人数で楽しめるカードゲームである。二人でもいいし、六人でもかまわない。しかしトニー・クラグホーンとその寄生虫のサトリフが、この国民的ゲームをする時は、テーブルに何人いようと二人で行うのが常だった。他の人々は、いわばその場にいるというだけで、ゲームについて口を出すことはほとんどなかった。

トニーは気前が良く、いささか気前が良過ぎると見られていた。良い手が来ると、彼はそれに値するだけ賭けた。まあまあの手だと、もっと賭けた。これから引く札や、相手にブラフ（自分の手を実際より強く見せかける技術）をかけられると自負している能力への、限りない信頼の表れだった。手が悪かった場合でも、勝負を降りて次を待つタイプではなかった。快活な気質から彼は勝負を続け、エース一枚を除いたすべてのカードを捨て——何か深遠な、理解しがたい理由によって、エースはある種のプレイヤーを麻痺させてしまうようだ——そしてペアもしくはスリーカードさえ含まれていることを期待して、四枚引くのだった。

ホテルでサトリフと一緒にゲームをしていたシアリング、マッケンジー、トレイナーが、トニーの弱点を見抜くのに、さほど時間はかからなかった。彼らはそれを利用して一儲けしようと考えた。理論上は、ブラフのたびにコールして手札を見せるよう請求していけば、いずれ勝てるはずだった。実際には、彼らの札は必ずしもコールできるものとは限らなかった。ポットの額がふくれ上がると、彼らの不安も増していったが、トニーはどんな欠点があっても、不安な様子を見せたことは一度もなかった。シアリングとマッケンジー、トレイナーは、彼が無頓着に確信をもって、チップをポットに押しやるのを観察していた。観察し、ためらい、そして失った。

ポーカーの達人は、敵に回すと危険である。下手なプレイヤーは、金をどっさり持っていて、勝負中に賭け金を競り上げるよう仕向けられた場合、時としてもっと危険になる。トニーは後者の部類だった。とてつもない額を賭けるので、彼と同じだけ賭けるのはいつも高くついた。そして、彼のブラフが実はハッタリではなく、さらに高く払わされることもしばしばだった。

そうした場合でも、サトリフは相変わらず、金を差し出す側には回らなかった。穏やかに微笑みながら、彼は札を引くのを断り、勝負を見守り、それが終わるとトニーを祝福した。しかしそれ以外の時には、サトリフは果てしなく冒険心に富んだ勝負師であることを見せつけた。トニーには高く賭けたがる傾向があった。サトリフはそうするようけしかけた。そして他のプレイヤーたちが降り、闘いが二人の一騎打ちに絞られると、コールされたサトリフは、ポットの賭け金を取れるだけの強い手を披露するのであった。もし石油長者が千里眼でないならば、何か同じくらいすごい力を授かっているに違いない、とゲームを一心に観察していたビル・パームリーは考えた。これは偽装を施したポーカーだと彼は結論を出した。派手なやり方で人目を引いているのは、トニーであってサトリフではない。対戦相手の非難が集中しているのも、サトリフではなくトニーの方だ。にもかかわらず、サトリフは大差で、しかもただ一人勝っているのだ。

一時間後、トニーは手持ちのチップを使い果たし、二度目のチップも半分ほどに減っていた。シアリングとマッケンジーとトレイナーは、ゆっくりと、だが確実に失っていき、戦術を変えてはまた戻し、ツキが変わることを祈った――しかしそれも無駄であった。

　サトリフは慇懃無礼な態度で、テーブルの反対側からただ一人見ていたビル・パームリーの方を向いた。「何か学ぶところはありましたかね、ミスター・パームリー？」彼は愛想よく尋ねた。

「たくさんありましたよ」ビルは認めた。力強くうなずき「たくさんね」と繰り返した。

「たとえば？」サトリフは促した。

　ビルは微笑んだ。サトリフが数分前に見せた、相手のクイーン三枚に対して札を引かなかったという薄気味悪いほどの判断力を、指摘しようと思えばできた。しかしサトリフは手札を注意深く捨て札に紛れ込ませてしまったし、ビルはその中身を知らないと思われている以上、その話をほのめかすのは得策ではない。彼はより安全な意見を述べるに留めた。

「あなたがとてもお上手だとわかりましたよ」彼は言った。

　八百万——おそらくは九百万ドル——の持ち主は、満足気に頭を下げた。「それもみなカードの出方のおかげだよ」彼は謙遜した。

「ええ。僕も、いい具合にカードが出ることには気づきました——あなたにとってね」

　サトリフは肩をすくめた。「勝負はまだまだこれからだよ。わたしのツキも続くとは限らない」彼は、大きな金の指輪を光らせ、美しく爪を磨き上げた手を振った。「一緒にやらないか、ミスター・パームリー？」

ビルはあからさまにうろたえながら立ち上がった。「今晩はやめておきます」彼は弁解した。「明日の朝、早く起きなくてはならないので。やるべき仕事がたくさんあるんです」

「長くは引き止めないから」サトリフはなおも熱心に勧めた。相手の田舎臭い服装や、見込みのなさそうな外見にもかかわらず、金、それも現金を持っていそうだと、石油長者に囁《ささや》きかけるものがあった。クラグホーンが本来の餌食《えじき》だが、カモは何人現れようと大歓迎だ。「きっとワクワクさせてあげられると思うよ」彼は請け合った。

「ここに座って見ているだけで、十分ワクワクしましたよ」ビルはきっぱり言った。

「このゲームに、これほど見せ場があるとは思いませんでした」彼はニッケルメッキの時計を眺めた。「九時を過ぎている。もう帰らなくては」彼はテーブルを回って、重々しく形式に則《のっと》って握手を交わしていった。サトリフのところへ来た時には、ことのほか心がこもっていた。彼は大金持ちの手を自分の両手で包み込んだ。「非常に感謝しています。本当に！」

「では明日は、ご参加いただけるんでしょうな？」

「おや、明日は日曜ですよ」

「では月曜の夜は？」

ビルの率直な青い目が、サトリフの目を覗き込んだ。「その日にしましょう」彼は約束した。

ベランダで彼は、ミセス・クラグホーンがもの思わしげに月を見つめて、前線からの報告を辛抱強く待っているのを発見した。「もう終わったの?」彼女はびっくりして尋ねた。

「寝る時間です」ビルは説明した。

ミセス・クラグホーンは笑った。「では破産しなかったのね?」

「ちっとも。参加しなかったんです。形勢を見極めていたんですよ」

「それで何か見つかりました?」

ビルの真っ直ぐな視線が彼女の視線とぶつかり合った。「望んでいたものすべてをね」再び彼は手を差し出した。「もうおやすみを言う時間です」

もう少し明るかったら、ミセス・クラグホーンは元賭博師の手のひらに、小さな、今できたばかりの引っ掻き傷を見つけたことだろう。しかし実際には、彼女は心を込めて彼と握手をし、数分後、血の滴が指についているのを発見して驚いたのであった。

4

田舎町では――ニューイングランドの田舎町では特に――ニュースはあっという間に

広がる。日曜日の朝十時、サトリフはホテルのフロント係になにげなく、ビル・パームリーという男を知っているかと尋ねた。十一時には、彼がそう聞いたという情報がビルに届いた。ニュースはそのフロント係からベルボーイに伝わり、郵便局長、その妻、農場の雇い人を経て、最終目的地に到達したのである。たどり着くまでの経過時間は五十八分であった。

その日の午後三時、サトリフは新たな質問をいくつか携えて、件《くだん》のフロント係のところに戻ってきた。「そのパームリーって奴だが、いつ頃から知っている?」

「僕たちが子供の頃からですよ」

「奴は何をやってるんだ?」

「とおっしゃいますと?」

「農場の雇い人か、それとも経営者かい?」

「お父さんの下で働いてますよ。一マイルほど道を下ったところです」うまくおだてられた末、フロント係はパームリーの父親が裕福で、実のところ大金持ちであることまで自分からしゃべった。

サトリフは「ふむ」と唸《うな》り、立ち去った。

この会話は何ひとつ省略されることなく、一時間十四分でビルの元に届いた。彼は微笑んだが、何も言わなかった。

月曜日、トニー・クラグホーンとの前夜の一戦で異例なほどの勝利を収めたサトリフは、再び攻撃を始めた。「いいか」フロント係に葉巻を与えて下準備した後、彼は言った。「君はビル・パームリーに、どのくらいだったら小切手を現金化してやる？」

フロント係は驚きを隠せなかった。「彼がそう頼んだんですか？」彼は聞き返した。

「いや、いや」百万長者は根気よく説明した。「ただ聞いてみただけだよ」

フロント係は頭をかいた。「そうですね」彼は思い切って言った。「百ドルだったら渡しますよ」

「五百ドルならどうだ？」

「それだけの金が金庫にあれば」

「千ドルなら？」

「ええ」

「一万ドルは？」

「何のために彼が一万ドルを欲しがるんです？」

「たとえばの話だよ」

フロント係は笑った。「何をお聞きになりたいのかわかりませんが、ミスター・サトリフ、パームリー親子は、僕がなりたいと思う以上の大金持ちですよ」

サトリフは微笑した。「それこそわたしが知りたかったことさ」彼は認めた。

この会話は、記録的な速さでビルの元に届いた。というのもフロント係は当惑して、すぐさま友人のところに電話をし、細大もらさず伝えたからだ。「ビル」彼はとまどいつつ尋ねた。「どういう意味だかわかるかい？」

「ああ」パームリーは応えた。

「じゃあ頼むから、その秘密を教えてくれよ」

ビルは笑った。「肉屋に豚を売ったことがあるかい？」

「それが何の関係があるんだ？」

「もしあったら」ビルは謎めいた言い方をした。「肉屋から最初に『目方はどれくらいだ？』と聞かれるのは知ってるだろう」

夕方、彼はくすくす笑いながらロードスターのクランクを回し、ホテルまで走らせた。真の芸術家であるサトリフが、ちっぽけな勝負で技を無駄使いしないことを、彼はよくわかっていた。サトリフは見事な洞察力で、いずれ餌食にしてやろうと狙ったビルが、自らの才能を見せつけるにふさわしい極上の獲物だと確信したのだ。

ビルは頭をのけぞらせ、大声で笑った。それからある考えが頭に浮かび、笑いはやんだ。サトリフの念入りな準備は、もう一つのことを示唆していた。クラグホーンは予定より二十四時間早く、有り金すべて巻き上げられたのだ。

ミセス・クラグホーンの挨拶で、彼の疑念は確かめられた。「どうか後生だから、今夜はやめてちょうだい」彼女は懇願した。

「なぜです？」

「トニーがミスター・サトリフに勝てないなら、あなたにも無理よ」

「でも僕はトニーが――ミスター・クラグホーンが――勝てると思っていましたが」

「トニーもそう思っていたの」ミセス・クラグホーンは悲しげに同意した。「昨夜考えを変えたわ――真夜中頃にね。あと一分早く変えていたら――でもこんなことを話して何になるかしら？　今夜トニーは見ているだけなの」

ビルはトニーの若く可憐な妻を見つめ、ふいにサトリフへの抑えがたい憎しみが湧き上がるのを感じた。「奥さん、僕のことはご心配なく。自分の面倒くらい見られますから」彼は請け合った。

「でも本当にお願い――」

ビルは両手で彼女の手を取った。「今夜、あなたが思いつかないほどの、大きな願いをかなえてあげますよ」彼は約束した。

5

ゲームはゆっくり始まり、ビルの椅子の後ろにはトニーが手助けしようと座っていた。

「しばらくやってないんです」ビルは正直に告白した。「無理しないことにしますよ」彼は実際そうした。

勝負を二、三回見ただけで、トニーはビルが初心者であることに気づいた。彼自身と同様に、ビルは五のワンペアで勝負に参加しようとした。彼自身と同様に、ビルはエース一枚に麻痺してしまった。しかし彼とは違って、農夫はホワイトチップ（最低点用の白いポーカーチップ）を一枚賭けるだけで、満足してしまう傾向があった。

囁き声で、トニーは抗議した。

ビルはにっこりした。「忘れないで」彼は囁き返した。「僕よりいい手を持っている人がいるかもしれないんだから」

「ただのブラフかもしれないだろ！」トニーはカッカして言った。

「まあ待って。僕もブラフをやってみるよ」

彼はその言葉通りにやってみせた。次の勝負で彼は、フォーフラッシュにホワイトチップを五枚賭け、面目なく負けた。「ほらね？」彼は残念そうに指摘した。「いつもうまくいくわけじゃないんだ」

「フォーフラッシュで賭けろなんて言わなかったぞ！」トニーはひそひそ声で叱った。

「そうだね」ビルも認めた。「でも何に賭けろとも言わなかったよ」

「次は教えるよ」トニーは約束した。ビルのもとにキングが三枚配られた時も、続いて引いた札でフルハウスが完成した時にも、トニーは彼を勢いよくつついた。トニーがぞっとしたことに、ビルは即座にまだ降りていなかったただ一人のプレイヤーにコールし、ポットのわずかな賭け金をかき集めたのだ。

トニーは口から泡を飛ばして激昂した。「誰がコールしろと言った！」彼は囁いた。「どこが違うんだい？　僕が勝ったよ」

「だけど、向こうから先に賭け金を上げさせるべきだったんだ！　向こうにコールさせなきゃ！　ポットを十倍にすることもできたのに！」

ビルは途方に暮れて頭をかいた。「それは気がつかなかった」彼は認めた。

「キングが三枚のフルハウスができていたのも、気づかなかったのか？」

「あっちはエースのフルハウスだったかもしれないよ」

「でもそうじゃなかっただろう！」

ビルは、無邪気な目を相談相手に向けた。「ねえ、一体全体どうやって僕にそんなことがわかるんだい？」彼は問いただした。そして、一時間前から増えも減りもしていないチップの山を指差した。「何も失ってはいない――その目で見てごらんよ。実際、僕のゲームのやり方に、悪いところがあるとは思わないな」

「何も悪いところなどないさ！」サトリフがテーブルの向こうから大声で言った。「もう少し自信を持ちさえすればね」

「ほらね？」ビルは挑むように言った。

サトリフはご機嫌を取るように身を乗り出してきた。「勝っているんだから、リミットをちょっと上げてはどうかな？」彼は大胆に切り出した。「もっと早く勝てるかもしれないよ」

「リミット？」おうむ返しにビルは言った。「リミットですって？　そんなものがあったとは知りませんでしたよ」

サトリフは笑った。「これからはなしにしよう、君がそう言うならね」彼はテーブルを見渡した。勝利を狙っているシアリング、マッケンジー、トレイナーの三人組は、心からうなずいた。これまで彼らは、ビルがやっているようなポーカーに注目したことはなかった。これで一儲けできるかもしれない。損を恐れることはない。

続く一時間にパームリーがやってみせた、彼独特のポーカーに、トニーはもう少しでヒステリーを起こすところだった。ビルは落ち着いて指導者の方を向いた。「悪くはないよ」彼は説明した。「ほら、最初よりホワイトチップが二枚増えている」一時間に実際、ポットの賭け金を二度集めたのだった。

「悪くはない！」トニーはいきり立った。「悪くはないだって！　どこから見ても、君は勝って当然なんだよ！　こんなすごいカードの出方は見たこともないのに、君はむざむざ見殺しにしている！　見殺し、それが君のやっていることさ！　もし僕がそんなカードを持っていたら、大儲けしていたのに！　誰一人として僕を止められなかっただろうよ！　で、君は何をしてる？　二時間かけて、ホワイトチップが二枚だけか！」

「もっと自信を持って」サトリフはテーブルの向こうから励ました。「自信だよ、ミスター・パームリー！」

勝利を狙うシアリング、マッケンジー、トレイナーの三人組は微笑んだ。三人で参加した集まりでは初めて、皆五分五分に近い成績を上げていた。

ビルは鞭《むち》で打たれた犬のようにしょげ返った。「すまない」彼はつぶやいた。「本当に悪かった。もっとうまくやるようにするよ」カードをゆっくり配り、自分の手をじっくり見た彼の目が、初めて熱を宿してきらめいた。シアリングがオープン（賭けを開始すること）した。三人組の残りが続いた。サトリフもそれに従った。ビルは重々しく、テーブルの中央にチップの山を全部押しやった。

トニーは唖然として彼を見つめた。「自分が何をやっているのか、わかってるのか？」

彼は食ってかかった。

「ああ」

「札を引く前に賭け金を上げてるんだぞ」

「そうだよ」

「自分がいい手を持っていることを、宣伝しているようなものだぞ。誰も続くもんか」

実際、三人組はすでに降りていた。しかしサトリフはテーブルの反対側から微笑みかけた。「続いた」彼は宣言した。「さらに賭け金を上げよう」

ビルは勝ち誇って相談相手を振り向いた。「どうだい？」彼は得意満面だった。「僕の番だな。もっと上げよう」

「君の手を見せてくれ！」トニーはかみついた。ポットの額は危険なまでにふくれ上がっているようだ。彼の額には汗が浮かんでいた。

ビルは用心深く表を下にして、カードをテーブルに広げ、両手をその上に置いた。

「それは勘弁してくれよ」彼は訴えた。

「見せろったら！」

ビルの顎《あご》がこわばった。「そんな規則はない！」彼は言い返した。「この手札を見るなら、それだけの金を賭けなければいけないんだ！」

「よく言った！」サトリフは声高に叫んだ。「では、わたしの考えを示すために、もう少し上げるとしよう」片手で残りのチップをポットに押し出すと、彼はもう片方の手で、分厚い財布をポケットから取り出した。そして千ドル札を抜き出し、チップの集まりに加えた。「さあどうぞ、ミスター・パームリー」と彼は挑んできた。

ビルは困ったようにきょろきょろした。「千ドルは持ち合わせていないんです」彼は告白した。「でも、もう少し賭けたいんですが」

「小切手はどうだい？」サトリフが提案した。

「そりゃいい考えだ！」ビルは賛成した。彼はきれいな小切手帳を、腰ポケットから取り出した。

トニーは必死になって彼の肩をつかんだ。「パームリー！」彼は訴えかけた。「パームリー、馬鹿な真似はよせ！　手遅れになる前にやめるんだ！　頭がいかれたわけじゃないだろう？」

「どうやらそうらしいよ」ビルはにやっと笑った。

その後の出来事は、トニーにいつも悪夢の中にいたのではと感じさせた。ビルは小切手を振り出し、サトリフは財布を空《から》にした。その中には千ドル札は一枚しか入っていなかった。それより小額の札が吐き出され、山の頂上には前夜トニーが書き入れた小切手が載っていた。マッケンジーは見かねて異議を唱えた。「いいかい、サトリフ」彼は諫《いさ》めた。「これはひどいよ。パームリーはゲームのごく初歩もわかってないのに――」

「彼は二十一歳だろ？」サトリフはさえぎった。

「二十四です！」ビルは訂正した。

「その通り。もう大人だし、自分がしていることはわかるはずだ」

ビルは感謝を込めて彼をチラッと見た。「僕は確かに、自分が何をしているかわかっていますよ！」彼はテーブルの中央の大金を見つめ、白紙の小切手の上でペンを構えた。

「まだ賭けますか、ミスター・サトリフ？」

百万長者は空っぽの財布を振った。「これで全部だ」彼は宣言した。「もう一セントも残っていない」

ビルは晴れ晴れと笑った。「それなら、コールします」彼は言った。

サトリフは大声で笑った。「コールできるものか！　まだ札を引いてもいないんだぞ！」

ビルはうなずいた。「その通り」と認め、山札を手に取った。「何枚？」

「一枚だけだ」その場にふさわしい厳粛さで、サトリフは一枚捨てた。

ゆっくりとビルは一番上のカードを、対戦相手に渡した。「僕は替えない」と彼は告げた。

「さぞかし良い手なんだろうな」サトリフは嘲《あざけ》った。

「たぶんね」

「だが、わたしの方がちょっとばかり良いようだぞ！」彼は笑みを浮かべ、ビルが渡したカードを取り上げ、微笑みながらそれを見た。と、笑顔は消え失せ、唇は血の気を失い、頬は青ざめ、目は飛び出した。彼は目の前の光景が信じられないかのように、カードをまじまじと凝視した。見つめ、息をのみ、一瞬のうちに縮こまって突然小さくなったように思えた。

「それで？」ビルがぽつりと言った。

「君は何を持ってる？」サトリフは喘《あえ》いだ。

ビルは黙って札を見せた。クイーンが三枚、ジャックが一枚、そして二が一枚。

サトリフはそれをじっと見て、自分のカードを十文字に破り、よろめきながら部屋を出て行った。

「ということは」ビルは言った。「僕の勝ちだ」

6

最初に舌の機能を取り戻したのはトニーだった。「つまり君は」彼はせかせかとしゃべった。「つまりクイーン三枚で、あそこまで賭けたのかい？」

ビルはにっこりした。「彼が何で賭けたか見てごらんよ」

彼らは床から、ジャック三枚とクイーン一枚、十の札一枚の断片を拾い集めた。

「捨てた札は何だ？」マッケンジーは息をのんだ。

「エースだ」ビルはテーブルの上で、そのカードを表向きにした。

シアリングは両手で頭を抱えた。「子供の頃からかれこれ三十年もポーカーをやってきたが、今度ばかりは参った。スリーカード！　ただのスリーカードだぞ！　なのに彼らが積み上げたポットを見てみろよ！　二人とも狂ってる！　狂ってるよ！　パームリーがやったのはまだわかる、でもサトリフときたら！」

ビルはポットの賭け金をかき集め、きちんと選り分けた山を作っていった。「ミセス・クラグホーンを呼んできたらどうだい」彼は提案した。「今から説明しよう」

しかしトニーの愛らしい妻は呼ばれるまでもなかった。突然ドアを開け、興奮した様子で飛び込んできたのだ。「何かあったの？」彼女は問いただした。「ミスター・サトリフが、ホテルから走って出て行くのを見たけど。帽子やコートも受け取らなかったのよ。一目散に駅に向かっていたわ」

ビルは声を上げて笑った。「何もまずいことはありませんよ」彼は請け合った。「サトリフは破産しました——それだけです」

「でも八百万ドルも持っているんだよ！」と言ったのはトニーだった。

「八百万が聞いてあきれる！　テーブルの上にあるのが、奴の八百万さ！　サトリフはいかさまカード師だ——僕が昔そうだったようにね」

「なんだって？」

「八百万か——おそらくは九百万——それで僕はこの男の正体がわかったんだ。奴は電話帳より多くの名前を持っていて、半年ごとに変えているが、話はいつも同じだ。金鉱で、石油で、あるいは通信販売のビジネスで、八百万か——おそらくは九百万儲けたってね。だけど本当の職業は賭博師なのさ。僕がセントジョー（ミズーリ州北西部の都市セントジョゼフ）で働いていた頃、あいつはカンザスシティで稼いでいたんだ」

トレイナーは二、三回唾《つば》を飲み込んだ。「まだよくわからないんだが」と彼は認めた。「簡単なことさ」ビルは言った。「ほんの数分で、奴が印をつけたカードを使っていることがわかったよ」

「僕たちはいつも、新しいカードを使っていたんだぞ！」

「印をつけるのにたいして時間はかからない」彼は指から、微細な針先を仕込んだ印章付き指輪を抜き取った。「これを見てくれ。あいつは同じようなものをはめていたんだ。二日前の晩、握手した時に、手のひらに引っかき傷ができたので確信したよ。これでカードの隅を突っつきさえすれば、表から見るのと同じくらい簡単に、裏からもカードが読めるのさ。奴はカードの組には構わず、十より下のカードには印をつけなかった。だが絵札を見てくれ――ほら！　これがエースだ。奴がどこに印をつけたか見えるかい？　これがキング。これがクイーン。これが十だ。わかったかな？」

マッケンジーの太い声が、静けさの中で響き渡った。「あの野郎！　なんて汚い手だ！」

「どうやってそんな勝負に勝てたのかい？」トレイナーが追及した。

「同じ手を使ってやり返してやったのさ。とどめを刺す用意ができるまで二時間、奴の目を欺かなければならなかったよ。一発勝負だった。二度やれば感づくだろうからね。だから機会を待って、奴にこの札を配ったんだ」

「奴に配ったって？」シアリングは繰り返した。「奴に配った？」

「ちょっとしたペテンだ」ビルは認めた。「奴がクラグホーンと言い合っている間に、カードを仕組んでおいたんだ。ジャックを三枚、クイーンとエースを一枚ずつ配った。僕の方はクイーン三枚とジャックと二だ」

「どうやってジャック三枚で賭けるよう仕向けたんだ？」

「それはねえ」ビルは気取って言葉を伸ばした。「僕が自分のカードをテーブルに裏返しにして置いた時、奴はクイーンが三枚あるのをちゃんと読み取ったんだ。印がついていたのでね。僕が四枚は引けないことを知ってたのさ、なぜって四枚目は奴の手元にあったからね」

「でもクイーン三枚で十分だ。クイーン三枚はジャック三枚に勝てるぞ！」

「ジャック四枚には勝てないよ！　山の一番上のカード――サトリフは札を引けば、そいつが自分の手元に来ることを知っていて、賭ける前にその裏を見ていた――それは十だったが、僕がもう一度刺して、ジャックに昇格させておいたんだ。サトリフはジャック四枚を狙っていた――少なくともね」

再びマッケンジーの太い声が、沈黙を破った。「四枚目のジャックは君が持っていた」

「安全にね」

「なぜ奴は、それを読み取らなかった？」

ビルは微笑んだ。「おっしゃる通り」彼は認めた。「奴が読むだろうと内心疑っていたから、そいつをもう二回刺して、キングに昇格させたんだ」彼は莫大なポットの賭け金から、自らの小切手を抜き出し、きわめて高額な残りの金に手を振って見せた。「奴は君たちからこれだけ巻き上げた。僕は一セントも欲しくないよ。失った分を取り戻せばいい。それでもまだ残ったら、ミセス・クラグホーンがどうしたらいいか、心得ておられるだろう」

7

ミセス・クラグホーンいわく、「おっしゃったことは一言も理解できなかったけれど、でもあなたって素晴らしいわ！」

トニーいわく、「なのに僕ときたら、君に教えようとしていたんだからなあ！」

シアリングいわく、「ちょっと待って、もしサトリフがエースとクイーンを捨てていたら？」

「そうしたら全員に、単なるスリーカードで法外に賭けていると知らせることになる。そんな勇気はなかったさ」

「でも、もしもだよ」シアリングは言い張った。「正直なプレイヤーならやっていたことを、奴もやったとしたら？　札を捨てて二枚引く。奴は君を負かしたかもしれないぞ！　フルハウスを引いたかもしれないんだから！」

「フルハウスを引いただろうよ」ビルは正した。「僕はチャンスを与えたんだ。それをつかめないのは、詐欺師だけだ」彼は山の一番上に載っていたカードを、そっと裏返した。

それは、もう一枚の十だった。

ポーカー・ドッグ

1

電報

ウィリアム・パームリーサマ」
　ウェスト・ウッド」
　　コネティカット」
マタサギシハッケン」ジョゲンコウ」
　　　アンソニー　P　クラグホーン

電報

アンソニー　P　クラグホーンサマ」

ヒマラヤ　クラブ」
ニューヨーク　NY」
ソイツトショウブスルナ」
ウィリアム・パームリー

電報

ウィリアム・パームリーサマ」
ウエスト・ウッド」
コネティカット」
ショウブシテシマッタ」
クラグホーン

電報

アンソニー　P　クラグホーンサマ」
ヒマラヤ　クラブ」
ニューヨーク　NY」
デハヒツヨウナノハ　ジョゲンデハナク　ドウジョウダロウ」

パームリー

夜間書信電報

ウィリアム・パームリーサマ」

　ウェスト・ウッド」

　コネティカット」

キミ　ワカラナイノカイ?」イッショニショウブスルマデ　ヤツヲマトモダトオモッテイタ」ショウブシテミテ　ソウジャナイコトガワカッタノダ」マトモナプレイヤーニアンナイイテバカリアツマルハズガナイ」コッチニキテタスケテクレ!」キットダゾ」チャクバライデヘンジヲクレ」

トニー

電報

アンソニー　P　クラグホーンサマ」

　ヒマラヤ　クラブ」

　ニューヨーク　NY」

キミハセイカツノタメニ　カードヲヤルヒツヨウハナイ」スグニヤメテナニカベツノコ

トヲシロ」ボクハイカナイ」ボクハノウフデ　タンテイジャナイ‼」

ビル

電報

ウィリアム・パームリーサマ」

ウェスト・ウッド」

コネティカット」

ドウカキテクダサイ」

ミセス　アンソニー　P　クラグホーン

電報

ミセス　アンソニー　P　クラグホーンサマ」

アンソニー　P　クラグホーンサマキヅケ」

ヒマラヤ　クラブ」

ニューヨーク　NY」

イキマス」

ビル　パームリー

2

目の肥えた者なら「田舎仕立て」だと見抜くような服を着た、端整な顔立ちの若者が、グランドセントラル駅で列車から降り立ち、屋根を見上げた。「ここはとびきり素敵な牛小屋になるぞ」彼は考えをめぐらせた。「大きくて、風通しがよくて、かいばを貯えておく場所も十分ある。牛舎を作って——あそこだ——」彼は旅行者たちが行き来している、たくさんのゲートの方を見て、満足そうにうなずいた。「それからこっちの隅にはサイロを作る。屋内サイロだ——そんなものは今まで聞いたこともないな——でも半ダース置けるだけの余裕はあるぞ。ホルスタインとジャージー、どっちを飼うのがいいだろう」

六ヶ月前なら、ビルはこんな反応は示さなかっただろう。しかしこの六ヶ月で、彼の性格はがらっと変わったのだ。彼はゲートを押し開け、切符売場の長い列を見渡した。「いいぞ」彼は考えにふけった。「針金の格子や他にもいろいろ揃っている。豚にお誂《あつら》え向きだ」

彼の果てしない野望は、都会的なカップルの騒々しい歓迎によってさえぎられた。

「ビル！」男が叫んだ。

「ミスター・パームリー！」若い女が言った。

「来てくれると思ってたよ」クラグホーンはうれしそうに断言した。「困っている僕を見殺しにするわけがないとね」

「本当にご親切に、ミスター・パームリー」ミセス・クラグホーンがつけ加えた。「わたしたち、心から感謝しているのよ」

「僕は自分に言い聞かせたよ」トニーはしゃべり続けた。「そうとも。『ビルの奴が僕を見捨てるものか。ビルに限って！』そしてその通りだった！」

ビルは冷やかな目で彼を眺めた。「ミセス・クラグホーンの電報が来なかったら、指一本動かさなかったよ。君は一度ゴタゴタに巻き込まれて、僕が助けてやった。二度も巻き込まれないくらいの分別はあってもいいだろう」

「でも今回は僕の問題じゃないよ」トニーは抗議した。「別の人のためなんだ」

「何を失ったんだ？」ビルは問いただした。

トニーはニヤリとした。「何もかも。服以外はね」

「それが問題じゃないっていうのかい？」

可愛らしいミセス・クラグホーンは、停めてある車の方へと案内した。「すっかりお話しします」

立派な家具の備わったアパートに落ち着くと、クラグホーン夫妻は友人に秘密を打ち明けた。

「まず最初に言っておくが」とトニーは切り出した。「今回のことは僕の落ち度じゃない。ミリーの親戚を助けようとしたんだ」

『ミリーの』だって？　ミリーって誰だい？」

「わたしの名前よ。ミスター・パームリー」ミセス・クラグホーンが言った。

「ああ、なるほど」ビルは納得してうなずいた。ミリーという名は、まさに彼女にぴったりだった。

「ミリーの親戚のために――」

「わたしの従兄弟なの」ミセス・クラグホーンがつけ加えた。

「テッド・ウェイランドという馬鹿な若僧で――」

「馬鹿な若僧なんかじゃないわ――」

「馬鹿でなければ、わざわざあんな窮地に陥るものか――」

「助けようとして、あなたはよけい深みにはまってしまったじゃないの！」

「僕は我が身を犠牲にしたんだ」トニーは抗議した。「英雄のようにふるまって――」

「ただ何かがうまくいかなかっただけよね」

トニーは威厳をもって背筋を伸ばした。「そんなことで、僕の英雄的行為は少しも傷つかないよ」

ビルは会話に割って入った。「何が起こったか話してくれるはずだろう」

トニーはうなずいた。「まず最初に」と改めて話しだした。「テッド・ウェイランドはいい奴だ。彼のせいで大金を損しても、それは認めるよ」

「テッド・ウェイランドは大学の三年生なんです」とミセス・クラグホーン。「百ヤード競走を十秒二十で走るのよ。テニスはチーム一の腕前だし、バスケットボールでは、大学対抗競技会で優勝したの。万能選手なのよ」

「ポーカーも含めてね」トニーが言った。

「男の子には、何か楽しみがなくちゃ」テッド・ウェイランドの可愛い従姉妹は言い返した。「それにあなたがヒマラヤ・クラブに連れて行きさえしなければ、何事もなかったのよ」

「なんだ、それは?」ビルは問い詰めた。ヒマラヤ・クラブは、名前の通り、その屋根の下で大規模なゲームが行われていることで有名だった。

トニーはうなだれた。「あれは失敗だったよ」彼は認めた。「でもテッドがのめり込んでしまうとは、思ってもみなかったんだ。ヒマラヤの連中は、やたらと高い賭け金で勝負をしている。でもそんなに深入りしたくない客のために、小規模なゲームも必ずあるんだ。僕はテッドがそっちに留まるだろうと思っていた。リミットが十セントなら、たいして懐は痛まない――せいぜい二十ドルか三十ドルってところだ。だがそれどころじゃなく――」彼は急に口をつぐんだ。

「続けて、トニー」妻は促した。

「つまり、どうしたことかテッドは、見事に間違ったゲームに飛び込んでしまったんだ。僕の知らない男と勝負して、そのシュウォーツという奴にきれいに巻き上げられたというわけさ」

「テッドが大学生なら」ビルは思いをめぐらした。「取られるような手持ちの金は、たいしてなかっただろう」

「そこが問題なんです」ミセス・クラグホーンが説明した。「別の時なら大丈夫だったでしょう。でも彼のお父さんが、一年分のお金を渡したばかりだったの。授業料からお小遣いまで全部、前金でね。それを一セント残らず取られてしまったのよ」

「それで僕らのところにすがって来たんだ」とトニー。「何が起こったか、父親にはとても言えやしない。すぐさま退学させられるだろう。助けられるかどうかは、僕らにかかっていたんだ」

ビルは微笑んだ。「今こそ英雄になるべく立ち上がれという囁《ささや》きが聞こえたんだね」

「実にその通り」トニーはもったいぶって言った。「彼が失った分だけ貸してやることもできた。そうしていればよかったと思うよ、結局はその方が安く済んだからね。だが僕らが田舎に行った時、君があの詐欺師のサトリフに一杯食わせたやり方が忘れられなくてね、そのお手本に倣《なら》おうと決心したんだよ」

「なんだって？」ビルは息をのんだ。

「このシュウォーツという奴が、いかさま野郎だというのはわかっていた」トニーは続けた。「彼の手はあまりに良過ぎて、そうとしか考えられなかったんだ。僕は君が教えてくれた通りにやろうと決めた。このアパートに彼を招き、三、四人信頼できる連中も呼んだ。そしてシュウォーツが一時間勝ち続けた後、前もって用意していた一組のカードを、それまでのものと、何とか取り替えることができたよ」

「すり替え用のカードを使ったと言うのかい？」

「そうさ。あらかじめそいつを下準備した上で、右側に座っていた男と共謀して、カットで順番が崩れないようにしたんだ」

「いったいどうやったんだ？」

トニーは笑みを浮かべて、ご満悦の体《てい》だった。「カードの仕込みが終わったら、一番下のカードを一番上に載せておいた。そしてビリングズが――カットをした男だ――一枚だけカットして、元の順番に戻したんだ。自分で言うのも何だが、かなり鮮やかな手口だったね」

「大いに鮮やかだとも、確かにね」ビルは批評した。「あまりに鮮やか過ぎて、経験豊かな賭博師なら――たとえばシュウォーツや、僕のような――誰でも、何か妙な雰囲気だと感づくだろうよ」

トニーの顎が、がくりと落ちた。「そんなことは考えてもみなかった」

「続けたまえ」

「僕の細工は」とトニーは言ったが、先ほどより心もとなさそうだった。「シュウォーツにフルハウスを持たせるというものだった。エース三枚にジャック二枚だ。僕にはそれよりちょっといい手を配った。クイーン一枚と三が四枚だった」

「それは泥棒そのものだよ」ビルが口を挟んだ。「サトリフを負かした時、僕はチャンスを与えた。奴が正直な勝負をして、札を引いていれば、僕を負かすことができたんだ。奴はインチキをやって自滅した。君はシュウォーツに勝てるチャンスを与えていないじゃないか」

「話を最後まで聞けよ。さっき言ったように、僕は彼にエースが三枚のフルハウスを配った。僕には三を四枚だ。ほら、フォーカードはフルハウスに勝てるからね」

「そんな話を聞いたことはあるな。それで」

「札は僕の意図した通りに配られた」

「どうしてわかる？」

再びトニーはにやっと笑った。「シュウォーツに配ろうと思っていた五枚を除いて、すべてのカードに印をつけておいたんだ」

ビルは笑って「そんなことを続けていたら、今に監獄行きだぞ！」と警告した。

「でなければ一文無しね」ミセス・クラグホーンが口を挟んだ。

そのような意見に取り合うのは、沽券《こけん》に関わるとトニーは感じた。「ストレイカーがオープンして、僕たちはみな続いた。シュウォーツと僕は札を替えなかった。他の連中は替えた。何回か賭け金を上げた後、みな降りて、シュウォーツと僕だけが決着をつけることになったんだ。僕たちは交互に、一度に十ドルずつ賭け金を上げた。それがリミットで、どちらかの前にチップがある限り賭け続けた。チップを使い果たすと現金をつぎ込み、それが尽きると借用証書を書いたよ。

ようやくシュウォーツがコールした。僕は札を置いた。三が四枚だ。僕は『勝ってるだろう?』と言った。シュウォーツはニヤリとして言ったよ。『違うね』そして首を賭けてもいいが、奴が見せたのはエース四枚だったんだ!」

「なんだって?」

「それが起こったままのことなんだ。僕は奴にエース三枚とジャック二枚を配った。奴は札を替えなかったのに、手札を見せた時には、エースが四枚とジャック一枚になっていた」

「もう一枚のジャックはどこに行った?」

「わからない」

「増えたエースはどこから手に入れたんだ?」

「さっぱりお手上げだ」

ビルは笑い出し、涙が出るまで笑い転げた。「君が僕から学んだことがそれだけなら、僕はとんだヘボ教師だね！」

3

長い沈黙を破ったのはミセス・クラグホーンだった。「何が起こったのかトニーが説明した時、わたしはカードの一揃いを調べさせてほしいと言ったの」

ビルは力強くうなずいた。「この数分間で初めて聞いたまともな意見だ。何が見つかりました？」

「五十二枚のカードです」

「ジャックは何枚でした？」

「四枚よ」

「エースは何枚？」

「四枚」

「どの組も一枚ずつ？」

「ええ」

トニーは咳払いをした。「君の狙いはわかるが、的外れだよ。奴がカードを隠し持つのは不可能だった」

「なぜだい？」

「どこに隠す？　テーブルに着いた時、奴はコートを脱いでいたんだぜ」

「袖ならどうだ？」

「肘まですっかり見通せたよ」

「彼がテーブルの下に、カードを滑り込ませていたかもしれないとは考えなかったかい？」

「奴の手が視界から消えることはなかった。ストレイカーが見ていたんだ」

「なのに、ジャックがどういうわけかエースに変わっていたんだね」

「その通り」

「奇跡を信じるのでなければ、何か説明がつくはずだ」

「それが見つからないんだ」

ビルは眉をひそめた。「話を続けてくれ」

「それで全部さ。その手でゲームはお開きになってしまった。自然にそうなったんだ」

「次はどうなった？」

「シュウォーツは家に帰ったよ。いや——帰る前に、カードでちょっと手品をやって見せたな」

「ははーん！」ビルが納得したように長く喉を鳴らした。「その手品は思うにあまりうまくなかったろう」

「どうしてそれを？」トニーは息をのんだ。

「そしてシュウォーツは、ちょっと不器用な印象だった。君でもそのくらい、あるいはもっと上手に、同じ手品をやれるだろうね」

「どうしてそれを？」トニーはまたしても息をのんだ。

ビルは微笑んだ。「僕がシュウォーツの立場なら、どうしただろうと考えていたのさ。そう、おそらく僕でもそうしたはずだ。そして僕なら帰り際に、そのうち雪辱戦をやるなら、喜んで受けて立とうと言っただろうね」

「シュウォーツもまさにそう言ったよ」

「明日の晩、その約束を守らせよう」

「奴に電話するよ」

「だがまず初めに」とビル。「君が使ったカードを見たい」

彼は注意深くそれを調べた。

「僕がつけた印を見せよう」トニーが言った。

ビルはかぶりを振った。「その必要はないよ。十フィート先からでも見える。シュウォーツだってそうさ」それでも彼は拡大鏡を取り出して、六枚のカードをごく綿密に調べた。

「話した通り、五十二枚のうち四十七枚に印をつけたんだ」トニーは言った。「四十七枚には、まだ印がついているのがわかるだろう」

「確かに」

「シュウォーツに配った五枚のうち、僕の印がついているものは絶対に一枚もない」

「それも確かだ」

「では僕がまだ知らない事実を、発見したわけではないね」

ビルは笑って部屋を見渡した。「ここでゲームをしたのかい？」彼は尋ねた。

「いや、食堂でやった」

「まあ、小さい部屋と言っていいだろうな」

「ニューヨークのたいていのアパートの食堂に、ひけを取らないくらいの広さはあるのよ」ミセス・クラグホーンが言った。

「ごもっとも。あの食器棚は、今と同じ位置にあったと考えていいんだね？」

「そうだ。でも内側の鏡では、ジャックがエースに変わったことの説明はできないぞ」

トニーはいらいらし始めた。

「できるとは言ってないよ。あの配膳テーブルも、同じ場所にあったのかい？」

「ああ」

「それで今ここにあるテーブルを、ゲーム用に使ったのかな？」

「いいえ」とミセス・クラグホーン。「これはそれだけの広さがないわ。もっと大きいテーブルを持ってこさせたんです」

「そうすると、椅子の背と家具との間には、それほど隙間がなかったということだね」

「隙間はほとんどなかったわ。実際、椅子の一つには、翌朝ひどい引っかき傷がついていたもの」

「何が言いたいのか、さっぱりわからないよ」トニーはぷりぷりしていた。「シュウォーツの手が隠れていたことはなかったと、言ったじゃないか」

ビルは笑った。「それでも僕は、君の悩みを解決できたと思うよ」彼はきっぱりと言った。「でもさらに先へ進むには、助けが必要になる」

「お望みの通りに協力するよ」

「本当に？」

「もちろんだとも」

「じゃあ明日――」

「なんだい？」

「シュウォーツと何人かの友達に、夜来るよう電話したら――」

「うん？」

「車を出して、僕を街まで連れていって、犬を選ぶのを手伝ってほしいんだ」

4

トニー・クラグホーンは多くの美徳を備えた人物ではあったけれども、その中に辛抱強さは含まれていなかった。ビルが最初に犬が欲しいと口にした時、トニーは笑い出し、当面の話題に彼を引き戻そうとした。しかしビルは、あっさり引き下がりはしなかった。「ずっと犬が欲しいと思っていたんだ」彼は言った。「それで、今こそ手に入れる時だと思いついたのさ」

「犬をどうしようっていうんだい？」トニーは問い詰めた。

「わからないけど、欲しいんだ」

「どんな種類の犬？」

「わからない」

「大きい犬、それとも小さいの？」

「さあ、どうかなあ」

「毛の長いやつと、短いやつでは？」

「特に好みはないよ」

トニーはすっかりあきれ果てて、彼をまじまじと見つめた。「慰みに犬を飼いたいなら、市場で手に入る一番いい犬を喜んで買ってあげるよ」

ビルはまじめくさってかぶりを振った。「愛玩犬じゃ全然役に立たないと思うんだ」

その夜トニーは、ビルの気が狂ったのかもしれないと思い、真面目に妻と話し合った。彼女は夫の話を笑い飛ばした。「ミスター・パームリーは、自分が何をしているかちゃんとわかっているわよ」彼女は請け合った。

「どうしてわかる？」

「女の直感よ」

「フン！」その時トニーの目が輝いた。「もしかしたら、ブラッドハウンドが欲しいのかもしれないぞ！」

「もしかしたらね」

考えれば考えるほど、それは正しく理に適っているように感じられた。彼は朝早くに晴れやかに起き、ビルの秘密を見抜いていると言わんばかりの様子で、妻と客をロングアイランドの犬舎に案内した。

ビルは悲しげな顔をした犬たちを眺め、一、二匹に向かって口笛を吹き、きっぱりと首を横に振った。

「欲しい犬はいないのかい？」トニーは驚いて尋ねた。

「うん」

「どうして?」

「あまりに陰気くさいよ」ビルは言った。「ほら、どいつも親友を亡くしちまったみたいじゃないか。側《そば》にいるだけで、こっちまで滅入ってしまう」

トニーはがっかりするのをぐっとこらえた。「元気な犬の方がいいんだね」

「そう思うよ」ビルは口ごもった。

トニーは迷わず、ワイアー・フォックス・テリア専門の施設へと向かった。「この犬たちは元気だよ」彼は高らかに言った。

その言葉は必要なかった。テリアたちは生きる喜びに溢れんばかりで、甲高い鳴き声があたりを覆い尽くし、ビルが檻《おり》に近づくと、そちらへ駆け寄ってきて激しく飛びついた。

「これなら十分元気だろう?」トニーは心配そうに尋ねた。

ビルはうなずいた。

「じゃあこの中から一匹選ぶんだね?」トニーは急《せ》き立てた。

ビルは首を振り、声をひそめた。「あまりにも元気過ぎるんじゃないかと思うんだ」

「だけど、元気な犬がいいって言ったじゃないか」

「うん。でも、ほどほどに元気なやつがいいんだよ」

間の悪い冗談の餌食《えじき》になっているという確信をどんどん強めながら、トニーはオールド・イングリッシュ・シープ・ドッグの領域からチャウチャウのいる地区、メキシカン・ヘアレス・ドッグ、キング・チャールズ・スパニエル、ペキニーズの生育地まで、何マイルも車を走らせた。それから次第に募るいら立ちを抑えつつ、コリーの溜まり場、グレート・デーンの住み処、セント・バーナードの居住地、グレイハウンドの犬舎まで赴いた。ハドソン川さえ渡って、ニュージャージーの未開地にあるベルジアン・ポリス・ドッグの拠点まで足を運んだ。

ビルは辛抱強く彼について行き、観察し、口笛を吹き、時には一、二匹の頭をなでたが、自分の犬を選び出そうとはしなかった。

午後三時、ニューヨーク市南部の卸し売り業者の店を訪ねた一行は、少々疲れてはいたものの、すっかり覚悟を決めていた。トニーはつくづくうんざりし、ビルが音《ね》を上げるまで頑張るつもりだった。からかわれたままでいるものか、と彼は固く心に誓っていた。しかしミセス・クラグホーンはビルの狂気に筋が通っていることを見抜き、妙におとなしくしていた。

トニーは勇んで店内に入っていった。「犬が欲しいんだ」彼は宣言した。「背がすごく高いか、やや高めの――あるいは低めのやつ。毛は生えてなくちゃならんが、やたらと毛むくじゃらなのはだめだ。あまりに陰気くさいのは嫌だが――元気過ぎるのもよくない。だが少しばかり陰気な元気さ、あるいは元気な陰気さのある犬が欲しいんだ。そういう犬はいるかい?」

「いいえ、お客様」卸し売り業者はきっぱり言った。「そんな犬は溺死させてしまいます」

「なるほどそうか!」ビルは突然叫んだ。「いい考えが浮かんだぞ!」

そのいい考えには、市の野犬収容所を訪ねることが含まれているとすぐにわかって、トニーはビルの突飛なユーモアに首をひねりながら、そちらへと車を向けた。ビルがわずか三分で、どこから見ても満足できるという犬を選び出した時、トニーはさらに首をひねった。

「見てくれ」ビルは言った。彼は口笛を吹いた。犬は彼の方へぴょんぴょん跳ねてきた。「行け」ビルは言った。犬は離れて行った。「お座り」犬は命令に従った。再びビルは口笛を吹いた。稲妻さながらの素早さで、犬は彼の方に飛んできた。「これぞ犬だよ!」ビルは断言した。

トニーはこの奇妙な生き物を、非難がましい目でざっと眺めた。頭はほとんどコリーのようだったが、コリーらしくないピンと立った耳がついている。毛は——生えているものについて言えば、というのもこの動物は、疥癬《かいせん》にかかっていたからだ——エアデールの系統を思い起こさせた。しかし身体の形は、古く由緒正しい種族アイリッシュ・ウルフハウンドに見られるようなものだった。

「こいつの品種はなんだい？」彼はうさん臭そうに尋ねた。

ビルは自分の選び出したものを真剣に調べた。「何の品種ではないと言った方が、ずっと手っ取り早いね。偉大なるアメリカの人種のるつぼの産物だ。真のコスモポリタンだね。僕は新種を考案して、こいつをポーカー・ドッグと名づけるよ」

5

その夜七時、ビルは公演の初日を控えた舞台監督のように、自らの準備を入念に検分した。テーブルは——前回使われたのと同じ、大きなテーブルだった——同じ場所に置かれ、そのため小さな部屋はほとんど塞《ふさ》がってしまった。実際ビルは、椅子の一つにそろそろと腰かけてみて、一インチ動くまでもなく食器棚に触れることがわかった。

「もっと小さなテーブルも用意できるよ」トニーは言った。

ビルは異議を唱えた。「これがちょうどいい」

「この部屋には、あまりに大き過ぎるよ」

「僕の目的にとっては、大き過ぎることはないね」

トニーは、手に入れたばかりのペットをぴったり従えたビルが、身体を横向きにしてテーブルの周りを歩くのを見つめた。「その雑種を夜の間ずっと見ていなきゃならないのかい？　僕のツキが逃げてしまうよ」

ビルは愛情をこめて、貶《おとし》められた動物を眺めた。「雑種？　雑種だって？」彼は繰り返した。「獣の王国における最もやんごとなき血筋が、この犬の血管には流れているんだぞ！」彼はポーカー・ドッグの鼻面《づら》をなでた。「浮き世はつらいな。友達さえわかってくれないとはなあ」

「フン！」トニーは鼻を鳴らした。「野犬収容所からそいつを連れ出さなければ、今頃はもう、ガス室への小旅行を終えて、この瞬間には魂の悩みとはおさらばしてるだろうよ」

「聞いたか、おい？」ビルは尋ねた。「あれがお前への感謝だってさ！　彼はただの人間に過ぎないから、明日になれば自分と友達のテッド・ウェイランドの魂の悩みが消え去って、お前に感謝するだろうってことがわからないんだよ」

「そいつに感謝するって？」トニーは嘲笑った。「もうすでに、見るのもおぞましいくらいなのに」

その批判は尊重されたらしく、トニーが近くの煙草屋からその夜の分を仕入れて戻ってみると、ポーカー・ドッグはどこにも見当たらなかった。ストレイカーとウェイランド、チザム、ビリングズ、シュウォーツが三々五々集まってくる間、犬が姿を現さなかったので、彼は内心ほっとした。あんな動物がいては我が家の面汚《つら》しになる、とトニーは切実に感じていたのだった。

ポーカー・ゲームが始まり、トニーが避けがたいと見なすようになった方向へと進行する間、彼はビルの計画を探ろうと、無駄な努力をしていた。シュウォーツはゆっくり、だが着実に勝っていた。ビルは注意深く勝負していたが、規則正しく負け続け、残りの五人はさらに堅実だったが、自分の持ち分を固守するだけで精一杯だった。トニーが怖《お》気《そ》をふるったことに、ビルはたいそう負けっぷりが悪かった。フラッシュを完成できなかった時には激しく罵《のの》り、シュウォーツの手にあったスリーカードに、自分のツーペアが敗れると、思いも寄らないような冒《ぼう》瀆《とく》の言葉まで口にした。

一時間後、ビルは二、三百ドルの赤字を抱えており、そのことを繰り返し言っては、その場にいる全員に知らしめていた。彼は怒って立ち上がり、残りのチップをかき集めた。「もうやめるよ。今夜はまるでついてないし、運のない時にゲームをするのは馬鹿らしい」

他のプレイヤーたちは抗議したが、ビルは頑として聞かなかった。「この席は縁起が悪い」と彼は断言し、それまで座っていた椅子を指差したが、その背もたれは食器棚に近過ぎて、現にくっついていた。

一人勝っていたシュウォーツは、愛想良くするのが自分の役目だと感じた。「その席に何か問題があると思うなら、喜んで替わってあげるよ」

「フン」ありがたがる様子も見せずにビルは唸《うな》り、その申し出を受け入れた。「僕がこの椅子を離れたからには、悪運も一緒について来るだろうさ」

彼の憂鬱な予言は当たっているらしかった。というのも彼の残りのチップは、異例の速さで消えていったからだ。彼は二度目のチップを買ったが、それも初めのチップの後を追っていくのを見て、大声で罵りながら立ち上がると、皆に告げた。「もうやめた」

シュウォーツは笑った。「あきらめなさんな」彼は励ました。「きっと運も変わるさ」

「来週にはね」

「ひょっとしたら十分後かもしれないよ」

「一度にこれだけ負ければ十分だ」ビルは言い切った。

シュウォーツは譲らなかった。「たった一回勝てば、全部取り戻すことができるんだよ。いいかい、一つ提案しよう」彼はチップの山をきれいに積み上げた。「五百ドル分のチップだ、いいね？　これを四百ドルで売ってあげよう」彼の左手はチップを並べ、右手はテーブルの上で、手のひらを上にして訴えかけるように浮かんでいた。

その時、驚くべきことが起こった。

ビルの唇から鋭い口笛が鳴り響き、同時にシュウォーツの右の袖から三枚のカード、クイーン二枚とエース一枚がちらりと出た。同じくらい素早く隠し場所に引っ込んだので、見えたのはほんの一瞬だったが、テーブルの周りの男たちは見逃さなかった。

シュウォーツはよろよろと立ち上がり、手は腰ポケットの方を探っていた。

ビルは銃身の青いリボルバーを向けた。「お探しの物はこれですか？」彼は丁寧に尋ねた。「場所を替わった時、あなたのポケットから抜いておいたんですよ」彼の側ではポーカー・ドッグが、シュウォーツの方へ威嚇するように鼻面を向け、猛然と吠えかかっていた。

6

長い間寝室で、シュウォーツと二人きりで会見した後、ビルはテーブルの興奮冷めやらぬグループのところに戻った。「ミスター・シュウォーツは、ただの冗談だったと伝えてくれと、僕に頼んだよ。君たちの金はいらないそうだし、取っておくよう説得することもできなかった。この前の晩、テッド・ウェイランドから取り上げた金をすべて差し出したよ——これがそうだ。トニー・クラグホーンから勝ち取った金も渡してくれた。それに加えて、残りの現金もくれて、街を離れる約束もした。それから、おっと忘れていた、シャツもくれたんだ」

「シャツだって？」トニーはおうむ返しに言った。「それをどうしようっていうんだ？」

「一見の価値はあるぞ」ビルは断言した。「こんなシャツは、きっと見たことがないだろう」彼はペンナイフで、右の袖を上から下まで切り裂いた。「わかるかい？　二重袖になっているんだ。彼がこれを着ると、肘まで見たところで、何も見当たらない。だが内側と外側の袖の間には、十分な隙間があって、ケプリンガーの隠し札という名で知られている小さな仕掛けを隠しておけるのさ」彼は輪ゴムと滑車とひもが複雑に絡み合ったものを、ポイと放った。「これだよ」

トニーはその装置に恐る恐る触れた。「君にはわかってるんだろうが、僕には何が何やらさっぱりだ」

ビルはにっこりした。「やってみせよう」彼はつぶれた底のない瓶のような形をした、金属製の外殻を指差した。「これを内側と外側の袖の間に結びつけるんだ。カードを何枚か挟んでおくくらいの大きさはある。さて、ひもを引っ張ると、小さなクリップが手のひらに飛び出して、前もって挟んでおいたカードを渡してくれる。ひもを放すと、クリップはまたサッと見えなくなり、いらないカードを持って行ってくれるんだ。実に便利な発明だよ、ケプリンガーの隠し札ってやつは。これをつけていると、その気なら五枚のカードを隠し持つことができる。絶対負けることはないし、単純だからコートを着ていなくてもばれることはない」

「ひもを引っ張って操作するって言うけど」とストレイカー。「僕たちは命懸けっていうくらい、奴を見張っていたんだぜ。手を動かさないで、奴はどうやってひもを引っ張れたんだ？」

「服の内側にひもを通していたのさ。片方の膝の縫い目から表に出して、ひもの端をもう片方の膝に結びつけていたんだ。奴が膝を広げると隠し札が袖から出るし、膝を合わせるとまた消えるという仕組みだ」

「お見事だ」ようやくトニーは言った。「だがどうやって君がそれに気づいたのか、まだわからない。奴のプレイを見たことはなかっただろう」

「そんな必要はなかったさ」ビルは笑った。「何が起こったか、君が話してくれた。もう一度その場面を、思い描いてみたまえ。一週間前、奴は君と勝負をした。トニーは奴にエースを三枚、ジャックを二枚配ったが、持ち札を開いてみると、シュウォーツが持っていたのはエース四枚にジャック一枚だった。考えられる答えは一つしかない。奴は札が配られる前に、エースを一枚か二枚隠し持っていて、その一枚をジャックの一枚とすり替えたんだ。他にそんなことができる方法がない以上、隠し札を使ったに違いない。

トニーが話してくれた時に、このことは思いついたが、同時にその勝負が終わったとき、シュウォーツがかなり危険な立場にいたことにも気づいたよ。ジャックが三枚でエースが五枚というカード一組を残したまま、立ち去るわけにはいかないから、奴はカードを取り上げて、簡単なつまらない手品を二、三回やって見せたんだ。それが下手くそだったのは、手先の器用ないかさま師だと思われたくなかったからだが、四枚目のジャックを袖から出し、五枚目のエースを袖に戻すのは、十分うまくやってのけたのさ。奴は立ち去る時、そのうち雪辱戦をやるなら、喜んで受けて立とうと言った。それは、君がいかさまを企んでいたことを、奴が承知していたからなんだ。また知っていたからこそ、なおさら君が奴をだませるチャンスは百万に一つもない。正直なポーカーだったら勝てるかもしれない。だが不正なポーカーでは、そんなチャンスはないし、奴は君が行くところまで、喜んでついて行くつもりだったんだ。ところがシュウォーツは、一つ致命的な間違いを犯していた。不要なジャックは数分間、隠し札の装置の中にあって、僕が調べてみると、角にクリップの跡が見つかったんだ。シュウォーツがあとほんのちょっと賢かったら、カード一組を真っ二つに破って手品を終えていただろうね。そうしたら僕だってとうてい見破れなかった。だが奴はそうしなかったから、何をやったかは告白書を書いたのと同じくらい、はっきりわかったよ」

皆がガヤガヤ言い合う中、数分後にドアを叩く音がした。「入っていいかしら?」愛らしいミセス・クラグホーンが尋ねた。「ポーカー・ドッグが、ご主人様のところに行きたがってるの」

トニーは大声で笑い出した。「ポーカー・ドッグ! ポーカー・ドッグか! あれだけ苦労した挙句に、その犬はゲームに何の関係もなかったじゃないか!」彼は友人たちの方を振り向いた。「ビルが今夜までにどうしても、犬を手に入れるんだと言い張ったから、彼のお眼鏡に適う犬を見つけるのに、百マイル以上も車を走らせて、野犬収容所まで行かなきゃならなかったんだ。そして終わってみれば、この犬は何の目覚ましい活躍もしなかったよ。ビルにちょっと担がれただけなんだな」

「そうかな？」ビルは妙に真面目だった。「夜が明けるまでに、君がその犬に感謝するだろうって僕は言ったね。こいつが君のために何をしてくれたか、まだ気づいてないようだな」彼はシュウォーツが座っていた椅子を指差した。「僕は我らが友人を、あの椅子に座らせたかった。他に椅子は六脚あったから、見込みは七分の一という不利な状況だった。それに失敗したので、自分でその席に座って、しばらく経ってから奴に替わらせたんだ」

「でも、それが犬と何の関係がある？」

「たいしてないよ」ビルは白状した。「ただ彼は、椅子にピッタリくっついていた食器棚の下側の仕切りに入って、僕が必要とするまで満足そうに骨をかじっていただけさ。僕はシュウォーツが袖の中にカードを隠し持っている時、テーブルの上で手のひらを上に向けるのを待っていたんだ。そこで僕は口笛を吹き、この犬、頼もしいポーカー・ドッグが食器棚から飛び出し、僕のところに駆け寄ってきた。できる限り最短のルート——まさにシュウォーツの脚の間を通ってね。シュウォーツは膝を開き、というより犬が押し開いて、君たちは全員何が起こったか見たってわけだ」彼は誘うようにテーブルの周りを眺めた。「他に質問は？」

「もうありません」テッド・ウェイランドは言った。「このご恩は決して忘れませんよ」

「わたしもよ」とミセス・クラグホーン。

「僕もさ」とトニー。

ビルはしかるべき厳粛さをもって立ち上がった。「皆様におかれましては、これ以上ご用もないことと存じますので」と彼は一同に告げた。「ゆったりと椅子に腰掛けて、ミスター・アンソニー・P・クラグホーンがひざまずき、この上ない恭《うやうや》しさをもってポーカー・ドッグにお許しを乞うところを、見ることにいたしましょう」

赤と黒

1

ある者たちは生まれつき卑しい。別の者たちは卑しさを身につける。また否応なくそれを押しつけられる者たちもいる。ホイットニー・バーンサイドの場合、三重の意味でその才能に恵まれていた。

もし遺伝と何らかの関係があるのなら、友達と呼んでくれる者の一人もなく、悲しまれもせず墓に入った父のジェフリー・バーンサイドから、ホイットニーは多くを受け継いでいた。ジェフリー・バーンサイドは、自分の面倒は自分以外の誰も見てくれはしないという、固い信念に基づいて人生に乗り出し、あまりにも自分の面倒をよく見たため、四十歳のかなり手前で弁護士事務所を抱えるはめとなり、彼らの素晴らしい働きによって、窮地を何度も脱したのである。しかしジェフリー・バーンサイドが法を犯したというわけではなく、むしろその逆であった。高い地位につき、適切な助言を受け、とことん悪辣に、違法すれすれのきわどいことをやってのけ――絶対にボロを出さなかったのだ。

たとえば共同経営者との、評判の悪いいさかいの後、バーンサイドはウィンザー・クラブから完全に除名された。しかし彼の被害者であるフォークナーは、法的手段で完膚なきまでに叩きのめされたと、認めざるを得なかった。バーンサイドは冷酷にも帳簿を押さえており、信用しきっていたパートナーから奪い取った金を貸方に書き込み、その反対側の借方には「除名――ウィンザー・クラブ」の項目を入れた。彼はニンマリ笑った。「こんな具合なら」彼は考えた。「もっと多くのクラブを除名されたいよ」

彼の死に方は、それまでの生涯と同じく、波瀾に満ちたものだった。卒中の発作で急死し、十七歳の息子に何百万ドルにも上る遺産を遺した。

ホイットニー・バーンサイドは十分に、父親の志を継げそうだった。背が高くがっしりとして、筋骨隆々でありながら、同じくらいの背丈の相手さえ負かすことができなかった。見た目からすぐに大学のフットボールチームに選ばれたが、二、三回のスクラムの後、どうにも根深い臆病ぶりをさらけ出し、不名誉にもお払い箱になってしまった。彼はチームが負ける方に大金を賭けることで仕返しをしたが、その成り行きから彼の人気が著しく高まることはなかったし、いつも自分より貧しい級友たちに勝って、その上さらに多額の金を賭けたので、ますます激しく嫌われるようになった。ルームメイトは彼のためを思い、その件で説教した。ホイットニーは見下したような笑みを浮かべ、痛烈な質問を浴びせた。「俺にどうしろっていうんだ？　ろくでもないチームのために、俺の大事な金をどぶに捨てろってのか？」

「他のみんなはそうしてるんだ。君ほど金をつぎ込めない連中もね」

「知ってるとも」ホイットニーは高笑いして、ズボンのポケットをピシャリと叩いた。「そいつらが損した分のいくらかが、まさにここにあるからな」

ルームメイトはやっとのことで、怒りを抑えた。「一つだけ頼みがある。チームに賭けないと言うのなら、とにかく敵に賭けるのはやめてくれ」

「なぜだい？」

「なぜって、いまいましい奴だな。僕らのチームなんだぜ、わからないのかい？」

ホイットニーにはわからなかったし、決してわかりたいとも思わなかった。「俺は儲けるために賭けるんだ」彼は言い放った。「敵に賭ける方が、チームに賭けるより儲かるもんな。これからもずっと続けるね」

このこととは何の関連もないかもしれないが、きっかり二十四時間後、委員会と称する集団が、部屋にいたホイットニーをキャンパスから遠く離れた人気《ひとけ》のない場所へ連れて行き、樽の上に載せ、情けを求めて泣きわめくまで打ちすえたのであった。

卒業後のホイットニーは、お決まりの道をたどった。退屈な仕事に落ち着くつもりは毛頭なかった。父親はホイットニーが使い切れないほどの莫大な遺産を遺したのだ。ぶらぶらと何をするでもなく、冬をフロリダ、夏を海外で過ごし、一つの厄介事から逃れては別の問題に巻き込まれるという生活の方が、よほどこの青年の性に合っていた。たとえばカルロッタのことがあった。バーンサイド邸が一番いい場所にデンと構えている通りの角で、果物店を開いていた気のいいイタリア人の娘であった。新聞は真相をつきとめはしなかったが、ホイットニーがある夜、両目に青あざを作り、ぼろぼろのコートを着てよろめきながら帰宅したのに対し、カルロッタの父親のジョーが無傷で、闘鶏のように誇らしげに店内を歩き回っていたのは、紛れもない事実であった。

その騒動の後、ホイットニーは常に、巧みに木に見せかけて塗装した鉄管製のステッキを持ち歩くようになった。それは重さが数ポンドもあり、不運にも殴られたら確実に脳天を割られてしまう代物だった。もしまた自分の半分くらいの体格の男が卑劣にも襲ってきたら、こいつが役に立つだろうと考えて、ホイットニーは自分を慰めたのであった。

その後、簡単に男と仲良くなるコーラスガールたちとの、ありきたりな火遊び——それもありきたりでない数の——を経て、三十歳という円熟の年齢を迎え、ホイットニーは身を固めることにした。彼はいい娘を選んだが、掛け値なしによくできた娘であった。

とてもよくできた娘だったので、家の貧しさゆえに彼の申し出を受け入れた後、ホイットニーのことを思うとどういうわけかバーンサイドの財産も色褪せてしまうと考え、予想外の心変わりをして彼を拒絶してしまった。裕福に越したことはないと彼女も認めたが、ホイットニーの富が今の十倍あったとしても、彼の妻になった女は幸せになれなかっただろう。彼女は婚約を三ヶ月引き延ばした。土壇場で別の男と駆け落ちすることで、彼女はホイットニーのうぬぼれに痛烈な一撃を加えたのだ。彼は絶対に彼女を許さないと断言したが、にもかかわらず彼女はずっと幸せに暮らした。一方ホイットニーは、短気と太鼓腹と調子の悪い肝臓を抱える三十三歳となっていた。

2

時をさかのぼること一八八〇年代、裕福な西洋人の集団が、偉大なアメリカのゲームであるポーカーの研究を、邪魔されることなく追求できる場所を求めて、ヒマラヤ・クラブを創設した。そこに最初の創設者たちは友達を選び出し、友達はそのまた友達を、そして彼らがさらに友達を選ぶということが幾度も繰り返された――会員資格を満たす唯一の条件は、損した分を支払えることだけであった。当然の結果として、クラブには成金と昔からの金持ち、すなわち三度の飯より博打が好きな新興の百万長者と、富と一緒に賭博の趣味まで相続した人々が入り混じるようになった。最も古く厳格な名門の子孫たちは、数ヶ月前まで名前も聞いたことがなかったような者たちと付き合うことになった。たいていの場合、家に招き入れようとは夢にも思わないような連中だった。時が経つうちに、新興成金たちの多くは落ち着き、威厳を備えるようになった。しかし一度ならず、冒険心に富んだ詐欺師たちが、金儲けの機会を狙ってヒマラヤの会員となり、ポケットを豊かにふくらませてから立ち去っていた。分厚い札束こそ、考えられる最良の自己紹介であった。それ以上は何も必要なかったのだ。

トニー・クラグホーンは好んで言ったものだ。「かつてある男が、アジア・コレラのせいで除名されたことがあった。でもずっと昔の話さ」スリルを求めてクラブに出入りしている、少数ながらきちんとした人間の一人として、トニーには冗談を言う余裕があった。しかし、大学の卒業後すぐさま入会したホイットニー・バーンサイドは、ヒマラヤを「俺のクラブ」と得意気に吹聴していた。おそらく、この大都会で彼を選んでくれるクラブが他にないことを、意識の下ではわかっていたのかもしれない。賢明にも、彼は持てるものを最大限に利用したのであった。

ホイットニーの名刺は、「ヒマラヤ・クラブ」の伝説をさらに貶《おとし》めることになった。ヒマラヤ・クラブは彼の郵便物の転送先だったのだ。ホイットニーの夜のほとんどは、クラブの宿所で費やされた。そして泣き言を言いたい時は、ヒマラヤの会員の誰かを無理やり引き止めて、だらだらと長話を聞かせるのだった。たいてい同情のこもった相づちが返ってきた。ホイットニーはそれで慰められるのである。

「こんなのは盗みだよ」彼はある夜、トニー相手に激しく不平を並べたてた。「まるで追いはぎに、弾をこめた銃で脅されて壁に押しつけられ、身ぐるみはがされたようなもんだ」

トニーは微笑んだ。いつまで経っても潔く負けることができないというのが、ホイットニーの魅力ある特徴の一つだった。トニーは彼が十ドルのリミットでポーカーをするのを見たし、一回につき二十五ドルかそれ以上で、コイン投げに興じるところも、一点につき一ドル賭けてブリッジにふけるのも目にしてきた。その三つの娯楽すべてで負けて、それを対戦相手の巧妙さのせいにするのも、たびたび聞いた。もしホイットニーが勝ったら――たまにはそういうことも起きてしまうのだが――いかにして自分の技倆《ぎりよう》がその結果を導いたか、飽きることなく語るのだった。しかし負けた場合には――その方が頻繁だった――きまって、盗まれたのだと言ってはばからなかった。「その台詞は前にも聞いたような気がするな」目の前に迫っているでっぷりとした間抜け面《づら》に、手近の灰皿を投げつけてやりたい衝動を抑えつつ、トニーは批評した。「僕の記憶によれば、今まで会ったなかで君くらい盗みに遭った奴はいないね。そろそろ蓄音機に新記録を吹き込んだ方がいいんじゃないか」

「真剣な話なんだ、クラグホーン。俺は盗まれた。汚いやり口でな」

「またかい？」

「以前のは違ったかもしれないが、今回は間違いない」

「それで僕を何だと思ってる？　警官か？」

ホイットニーはトニーの腕をつかんだ。「まあ聞いてくれ」彼は訴えた。「お前がどうやってテッド・ウェイランドを助け出してやったか聞いたよ。俺にも同じことを頼む」

「で、どういうふうにしてほしいんだ？」

「それがわかってればなあ」ホイットニーは認めた。

トニーは会話を切り上げるチャンスに飛びついた。「君にわからないのなら、僕だってそうさ。じゃお休み」

再びホイットニーはトニーの腕をつかまえた。「待ってくれ」彼はすがりついた。「あいつらに十万以上も巻き上げられたんだ」

「なんだって？」トニーは喘《あえ》いだ。

「十万以上だ」ホイットニーは繰り返した。

「ドルで？」

「正真正銘アメリカのドルだ」

トニーはしかめ面をした。「そこまで損するのだったら、どうしてゲームに誘ってくれなかったんだ？　そんな大金の扱い方を、僕くらい心得ている男はそうはいないぜ」

「真面目になれよ」ホイットニーは迫った。「贋金の話をしてるわけじゃないんだ」

「何をやってたんだ？　ポーカーか？」

「いや」

「じゃあ何だい？」

恥じ入ったようにホイットニーは頭《こうべ》を垂れた。「そのゲームは――ええと――ルーレットなんだ」

「ヒマラヤでのポーカー・ゲームじゃ易《やさ》し過ぎるってわけか？　外に行かなきゃならなかったのかい？」

「運が向いてくるかもしれないと思ったんだ」

「たぶんそうなったんだろう」トニーは哲学的に説明した。「そこまで負けたおかげで、しばらくギャンブルから遠ざかるだろうからな」

「だがあれはギャンブルじゃない。盗みそのものだ」

「それを知っていたなら、どうしてプレイしたんだ？」

ホイットニーはぐっと唾《つば》を飲み込んで「勝てると思ったのさ」と打ち明けた。「もちろんナンバーズ（ルーレットで出る数に賭ける賭博）をやったってしかたがない。とうてい勝ち目はないからな。だがレッド・アンド・ブラックなら金を賭けたって、負けるたびに賭け金を倍にしていけば、そのうち勝てるはずだ」

「でも勝てなかったんだろう」

トニーに訴えていた男はかぶりを振った。「たった六回、賭け金を倍にしていっただけで、あれほど早く現ナマを持ち出すことになるとは、思いもしないさ。わずか十ドルで始めても、負けるたびに倍にしていくと、十回目に回した時には五千ドル以上賭けることになるなんて信じられるか？　勝っても十ドルしか儲からないのに、負けると一万ドルも損するんだぜ」

「そんなゲームには、近寄らない方が身のためだな」

「もちろん立て続けに十回負けるなんて、まずありっこない」

「だけど、まさにその通りのことが起こったんだろう」

「それ以上だ」ホイットニーは告白した。「俺は赤に賭けていた。するとどうだ、ボールは連続して十三回も黒に入ったんだぞ」

トニーは口笛を吹いた。「十三は縁起の悪い数字だって、いつも聞いていたがね」

「俺にとってはそうだ。十回負けたところで、倍にしていくのはやめたよ。それ以上高くは賭けさせてもらえなかったんだ。俺はそれに従って、行けるところまで勝負した」

「で、一気に十万ドル失ったわけか」

「いや」ホイットニーは訂正した。「三日かけてだよ」

「それでも君は賭けたんだな」トニーはそっけなく言った。「よっぽどルーレットは面白いらしいね！」

ホイットニー・バーンサイドは、ガシャンと音を立てて灰皿に拳を叩きつけた。「クラグホーン」彼は断言した。「あのゲームはインチキだ！　十三回連続で黒が出たのが、その証拠さ！　なんとしても暴き出してやる！」

「で、それが僕とどう関係するのかな？」

「お前がテッド・ウェイランドにした通りのことを、俺にもしてほしいんだよ」

トニーはすばやく、自分はその称賛に値しないと否定した。「僕はウェイランドを助けようとした」彼は認めた。「そして、とんでもないヘマをやらかしたんだ」

「皆はそうは言ってないぜ」

「それでも、真相はそうだったんだ。自分がいかに頭が切れるか、見せようとしたのさ」トニーは率直に語った。「頭が切れるどころじゃなかった。そこへ、休暇中に出会ったビル・パームリーという男が、ニューヨークにやって来て、冗談みたいにあっさりと片づけちまったのさ」

ホイットニー・バーンサイドはうなずいた。「じゃあ、そのパームリーが俺の求めている男だな」

「彼にどうしてほしいんだ？」

「あのルーレット・ゲームが、インチキだと証明するんだよ！　俺の金を巻き上げた奴を逃すもんか！　その男があいつらの正体を暴いたら、俺が街から叩き出してやる！」

「パームリーが君に協力すると、どうして思うんだい？」

「そいつは金を受け取ったんだろ？」自由に使える数百万ドルで、ホイットニーがこれまでに買えなかったものはほとんどなかった。「値段を言えよ――払ってやるから」

トニーは思い返してみた。ビル・パームリーが助けに来てくれたのは、別々の二度の機会だった。最初の時、彼が受け取ったのは、ささやかな感謝の言葉だけだった。二度目の報酬は、市場では五十セントもしないような雑種犬のみ。トニーはパームリーの汽車賃すら払わせてもらえなかったのだ。しかし、ホイットニー・バーンサイドは他人が喜んで力になりたいと思えるような人間ではないと、トニーは冷静に考え直した。ホイットニーに愛すべき点は何一つなかった。敵を作ることにかけては、並外れた才能を持っていた。ビル・パームリーのようにおおらかで親切な人間でも、敵に回すには五分とかからないだろう、とトニーは予測した。トニー自身、迷惑に耐え続け、一度ならずホイットニーと仲違いしている。実のところ、ホイットニーが巨額の損を打ち明けてきた時には、密かに喜んだほどだ。

「値段を言えよ」二度目に言ったホイットニーの声はしゃがれていた。「いくらなんだ？言っちまえよ！」

「五千ドル」トニーはきっぱり言った。

「なに？」

「五千ドルだ」トニーは繰り返した。

「そりゃ盗《ぬす》っ人《と》だ！」若い百万長者は決めつけた。「そんな金、払うもんか！」

「それじゃ話は終わりだ」トニーは安堵のため息をもらし、ドアの方へ向かった。

「待てよ！　待てったら！　たぶんちょっとは負けてくれるだろう」

「僕がそうはさせないね」

ホイットニーはためらった。「彼は奴らの正体を暴いてくれると思うかい？」

「さあね。でもできなかった場合、払う必要はないよ」

ホイットニーの目が細くなった。「わかったよ、クラグホーン。もしルーレット・ゲームがインチキだったとパームリーが証明したら、五千ドル払おう。それでいいか？」

トニーは白紙の小切手をポケットから取り出した。「僕たちは確か、同じ銀行に預金していたはずだ。ぼくの言った金額を小切手に書き入れてくれ」

「どうしたんだ？」バーンサイドは猛然と食ってかかった。「俺の言葉だけじゃ足りないのか？　俺を信用しないのか？」

「誰が信じる？」トニーは無遠慮に言い返した。「正直なところ、バーンサイド、君自身自分を信用してるのか？」彼は小切手の主要部分を書き、ペンをホイットニーに渡した。「ここだ」と促した。「点線の上にサインしてくれ」

3

「あつかましいにもほどがある」ホイットニーは決めつけた。「そのパームリーって奴を、ニューヨークに来て俺のために働くよう雇ってみたら、自分に会いに駅まで来いと書いてきやがった」

トニーは笑った。俺をタクシーの運転手とでも思ってるに違いない」「たぶん彼がぺこぺこしながら現れて、君の手にキスするとでも思ってたんだろう」

「俺にいちいち指図し始めるとは思ってなかったのさ。こっちは雇い主だぞ。指図はすべて俺の方から出す」

トニーは賢《さか》しげにうなずいた。「さぞ君たちはうまくやっていけるだろうよ」

「奴は俺の金を奪おうとしているんだ、そうだろ?」

「それに見合うだけのものをくれるさ」

「それで思い出した」ホイットニーは言った。「奴に会う前に話し合っておきたいことがある。実際、俺たちの決めた金額は、奴には多過ぎやしないか?」

若いバーンサイドは明らかに、この件をじっくり考えていた。合意した金額の半分、または四分の一、いや十分の一でさえ、よくよく考え直してみれば、持ちかけられた仕事には十分過ぎる報酬ではないか。グランドセントラル駅の食堂で顔を合わせた時、彼はパームリーにその通り伝えたが、パームリーが痩せていて自分の体重の半分くらいしかないことに気づいて、さらに遠慮なくそう言うことができた。「ミスター・クラグホーンが君を紹介してくれた時」と彼は説明した。「長年経験を積んだ、少なくとも五十歳以上の人物だと思ってたよ。ところが君ときたらほんの坊やで、三十歳にもならない——」

「二十五歳にもなってませんよ」ビルはにこやかに訂正した。

ホイットニーはその訂正を受け入れ、「二十五歳にもなっていない」と繰り返した。「俺としては、幅広い知識を待った男を期待していたんだ——こう言っちゃなんだが——田舎者なんかじゃなくね」彼は愛想よく微笑んだ。「率直な言い方で悪いね。ずばずば言う質《たち》なんだ。思ったことは口に出すのさ——今みたいにね」

「どうぞ続けて」ビルは促した。

「分別のある大人になら、その経験に釣り合うだけの金を払っただろう。実のところ、ミスター・クラグホーンと俺は、とんでもない大金を仮定していた。だが君のような、目の前に未来が広がっている若者にとっては、俺のために働けること自体、十分な報酬と言っていい。そう思わないか？」

「僕は何とも思ってません。ただ聞いてるだけです。先をどうぞ」

「もし今回の件をうまく片づけられたら」ホイットニーは続けた。「大いに宣伝してやろう。君を友人たちに推薦するよ――俺のいろんなクラブのね」――ホイットニーが所属しているのはヒマラヤだけだったのだが、ビルがそんなことを知るはずはない――「それに仕事の機会もできる限り与えるよ。その上もっといい目を見させてやろう。俺が満足できたらすぐ、君に金をやる。二、三百ドル渡そう。田舎じゃ結構使いでがあるだろう」彼はパームリーに微笑みかけた。「さあ、どうだい？」

ビルは吹き出し、「バーンサイド」と言った。「あんたがつまらん奴だとは聞いていたが、これほどつまらないとは思わなかったよ！」

「どういう意味だ？」ホイットニーは唾を飛ばして怒鳴った。

「まともな英語もわからないのかい？」ビルは尋ねた。「あんたは卑劣で――みみっちくて――見下げはてた――ケチ野郎だ。あんたのちっぽけな肝っ玉ときたら、ひからびた細菌にすら小さ過ぎるし、あんたの言う誠意とやらには、普通の自尊心あるコソ泥なら赤面するだろうよ。それはさておき、僕はあんたの顔が嫌いだし、身なりも、口の利き方も気に食わない。さあ、何か僕の言ったことが気に障《さわ》ったら、とっくり考えてみることだね」

トニーはホイットニーが、友人の喉元に飛びかかるのではないかと思い、警告しようと立ち上がった。しかし若い百万長者は、そういったことはしなかった。おそらく彼は、ビルの細い身体に筋肉が盛り上がっていると判断したのだろう。農夫、単なる田舎者にも、ある程度の言論の自由は許されているのだと、観念したのかもしれない。理由はどうあれ彼は何の返事もせず、弱々しい薄笑いを冷ややかに浮かべていた。

ビルはうなずいた。「もうたっぷりしゃべったな。今度は少しばかり聞く番だ。僕がこの駅で会ってくれと頼んだのは、汽車で着いたばかりだからと思ってるんだろう。そいつは違うね。僕はもうニューヨークに四十八時間いて、あちこち調べていたんだ。あんたが勝負した賭博場にも昨夜行ったよ。自分でもレッド・アンド・ブラックをやってみた。ゲームがインチキかどうかという疑問には、結論を出したよ。この駅で会おうと書いたのは、あんたのことがよくわかっているからだ。あんたみたいなハッタリ屋のことはな。そして約束を反故《ほご》にするなら――そうしたいらしいが――次の汽車に飛び乗って家に帰るからさ」彼は時計を取り出して眺めた。「あんたが心を決めるまで、ちょうど七分ある。約束を守る、つまり手紙の取り決めに従うか、今ここで僕が降りるか、どちらかだ。ごく率直に言えば、そっちがどうしようが構わない。別に金には困ってないからね。あんたの金は必要ないんだ。それに昨夜ルーレットで、この旅行を何度やってもお釣りがくるほど儲けたからな」彼はまた時計を見た。「あと六分半だ。どうする？」

ホイットニーはご機嫌を取るように微笑んだ。「君、俺が前に言ったことが、本気だったとは思ってないのかい？　ミスター・クラグホーンにあれだけの金額を払うと約束したんだ。一セント残らず受け取れるんだよ。ほら、ミスター・クラグホーンはまさに今、俺の小切手をポケットの中に入れているんだから！」

「確かに」ビルは同意し、冷ややかに笑った。「バーンサイド、商談を成立させ、僕にこれ以上のことをさせたいなら、銀行に電話して、小切手を書いた翌朝命じた支払い停止の指示を取り消して、あんたの誠実さが本物だってことを見せてくれるだろうな」

4

電話をかけに行った後、ホイットニー・バーンサイドが愛想を振りまきながら、ビルの表現によれば「いやにべたべたと丁寧な」態度で立ち去ったところで、トニーは友人の方へ振り返った。

「奴が小切手の支払いを停止したことが、いったいどうしてわかったんだい？」彼はすっかり驚いて問いただした。

ビルは笑った。

「僕は知らなかった」トニーは続けた。「だから君がどうやって探り出したのか、見当もつかない。奴がどの銀行から振り出すのか、君が知っていたとしても——実際には知らなかったんだが——ただ行って、預金者の一人の個人的な情報を問い合わせたはずはない。他人には絶対そんなことは教えないからね。どうやって知ったんだ？」

「知らなかったよ」ビルは認めた。「だが、今まで相手をしていたあの手の男なら、よく知っている。親愛なるホイットニー君は、まったく型通りの人間だよ――それだけさ」彼は帽子を被ると、ドアの方へ向かった。「行こう。アップタウンを散歩しようよ。ちょっと約束があるんだ」

トニーが大いにとまどったことに、友人は薄暗い横丁へと入って行き、眼鏡などの商品を扱う店へと彼を案内した。「できたかい？」ビルは店主に催促した。

「つい十五分ほど前に」

店主はビルに、革と金属でできた奇妙な物を手渡し、ビルはすぐさまそれを注意深く調べた。

「そりゃ何だい？」トニーは尋ねた。

「さて、何だと思う？」

「小型カメラみたいだが――よくよく見るとそうじゃない。双眼鏡のようにも見えるが――明らかに違う。眼鏡にも似ているけれど――それもありえない」

ビルは勢いよくうなずいた。「君は正しい――そして間違っている――どの当て推量もね。これはその三つには当てはまらないが、それ全部を少しずつ備えているんだ」

「何という名前なんだい？」

「今朝まで、正確には六時十分前まで、これを発明していなかったことを考えれば、名前をつけるところまで手が回らなかったのもわかるだろう」彼は年配の店主に微笑みかけた。「君ならどう呼ぶ？」

男はお手上げというように、手を振ってみせた。「ご注文の通りにお作りしまして、ミスター・パームリー、お気に召すといいのですが、これで何をなさるおつもりなのか、さっぱりわかりません。これが発明なら、特許を取ってはいかがです？」

「うん、それは悪くないね」ビルは同意した。「たぶんそうするよ」彼は真面目くさって奇妙な発明品の方に手を差し伸べた。「これを、ルーレットスコープと呼ぶことにする」と彼は宣言した。

「なんだって？」トニーは聞いた。

「ルーレットスコープだ」

「そんなものはないよ！」

ビルは発明品をポンポンと叩きながら、ニヤリとした。「今ここにあるさ」

彼は残りの午後、数限りない質問にいっさい答えようとせず、トニーをいらいらさせた。「こいつはうまく働かないかもしれない」ビルはあっさりと認めた。「もしうまくいかなかったら、先に自慢していなくて良かったと思うだろうな」

「でも、ちゃんと働くかもしれないよ」

「そう願いたいね」ビルは言った。「もしそうなったら、作動するところを必ず見せてあげるよ」

トニーは鼻を鳴らして不満の意を示した。「僕がどう考えているかわかるかい？　君にからかわれていると思ってるのさ」

ビルはうなずいた。「自分自身さえ、からかっているのかもしれないな」彼は打ち明けた。「僕は発明家になるように育てられたわけじゃない。これが初めての試みだが、うまくいかない可能性も大いにあるよ。さあ、話を変えよう。君は神がホイットニー・バーンサイドをお造りになったと信じるかい、それとも奴は、どこかのキノコ培養室から生えてきたんだろうか？」

5

かつて今の世代がまだ若かった頃、「モンテカルロで胴元を破産させた男」を称える、広く知られた流行歌があった（イギリスの作詞家F・ギルバートのミュージックホール・ソング）。しかし、世界中のあらゆる都市で人を破滅させてきた、無数の胴元を称える歌が書かれたことはない。そんな歌が人気を博することはないだろう。人が胴元を破産させるのは稀だからこそ歌の題にもなる。胴元が人を破滅させるのはいつものことで、そんな話は注目に値しないのである。

運――素人の崇めるもの――は、自分が規則に当てはまらない幸運な人間かもしれないと囁《ささや》きかける。ルーレットの席に着いた時よりも金持ちになって去ることができる、世にも珍しい人物であると。科学――これこそ玄人《くろうと》の賭博師が兜《かぶと》を脱ぐものだ――は情け容赦なく、ゲームに賭けられた一ドルのうち約六セントが、結局は胴元の金庫に流れ込むことを示している。それは賭博場にとって儲けの出る歩合であった。利益は厳密に、ゼロかダブルゼロのところでもたらされる（ボールがゼロかダブルゼロに落ちると胴元の総取りとなる）。それは避けられない。逃れることはできないのだ。一時的にプレイヤーが、胴元からではなく他のプレイヤーから勝つこともあるが、遅かれ早かれ、揺るぎない偶然の法則の定めにより、手持ちの金とおさらばすることになる。胴元にしてみれば、誰が勝って誰が負けようとたいした違いはない。歩合はそこにある。勝者や敗者が、どれだけ儲けようと損しようと、最終的にはそれを払わされるのだ。胴元は都合のいいように、回転盤とクルピエ（賭博台のゲーム進行補佐）と、一ダースの椅子、足元の床、そして頭上の屋根を用意して、がっぽり巻き上げるというわけだ。

〈正直〉ジム・フロイドが——三十歳になるまで、一度も監獄の世話になったことがない賭博師に、〈正直〉とあだ名がつくのは当然のことだ——最初に仕事を始めた時の目的は、金を出しただけの甲斐があると、ひいき客に感じさせることだった。まともな回転盤を使い、それがもたらす歩合に満足していた。その見返りはあり余るほどだった。〈正直〉ジムの好みは単純なものだった。全身に散りばめた、たくさんの五カラットのダイヤモンド、都会の家と田舎の家、賞を取った繋駕《けいが》レースの競走馬一組（時は一八九〇年代である）——彼はゲームでこれらを授かったのだ。彼のさまざまな店のひいき客たちは、浴びるほどのシャンペンや、選び抜いた葉巻を振る舞われた。そして彼らの勝負が最後の一ドルと別れを告げる段になると、〈正直〉ジムは彼らに自分よりいい格好をさせて送って行くという、世界中のどんな賭博場も真似できないようなことをやり、それが自慢の種だった。彼はよく、自らの車で客たちを駅まで送って行き、当時の豪華特別列車に無料で乗せてやったものだ。去っていく偶然の法則の犠牲者たちは、たとえ負けても――それがジム・フロイドに対してでも――十分に埋め合わせができたと思ったかもしれない。

しかし二十世紀の到来とともに、変化が訪れた。歩合――六パーセント――ではもはや足りなかった。腐敗した警察はそれ以上を庇護と引き換えに要求し、協力しないと手入れを行って家具を壊し、賭博場の常連たちに危害を加え、その方がはるかに高くついた。絶望して〈正直〉ジムは街から街へと渡り歩き、同じような状況がどこにでも広がっているのを知った。長い人生の中で初めて、彼は自分のゲームより、もっと歯が立たない勝負をしているのを悟った。ダイヤモンドは一つ、また一つと消えていき、都会と田舎の家は競売に掛けられた。繫駕レースの馬たちは死に絶え、替わりが来ることはなかった。悲しいかな、時代はどこか狂っている、と〈正直〉ジムは考えた。

一九一五年、彼はシカゴの店でクルピエをやっていた。一九二〇年には、サンフランシスコで同じ職についている姿が見られた。一九二五年には少しばかり、それでも十分な元手を貯え、その翌年には自らのちょっとしたゲームを開始し、ここニューヨークの迷宮に用心深く住み着いたのだ。彼はどん底に落ち、這《は》い上がり、そして今、奇妙かつ謎めいた機能を与えられた回転盤に投資することにより、状況の変化にもかかわらず、急速に浮かび上がってきた。〈正直〉ジムのゲームは今や、伝統的な六パーセントではなく、ほとんど百パーセントの収益を上げることも可能になったのである。ダイヤモンドは再び、彼の幅広いシャツの前面にぽつぽつ生え始めた。スポーティなロードスターが、前世紀の競走馬に取って代わった。〈正直〉ジムは成功に一歩一歩近づいていた。

ビル・パームリーとトニー・クラグホーンが夕方、フロイドの店に行ってみると、ホイットニー・バーンサイドはすでに来ていた。

「見に来たいならどうぞ」別れ際にビルは彼にそう言っていた。「だが忘れないでくれよ、あんたが僕を知らないってことを。あんたが誰かを連れてきたら、フロイドが疑うだろうからな」

ビルの顔を見つめた時、知っているような素振りは少しも見せなかったことから、ホイットニーがその教えを覚えていたのは明らかだった。しかし若き百万長者は待たされていた数分間、ゲームの誘惑に抵抗することはできなかった。彼はルーレットテーブルの周囲に集まっていたグループの中にいたが、肘のあたりに積み上げられたチップからは、見物するだけでは満足できなかったことが見てとれた。ナンバーズには賭けていなかった。危険が大き過ぎると考えていたのだ。いつものようにレッド・アンド・ブラックで、回転盤が回るたびに、少しずつ賭けていた。

ビルは黙って空いていた椅子にどさっと座り、黒を表す長方形の枠に十ドル札を押しやった。勝った。数分待って、二度目の札を赤に賭けた。再び勝った。三度目も、無作為に賭けたように見えるのに、またもや勝った。

彼はテーブルから立ち上がり、トニーを招きよせた。「楽なもんだ。な？」

トニーはビルの無邪気な顔を見つめ、青い目がきらめいているのに気づき、微笑んだ。

「どうしてやめたんだ？」

「ああ、ここには仕事で来たんだからね――遊びじゃなく」

友人を目立たない隅に引っ張っていくと、ビルは大きなポケットから自分の発明品を取り出し、ゲームテーブルに狙いを定め、熱心に覗き込んだ。

「うまく見えるかい？」トニーはひそひそと尋ねた。

「夢みたいだ！」ビルは得意げに笑い声を上げた。

「見せてくれ」

ビルは道具を手渡した。「まず焦点を合わせて」彼は説明した。「それからこのレバーを押して、用意ができたら小さいボタンを押すんだ」

トニーは指示に従ったが、短い閃光と、そのほんの一瞬、ルーレット盤とクルピエとプレイヤーたちが見えただけであった。

「わかったかい？」ビルが囁いた。

「わかったって、何が？」

「ルーレット盤がインチキだってことが、わからなかった？」

「いや」

ビルは彼を手荒く小突いた。「じゃあ、わかったふりをするんだ。フロイドがこっちに来る」

店の経営者は、年と財産にふさわしい威厳をもって、ゆったりと彼らの方へ近づいてきた。長身で姿勢が良く、顔をきれいに剃り、親切そうな目をした彼は、一般に考えられているプロの賭博師の風貌とは、似ても似つかなかった。たくさんのダイヤモンドを身につけていたが、普通その役柄に付き物の、こってりとワックスを塗った黒い口髭、丸く突き出た腹、ばかでかい葉巻が見られないのが、かえって人目を引いた。そういった格好は、ひいき客たちを引きつけるどころか、むしろ直ちに遠ざけてしまうことを、〈正直〉ジム・フロイドは知り抜いていたのである。西部の炭坑町ならぴったりかもしれない。だが大都会では目立ち過ぎるのだ。年配の牧師のように洗練された外見の方が、より有効なことに彼は気づいていた——もし宝石で飾り立てた牧師というものを、想像できればだが。

「何か変わったことでも、ミスター・グラント？」フロイドはビルに向かって話しかけた。

「ちょっとした発明をしてね」パームリーは応えた。明らかに何かわけがあって、彼は偽名を使った方がいいと考えたのだ。

「それでどんなことをなさるんです？」

ビルは声を潜めた。「ルーレット盤が回転している時に、こいつを向けると――」

「すると？」

「何を探すべきかわかっていれば、見つけることもある。そうだろう、ミスター・クラグホーン？」

トニーは一言も理解できなかったが、フクロウのようにもったいぶってうなずいてみせた。「さよう、その通り」彼は請け合った。「まさに驚くべき発明ですな」

〈正直〉ジムは手を伸ばし、「よろしいですか？」と尋ねた。

「もちろん」ビルは道具の使い方を説明した。

プロの賭博師として、ジム・フロイドはポーカーフェイスを身につけており、レンズを通して、トニーには永遠と思えるほど長いこと見つめている間、顔の筋一つ動かさなかった。何度も彼はレバーをセットし、また何度も小さなボタンを押した。ようやくその装置を目から下ろした時、彼の手は少しも震えていなかった。「実に素晴らしいです、ミスター・グラント。実に素晴らしい。この小さな発明品は、当然売り物でしょうな？」

「もちろんだとも」

フロイドはお辞儀をし、厳粛な様子で手招きした。「事務所までおいでいただければ、価格について話し合いましょう」

ホイットニー・バーンサイドはちらちらと横目で見ながら、少なくとも取っ組み合いくらいは予想していた。彼が仰天したことに、フロイドとパームリーは腕を組んで、仲良く語らいながら部屋から出てきたのだ。もっと驚いたのは、トニーが十五分後に「すべて終わった。パームリーは君に、明日の午前中に僕のアパートまで来るようにと言っている」と耳元で囁いたことだ。

6

派手な暴露を心待ちにしていた者にとって、特に変わった事件もない静かな夜は、期待外れだったことだろう。ホイットニー・バーンサイドはそう感じた。爆弾が爆発するのを待ちながら、彼は普段以上に向こう見ずに賭けることも躊躇しなかった――わずか三十分の間に、数千ドルも散財してしまったのだ――そして爆弾は不発だった。彼が期待していたのは華々しいクライマックスで、その中心に、自分の損失分すべてをフロイドが返してくれる儀式が来るはずであった。それを見越して、さらに多くの金をためらいもせず失っていたのだ。そしてクライマックスは、ついに来なかったのである。トニーのアパートの入口で車から飛び降りた時、ホイットニー・バーンサイドは見るからにいら立っていた。しかしエレベーターで素早く上に向かって運ばれる間に、彼の望みは蘇った。もしかすると〈正直〉ジムが手錠をかけられ、警官に付き添われた姿で彼を出迎えるという、胸のすくような光景が見られるかもしれない。あるいはホイットニーが泣く泣く手放した二十ドル札が、トニーの居間のテーブルを、一インチもの厚さで覆い尽くしているかもしれない。トニーは「すべて終わった」と言ったな。ホイットニーの心は弾んだ。

しかしアパートに入った彼を待ち受けていたのは、劇的な情景ではなかった。代わりにビルがそっけなく出迎え、部屋のほとんどを占めている巨大な物体のところに彼をまっすぐ連れて行き、布をさっと取り払った。「何だかわかるか？」ビルは尋ねた。

「当たり前だ」ホイットニーは冷たく応えた。「ルーレットテーブルさ」

「ただのルーレットテーブルじゃない」ビルは訂正した。「これこそあのルーレットテーブルだ。あんたが昨夜プレイしたやつさ。座れよ、今やって見せるから。あんたが赤に賭けたとしよう。さあ、よく見て！」ビルは十二回、盤を回した。ボールは十二回とも黒の枠に入った。「わかったかい？」

「あと何回黒が出てくるんだ？」すっかり心を奪われたホイットニーは尋ねた。

「望めば何度でも。二十回だろうが五十回だろうが、百回でもね」

「じゃあ黒に賭けさえすればいいんだな」

何も言わずにビルが盤を回転させると、ボールは初めて赤のポケットに収まった。

「黒に賭けたって、何にもならないよ」

「でも変えていくこともできるぞ」飲み込みの遅い、若き百万長者は言い張った。「赤と黒に、交互に賭けていけばいい」

「そうするとボールは、黒と赤に交互に入るさ。いいかい」また彼は盤を回し、ボールは魅入られたように、彼の指示に従った。「フロイドのゲームがインチキだと、証明しろと言ったろう。僕は証明できたかい？」

「どんな仕組みなんだ？」ホイットニーは問い返した。

「簡単なことさ。ルーレット盤は銅の仕切りで、同じ大きさの枠に分けられていることになってるな」

「これがそうだ」

「ああ、だがこいつには二組の仕切りがあるんだ。一組は回転盤の軸にくっついている。もう一組は、一つおきの仕切りすべてだが、盤の縁《へり》の方にくっついているんだ。そして盤の下には、持ち上げてみればわかるが、ちょっとしたうまい仕掛けがあって、押しボタン一つで縁が何分の一インチか回転するようになっているのさ」

「それでどんな違いがあるっていうんだ？」

ビルは辛抱強く微笑んだ。「わずかな——でも十分な違いさ。ボタンに触らなければ、縁はこれはまともな盤だ。どの枠もまったく同じ大きさだ。だがもしボタンに触れれば、縁はほんの少し回転して、黒い枠はボールが入るには小さくなり過ぎるんだ。それが黒に賭けるたびに起こったことさ」

「赤に賭けたら？」

「その時はもう一つのボタンに触れれば、縁は違った動きをする。いいかい？」

ホイットニーがじっと見つめる中、赤の枠は急に狭くなると同時に、黒が広くなった。

「ハンマーでも使わないことには、ボールを赤の枠に押し込むことはできなかっただろうよ！」ビルは解説した。

ホイットニーは眉をひそめた。「そんなにうまくやれたはずがない」

「なぜだい？」

「まず、クルピエがボタンを押せば、俺の目に留まったはずだ。奴を見てたんだからな」

ビルは笑った。「そりゃ見てただろうさ。だが盤に通じていた電線と、それを操作していた人間は見えなかっただろう——あんたが疑わない程度にたびたびやっていた——隣の部屋でね！　あんたがわかりやすいように、僕は操縦装置をテーブルの側に取りつけたのさ。フロイドは二十フィートの線の端でそれを使ってたんだ」

再びホイットニーは眉を寄せた。「それでもお粗末過ぎるぜ。そら、肉眼で見ても、黒の枠の方が赤より広いことがわかる」

「でも、盤がその時高速で回転していたらわからないよ！　フロイドは運任せにはしなかった。盤が止まっている時は、計っても何も発見できなかっただろう。ボタンは回転している間だけ押されたんだ——目が追いつけない時にね——で、動きが止まるよりずっと前に、すべては元通りというわけ。勝つための仕掛け、それもこんなに難なく勝てるものとしては、こいつに匹敵するものを見たことがない」

トニーが会話に割り込んできた。「君の発明について話せよ、ビル」

ビルは照れたように笑った。「そういうルーレット盤のことは聞いたことがあって、フロイドの店に初めて行った時、目の前にあるのがそうじゃないかと思ったんだ。だが疑うのと実際に知っているのとは違うからね。証明しなくてはならない、それも徹底的に。盤を調べさせてもらえば、もっと簡単だっただろうが、そんなことはフロイドが許さないだろう。しばらく途方に暮れたが、突然解決策がひらめいた。高速度カメラなら盤を止まったように見せるはずだ！　露出時間が五百分の一秒、いや千分の一秒であれば、最高速度で回っている盤でも、止まって見えるだろう。これはすばらしい思いつきだった」とビルは注釈を加えた。「僕は答えを見つけたつもりでいたが、写真を撮るにはフラッシュが必要なことに気づいたんだ。どんな感光板だって、あんなスピードのものを、フロイドの店の明かりだけでは写せやしない。フロイドはフラッシュを気に入らないだろうと、またしても思えた。僕が何をしようとしてるかはわからなかっただろうが、まず間違いなく異議を唱えただろうよ。

そして朝の六時十分前、最終的な結論が浮かんだ。人間の目は、どんな人工のカメラより優れたカメラだ。双眼鏡にカメラのシャッターを備えつける。ルーレット盤を一瞬だけ——ほんの千分の一秒だけ——見ると、何かおかしなことがあれば目が教えてくれるのさ！

これがこの話のすべてだ」ビルは締めくくった。「それと、フロイドにその装置で見させたがね。フロイドはいい奴だったから、そいつと交換にルーレットテーブルをプレゼントしてくれたよ」

何も言わずにホイットニーは帽子とステッキをつかむと、ドアめがけて突進した。

「どこへ行く？」トニーが問いただした。

「ダウンタウンだ、フロイドを丸裸にしてやる！」彼は荒々しくドアを開けると、階段を三段ずつ駆け降りて行った。

「奴を止めてくれ！」トニーが叫んだ。「あいつのステッキは鉄製なんだ！　殺してしまうぞ！」

「フロイドは殺せないよ」ビルは落ち着いてきっぱり応えた。「フロイドはもう年だ。いろいろと浮き沈みがあったが、この二週間でバーンサイドから奪い取った金があれば、十分余生を過ごせる。昨夜、もう引退の潮時だと言っていたよ――ルーレットスコープを覗いた直後に、そう決めたそうだ――そして自分の計画を実行していれば、今朝早くの汽車でニューヨークを離れているよ」

トニーはビルを見つめ、ニヤリと笑った。「僕と同じことを考えてるかい?」

ビルはうなずいた。「フロイドが街を離れたとバーンサイドが知ったら――」

「奴は銀行へ行く!」

「そして、またしても小切手の支払いを停止する!」ビルは笑った。「昨日のうちに現金にしておいてよかったよ、なあ?」

良心の問題

1

当初我々は、それがトニー・クラグホーンとは当然何の関わりもないと思っていた。ターナーもフォルウェルも、彼に口出ししてくれとは頼んでいなかったし、権威あるウィンザー・クラブの理事たちも、もし彼が手初めに何をやるつもりか知っていたら、断固としてやめさせたことだろう。ウィンザー・クラブという聖域においては、そういったことは起こらない——起こってはいけない——のであり、トニーの軽率な臆測に対しては、普通の状況であれば、懲戒処分が要求されたことだろう。しかしまた、それを承知した上で、状況は普通ではなかったことをつけ加えておいた方がいい——それどころではなかった。ごく控えめに言っても、間違いなく奇妙であった。

金持ちで有名な老人が、貧乏だと知られている若者と毎晩カードをして、百晩のうち九十九晩、実際に負けて席を立っていれば、見ている者たちが疑いを抱くのはもっともである。その疑いをトニーはとことん掘り下げたのだ。

しかし、ただ公平を期するために言えば、トニーはだんだんと人間性への根強い不信感を抱くようになっていたのである。一年前はそうではなかった。一年前、彼は正直を当然のことと思っており、自分の時おりの不運を偶然の法則のせいにしていた。その後矢継ぎ早に、数々の仰天するような経験をすることになったのである。ビル・パームリーはさまざまな問題に、驚くべき光を投げかけた。たとえば印のついたカードと、ゲームの進行中にさりげなく印をつけられる仕掛けがあった。また隠し札、すなわち手に取って使う時機が来るまで、一枚以上の札を隠しておく、ただそれだけのために考案された装置も。さらには持ち主に従うよう調整され、所定の色や数がいずれは当たると信じているプレイヤーの望みには不思議と反応しない、改造ルーレット盤まであった。

トニーはそれらを知って、大いに反応を示した。初めのうちは、ただただ驚いていただけだった。プレイヤーが、怪しげな方法に頼ろうとするのはおかしなものだ、と彼は考えた。熟練のみが合理的に報酬を約束してくれ、インチキの仕掛けは、厳密に言えば必要ないのだと思っていた。

その後、暴露また暴露と続くうちに、トニーの態度はすっかり変化した。これから使おうとするカードの裏を調べるのが、当然のことになった。たとえ印がついていたところで、彼には発見できなかっただろう。しかし疑いを持つようになって、カードをじっくり検分するのが習い性となったのである。あまりあからさまにやるわけにはいかなかった。そうすれば、なぜそれほど詮索するのか、説明させられたことだろう。しかしそうした危なっかしい、生半可な知識を得ると、トニーはすぐさま最大限に活用したのである。

行きつけのクラブで、友人の誰かがポーカーやファロやルーレットでひどく負けたと聞くと、トニーはどんな不正な策略がそこに働いたのだろうと考えをめぐらせた。そして同じ友人が勝ったと聞くと、トニーは眉間に皺《しわ》を寄せて心の中で、果たして友人は詐欺師なのか否かと自問するのであった。

時々彼はこうした大事な問題を、たいそう聡明な妻に相談したが、その見返りはただ一笑に付されただけであった。

「雲をつかむような話よ、トニー」彼女は繰り返し断言した。「人は生まれつき正直なものよ」

「じゃあ、サトリフやシュウォーツやフロイドのことは、どう説明するんだい？」夫は問いつめた。

ミセス・クラグホーンは笑った。「蠅《はえ》は蜜の一番濃いところに集まるの」

「と言うと、つまり？」

「つまり、あなたやあなたのお友達の誰でもそうだけど、お金がたっぷりある若い男性は、それほど潤っていない人間を引きつけるのね。それでもその三人のうち、あなたから巻き上げようとしたのは一人だけよ。他の二人はあなたが首をつっこんできた時、静かに自分の仕事をしていただけでしょ」

「静かに自分の仕事をしていただけだって！」トニーは鼻を鳴らした。「シュウォーツはテッド・ウェイランドから金を奪っていたし、フロイドは奴の賭博場に入り込んでくる間抜けを、片っ端から餌食《えじき》にしていたんだぞ。一年で三人の詐欺師に出会ったことになる。三人会えばたくさんだ」

「ニューヨークでは」ミセス・クラグホーンは指摘した。「百万人に一人よりも少ないのよ」

トニーはブツブツ文句を言った。文句に対して言い返すのは難しいので、ミセス・クラグホーンの方は黙っていた。

「よく目を見開いていれば」再び彼女の夫は、くどくどと言いつのった。「君にも奇妙なことがたくさん見えるはずだよ」

「時にはそんなものを見ない方が、幸せだと思うわ。しばらく目をつぶってごらんなさい。面倒なことを求めてキョロキョロしていれば、そりゃ確かに見つかるでしょうよ」

もし弁護士に金を払ってこの優れた忠告を受けていれば、トニーは従っただろう。しかし妻から無料で言われたとあって、彼は真剣に受け止めなかった。

だからこそおそらく、詳細を知る三、四人が言うところのターナー＝フォルウェル事件を、トニーがひょっこり見つけることになったのであろう。

2

「初めに、神はウィンザー・クラブをお造りになった」クラブの委員会の長であり、メンバーの息子にして、二人のメンバーの孫、そしてさらに二人のメンバーの父であるカーヴァー老は、このように聖書を修正した。この入会条件の厳しいクラブの歴史上で起こった、あらゆる出来事の正確な日付を言えたように、カーヴァー老は創立の年月日もきっちりと言えたことだろう。しかし彼は、それを謎のベールで覆っておく方を好んだ。ウィンザー・クラブは、交通整理の警官ではなくインディアンたちが五番街を統治していた頃、イギリス・ポンドがインディアンの貝殻玉に取って代わって、法定の通貨になった頃、そしてカナル・ストリートが本当に運河《カナル》で、ブロードウェイと四十二丁目の角が今よりずっと安全だった頃に、できたのではないかと思われていた。

そのような遠い、しかし忘れられてはいない時代に、十二人の男たちがある夜集まり、承認を求めて互いの顔を見回して、ウィンザー・クラブを設立し、入会待ちの名簿を作り上げた。時々彼らは会員を加えていったが、それは彼ら自身と同じように先祖をメイフラワー号の時代までさかのぼることができ、あまりに長い間裕福なので、ただの金には何の意味も見出さないような人々であった。しかし何ヶ月もしないうちに、志願者たちは果てしなく続く列の最後尾に追いやられ、また時にはあの世に行ってしまった後に選出されるようになった。

「実に滑稽な話だよ」カーヴァー老は、よく語ったものだ。「一八〇六年――それとも一八〇五年だったか？――ゴドフリー・ピンクニーが会員に選ばれたんだが、なんと、彼は六年も前に死んでおったのだ！　わしは議事録でそのことを発見した」

「それで、彼らはどうしたのですか？」最も年少の会員が恭《うやうや》しく尋ねた。

「そうだな」カーヴァー老は含み笑いをした。「彼を生き返らせることはできなかったよ。だがもし彼らがトリニティ教会の墓地に行って、そのうれしい知らせをある墓石に向かって囁《ささや》いていたら、ゴドフリー・ピンクニーはすぐさま墓から飛び上がって、ビーバー皮の帽子にブラシをかけ、入会金を支払ったことだろうよ。しかし会員資格委員会は熟考の末、これが例外的な状況だと認め、入会待ちの名簿にいた十人を飛ばして、息子のゴドフリー・ピンクニーを、一八一二年の米英戦争の前に入会させたのだ」

トニー・クラグホーンは会員であったが、生後二十四時間という適齢期に、鼻高々の父親から推薦され、三十一歳の誕生日に選ばれた。しかし鉄で財を成したデントトン・トーマスは、頑ななミスター・カーヴァーから丁重に断られた。

「わしも君を推薦するだろう」カーヴァー老ははっきりと言った。「君はいい青年だし、ほとんどあらゆる点で望ましいからな。だがそれは何の助けにもならないのだ。たとえ会員資格委員会が――そんなことがあるとは思えないが――君の生きている間に審議に取り掛かったとしても、選ばれることはまずあるまい」

「でもどうしてです？」憤慨したミスター・トーマスは問いただした。彼が最近手にした金は、多くの扉を開いてくれた。この扉もきっと開くに違いない。

ミスター・カーヴァーは、ほんのちょっと肩をすくめた。「君は金持ちだ、そうだろう？」彼は尋ねた。

「うなるほど持ってます」

「そうだな、そのことを忘れるようにすれば、やがてはもっと望ましくなるだろう。確かに君はいい奴だ」と彼は認めた。「だが――言わせてもらえば――身分がない。君の息子なら――」

「僕は独身で子供はいません」ミスター・トーマスは口を挟んだ。

「君の息子なら」ミスター・カーヴァーは続けた。「選ばれる見込みは十分あるだろう。わしが君なら、結婚を考えるだろうね」

こうした逸話は、なぜ会員たちがその地位に重きを置いたのかを物語っている。推薦されるだけで光栄だった。選ばれることは身に余る栄誉だったので、多くの者が衝撃から立ち直れなかったほどだ。夕方になると上品な一団が囁き声を交わしながら、広々としたクラブルームを横切ったが、そこは五番街の中でも最も高価な一角だということを考慮して構えられていた。友人たちは、ともにこの選り抜きの団体に選ばれたことを喜びながら、ふさわしいしかつめらしさで互いに挨拶し、壁から見下ろす今は亡き理事たちの肖像画は、印象的な重々しさをその場に与えるのであった。

静かな一隅では、会員二人がチェスの勝負にふけっているのが見られるかもしれない。別の隅では、クリベッジやブリッジやチェッカーを目にすることもあるだろう。そしてまた別の隅では、祖父が大富豪、父が単なる金持ちで、本人はどちらかと言えば、羽振りがいいとは言い難いフィル・ターナーの姿が、週に四日は見られたであろう。倍以上の年齢のラムジー・フォルウェル――あまりに多くの会社の株主なので、記憶を新たにするにはカード式索引が欠かせなかった人物――と、カシーノの勝負をしていたのである。

ターナーはクラグホーンと同じく、誕生の時点でクラブの会員に推薦され、きっかり三十一年後に選ばれた。しかしその間に、彼の一家の財産は悲しいほど目減りしていった。ターナー家はすでに百万長者ではなかった。ターナーの父は、かつて一家の遺産を管理していたが、才能を発揮したのはそれを食いつぶすことのみ、しかも非常に成功したので、フィリップがクラブの会員になって二年後に父が亡くなった時、遺産といえば選りすぐりの無謀な事業ばかりであった。理由はわからないが父が売らないでおいた一画の土地だけが、ウィンザーでの会費を払うだけの収入をもたらしてくれた。その他については、一日中簿記係の椅子に座り、妻子を何とか養うだけの稼ぎを得ているのであった。

彼はウィンザーを退会して、毎年それにかかる金を節約することもできただろう。しかし会員たちは、辞めることなど考えられないほど、その地位を高く評価しており、しかもフィリップは、きわめて規則正しく顔を出していたのだ。彼にとってウィンザーは、一家のかつての栄光を窺わせる最後の一片であった。彼はなりふり構わずそれにしがみついた。

そしてトニー・クラグホーンは、会員仲間とのおしゃべりの中で、フィル・ターナーがカシーノで一晩に平均五十ドル以上も勝っているという、興味深い話を耳にした。トニー・クラグホーンは考えはじめた……。

3

ところで、どんどん連なっていく思考は、乗るには危険が伴う列車である。というのも、どんなところにでも連れて行かれる上に、その終着点が乗客の意に適うとは限らないからだ。それでもトニーは、たまたま出発点を見つけてしまい、幾分自動的に、筋の通る結論へと進みはじめたのである。

金持ちと貧乏な男がカードで勝負をして、金持ちの方がたいていどころか常に負けているとしたら、腕のせいかもしれないし、またそうではないかもしれない。

すべてを見聞きして何でも知っているカーヴァー老は、何ヶ月も前に、フォルウェルがいつも負けていることを聞いて、こう語った。「もしラムジーが負けても、ほとんどの人間よりうまく償えるさ。ラムジー・フォルウェルは、少なくとも一千万ドルは持っている。金に関する限り、今の十倍、いや百倍負けても、救貧院に行くことにはならんだろう。もちろんラムジーの収入は週一万ドル近いし、何をしようとたいして減ることはないね」

トニーが聞き、また考えたところでは、フィル・ターナーの収入は、フォルウェルから勝った分を除くと、週にほとんどないだろうし、またフォルウェルが定期的に手放す金の総額は、ターナーがこれまで合法的に稼げた収入を上回るだろう。もしターナーが時たま勝つことで満足していれば、トニーとしては何の文句もなかった。だが着実に、一貫して勝ち、ただの一度も負け知らずというのは不公平な話だ。

トニーはこの件をじっくり考え、ついに、フォルウェルは百万長者ではあっても、助けを必要としているとの結論に達した。殊勝にも彼は、自らを救済委員会に選び出した。その立場の役目を果たすべく、彼はある夜椅子を引き寄せ、勝負の見張りに自らを招待した。「見学してもよろしいでしょうね？」彼はフォルウェルの側《そば》に、ゆったり腰を落ち着けてから尋ねた。

「構わないとも」年配の百万長者は応えた。「実を言うと、見てもらえるのはうれしいんだ。ちゃんとした形で勝負すれば、カシーノの方がはるかに面白いのに、なぜたいていの男がブリッジやポーカーにあれほど興味を示すのか、わたしにはわからないよ。そうじゃないかい、フィリップ？」

堅実に勝ち続けているのだから、ターナーは愛想よくして当然と思われた。しかし彼はただ「フン！」と唸《うな》っただけで、慎重にカードを切った。

「あなた方がこの隅で、毎晩勝負しているのを見ていましたよ」ターナーのあからさまな敵意に臆することなく、トニーは続けた。「このゲームの何がそんなに面白いのか、知りたいんです」彼は思い切って、念入りに計算した意見を述べた。「ほとんどの場合、勝負は五分五分でしょう？」

フォルウェルはかぶりを振った。「ミスター・ターナーはとても強い。わたしも上達してきているから、そのうち彼にとってもっと面白い勝負ができるだろう。でも今は、コツを教わっているところなんだよ」

「長いことゲームをしてこられたんでしょうね」

「ゲームはね、でもカシーノに関しては違うよ」フォルウェルは訂正した。「それでも、だいぶうまくなってきたと思う。そう思わないか、フィリップ？」

返事もせずにターナーは、「ビッグ・カシーノ」と呼ばれるダイヤの十を置き、テーブルの上の七と三を取って、その三を表向きに置いてスウィープ（手札一枚で場札を全部取ること）であることを示した。「これで三点獲得」と彼は知らせた。

「ビッグ・カシーノで二点」フォルウェルは説明した。「そしてスウィープで一点。三十点取れば勝ちだ」

トニーは黙って勝負の進行を見守った。すべての札がなくなると、フォルウェルは自分が取った札をざっと眺め、こう告げた。「わたしのところにはスペードと、リトル・カシーノ（スペードの二）、それにエースが二枚ある。四点だ。ミスター・ターナーは残りの全部だ。七点だね」

「それとスウィープが二回」ターナーが訂正した。

「では全部で九点だ」フォルウェルは言い直した。彼はにこやかにトニーの方を振り向いた。「ゲームのやり方がわかってきたかな、ミスター・クラグホーン？」

トニーはうなずき、プレイヤーたちは得点を示すチップを左から右へと動かした。

「どちらかが三十点取るまで、これを続けるのですか？」

「ミスター・ターナーが三十点取るまでだよ。ほら、わたしの十二点に対して、彼はもう二十八点取っている」

ターナーは必要な二点をあっという間に追加し、トニーはゲームが続いていく間、二人の男を観察しはじめた。これほど対照的な二人もいなかっただろう。フォルウェルは七十歳を超えた昔風の紳士で、威厳があって礼儀正しく、穏和で控えめだった。銀色の顎鬚《あごひげ》と口髭が、上品な顔に優しそうな輪郭を与えている。目尻に細かく寄った皺《しわ》が、年月を経ても擦り減らなかったユーモアのセンスを物語っていた。この百万長者にはどこか愛すべきところがあり、トニーは心を引きつけられた。

ターナーに対しては、彼の反応はまるで正反対だった。年は三十五歳くらい、背が高くて力強く、不格好だった。きれいに剃り上げた口元は、不機嫌そうに固く引き締められ、乱れて束になった黒髪は、いかつい眉の上まで垂れかかっている。落ち窪んだ目とかぎ鼻は、さらに感じが悪かった。彼の顔は一種独特であった。しかしトニーは、それが失望した男の容貌であることを理解してやらねばならないとわかっていた。生きることはフィリップ・ターナーにとって、なまやさしいものではなかった。人生との闘いの中で勝利を収めたことはほとんどなく、彼の表情にはっきりと刻み込まれた不機嫌さは、読み取れる者にとっては、伝記のページのようなものであった。

トニーは二人の男を観察してみて驚いた。フォルウェルがいかにゆっくり、慎重にカードを切るか、また自分の番が来た時、ターナーがいかに素早く、だが注意深くカードを扱うかに気づいたのだ。テーブルの片側では、昔ながらの貴族的な人物が、優雅なスポーツマン精神をもって敗北に対面している。もう一方では、彼の半分ほどの年齢の男が、がつがつと——強欲なほどに勝利を収めていた。

十時になるとフォルウェルは椅子を引き、得点を眺め、相手に二十ドル札を三枚渡した。「間違いないね？」

「ああ」ターナーは陰気な声で応えた。感謝の言葉を加えようともしなかった。

フォルウェルはトニーに一礼した。「わたしたちのささやかなゲームを見てくれて、本当にありがとう。これをきっかけに、君もカシーノをやるようになればと願うよ。それでは皆さん、お先に」

「もう一、二勝負いかがですか？」老紳士が去った後、トニーは誘いをかけた。

「いや」ぶっきらぼうにターナーは応えた。「家が遠いので」彼は立ち上がり、コートのボタンをかけ、うなずくとそっと出て行った。

トニーは微笑み、対戦者たちが残していったカードを半分ずつに分けて切った。「偶然の法則によれば」彼は独り言を言った。「起こるべきことが起こるはずなんだ。なぜそうならなかったんだろう？」

彼にとって運の悪いことに、チェット・モウルトンがちょうどその時通りかかり、トニーのつぶやきを聞きつけ、「何と言ったんだい？」と尋ねてきた。

ところでモウルトンは噂好きで有名であり、トニーもそのことは知っていたのだが、まったく浅はかにも自分の見たことを漏らしてしまった。

「何だって、クラグホーン！」モウルトンは叫んだ。「まさかフィル・ターナーが、いかさまをやっていると言うんじゃないだろうな！」

「どういうことかわからないんだ」トニーは憂鬱そうに打ち明けた。

「ここはウィンザー・クラブだぞ！」モウルトンはきっぱり言った。「ここでそんなことが起こったためしはない」

「でもだからといって」トニーは言い張った。「起こり得ないとは限らないよ」

「この屋根の下で？」

「どんな屋根の下でもさ」

「いや、あり得ないね！」

「この世では」トニーは言い切った。「どんな――たとえどんなことでも――不可能とは言えないんだ」

　彼はモウルトンが別の部屋に引っ込む間も、突飛な考えにふけっており、クラブの委員長であるカーヴァー老から話があると、ボーイが呼びに来た時も、まだその最中であった。

　カーヴァーはまっすぐ核心を突いてきた。「ミスター・クラグホーン、君はクラブの会員の一人に、ゆゆしき嫌疑をかけているそうだね？」

「ええ――まあ」トニーは認めた。

カーヴァー老の唇は一文字に引き結ばれた。ウィンザー・クラブの名誉にかかわる問題になると、彼は容赦なかった。「その嫌疑を実証するか、ミスター・クラグホーン、さもなくば――」

「さもなくば？」

「友人として、退会をお勧めする」

ふいに心臓の近くに現れた氷のような感触を抑えつつ、トニーは問いただした。「チェット・モウルトンがしゃべってしまったら、どうやってこの件を証明できると言うんです？」

「ミスター・モウルトンはすでにしゃべったこと以上は話さないだろう。そのことは約束しよう」カーヴァー老はゆっくりと立ち上がった。「一週間のうちに結果を聞かせてくれ、ミスター・クラグホーン。それだけだ」

4

トニーはすっかり意気消沈して家路についた。彼は自分の思考の連なりを追いかけ、第一級の難問にまっすぐ突っ込んでしまったのだ。自分をフォルウェルの保護者に選ぶことと、彼が必要とも惜しいとも思っていない金を守るために、貴重なウィンザーの会員の地位を危険にさらすこととは、まるっきり別の問題だ。彼が今見たゲームには、いくつか奇妙な点があり、トニーはそれを確信していた。しかしカーヴァー老が納得するようその告発を証明するのは、なかなか容易なことではない。ターナーが突然用心深くなって、次回からルール通りに勝負しはじめるかもしれない、カーヴァー老が請け合ったにもかかわらず、チェット・モウルトンが致命的なおしゃべりをするかもしれない、フォルウェルは年なので、次の対戦の前に病気になったり、死ぬことすらあるかもしれない――こうした考えがよぎった時、トニーの背中を冷たい震えが走った。それらはみな起こり得る事態であり、一つとしてトニーが慰めを見出せるものはなかった。自分は手に余ることに首をつっこんでしまった、うぬぼれで目が眩《くら》み、退くことも、なおかつ進むこともできない道に入り込んでしまったのだという思いが、ふいに彼の心に浮かんだ。

彼はアパートのドアの鍵を取りだし、妻の慈悲にすがろうと固く決意した。彼女の忠告を無視したとはいえ、この期に及んでその助言が奇跡を呼び起こすかもしれない。そして鍵をまさに鍵穴に差し込んだ時、彼は撃たれたように動きを止めた。アパートの内側から、会話が聞こえてきたのだ。

「一日二日ばかり、街に出てみようと思ったんですよ」聞きなれた声が言っていた。

「鶏の展示会を今やっていて、繁殖用の品種を買いたかったのでね」

トニーは大急ぎで部屋に飛び込んだ。「ビル！」彼は小躍りして叫んだ。「ああ、ビル！」

地主で農夫、酪農家、鶏の飼育者、そして元賭博師のウィリアム・パームリーは立ち上がって、手を差し伸べた。「君の家にちょっと立ち寄ったら、歓迎してくれるだろうとは思っていたけど、トニー、でも長いこと行方不明だった兄弟みたいに、首根っこにかじりついてくるとは想像もしなかったよ！」

「ビル」トニーは大喜びだった。「なんてうれしいお客だろう！　ねえ、君こそまさに今、僕が世界で一番会いたかった人なんだよ！」

パームリーは楽しそうに笑った。「へえ、農業について何か解説してほしいのかい？」

「違うよ！　僕を穴から救い出してほしいんだ！」

可愛らしいミセス・クラグホーンは、夫に驚きの目を向けた。「トニー、あなたまた穴に落っこちたの？」彼女は尋ねた。「約束したじゃない――」

「約束は破ってないよ」トニーは彼女に請け合った。「でもやっぱり穴に落ちてしまったんだ。この前の時とは違う――その前とも違う。もっと深くて――広くて――もっと不愉快で――」

ビルはさえぎった。「だらだら言うのはやめて、要点を話せよ」彼は促した。「今度はどんな悪さをしたんだい？」彼の顔は真剣だったが、青い目はきらめいていた。

トニーは赤くなった。真実のために、このことは記録しておくべきだろう。それから時々聞き手の質問に助けられながら、自分の話をすべて打ち明けた。

「つまり、これは僕がフォルウェルを助けたかったからこそ、起きたことなんだ」彼はお粗末に締めくくった。

可愛らしいミセス・クラグホーンは、頭をのけぞらせて笑い出し、目に涙が浮かぶまで笑いころげた。

「ミリー！」トニーは鋭くとがめた。

「わかってるわ──ああ、笑い事じゃないわよね──ウィンザーでの会員の地位がかかっているんですものね」ミセス・クラグホーンは喘《あえ》いだ。「でも誰かを助けるっていう考えは──」

「いけないかい？」トニーはいら立った。

「あなたときたらいつも、自分の方が十倍もひどい問題に巻き込まれるんだから！　あなたは世界で一番人がよくて、優しくて、愛すべき人よ。でも目の見えない人を助けて道を渡らせる時は、向こう側に着く前にポケットを探られるし、溺れている人を助けようとすると、鮫に脚を食いちぎられてしまうの！　ねえトニー、あなたが救おうとする人たちより、あなた自身がいつも助けを必要としていることに気づかないの？」

ビルは笑った。「彼はあまりに深くはまりこんでしまってから、引き返せないことに気づくんだよ」

「引き返そうとは思わないね」トニーは言い放った。「あのゲームが正直なものじゃなかったことは、確信しているんだ」

パームリーの顔が急に真面目になった。「ねえ君、最初からあまり脅かしたくはないけれど、札をすべて使うカードゲームでいかさまをやることがどれほど難しいか、考えもしなかったの？　ポーカーではすべての札は使わないから、二、三枚隠しておいても、誰も違いがわからない。でもカシーノではすべての札を調べるから、一枚でもなくなってたら、手札がおかしくなってしまうんだ。それは思いつかなかったかい？」

「札を抜き取れるくらい器用な奴なら、また戻すことだってできるさ」

「ああ――そいつが配る番ならね」

「それに自分が配る番じゃなかったら、カットする間にいかさまを仕組むこともできるだろう」

ビルは首を振った。「僕はプロの賭博師を六年間やっていて、カードでほとんどどんなことでもできた。しゃべらせることを除けばね。でも、他人の手札に工作することはできなかったよ。もしすべてが都合よくいけば、欲しいカードを一番上にもってくることはできる。でもカシーノみたいなゲームの場合、最初の一勝負でばれてしまうし、一晩に一、二回以上、運まかせでやってみる気はとてもしないな」

「一、二回で十分だろう」

「ポーカーならね――カシーノじゃだめだ。ポーカーなら、他の人間に高く賭けさせることができる。カシーノではだらだらゲームが続いた後、やっと点数が決まるんだ。それに忘れないでくれ。たとえ欲しいカードを手に入れたとしても、何の役にも立たないかもしれない――テーブルに出ているカードの組み合わせが、思わしくないことだってあるんだ」

「でもたとえば」トニーは食い下がった。「君の配る番で、ちょうどいい時にいかさまをしたら」

「五分五分の賭けだから、時間の無駄かもしれないよ。相手が先にプレイするんだ」

トニーは顔をしかめた。「厄介なことになったとは思っていたけど、君が教えてくれたことで、考えていたよりさらに悪いことがわかったよ」

パームリーはしょげ返った友人の肩をピシャリと叩き、「元気を出せよ！」とハッパをかけた。「君が一番正しいかもしれないよ。誰かが百回のうち百回とも勝って、なおかつ相手がどうしようもない間抜けでなければ、絶対何かがおかしいんだ。彼らが次に勝負する時、ウィンザーに連れて行ってもらうことにするよ」

で、一方フォルウェルは、いつも通り人当たりが良かった。「わたしたちのゲームが、これほどまでに関心を呼んだとはうれしいね」老人はきっぱり言った。「もしわたしの思い通りにできるなら、このクラブではカシーノを唯一のゲームにしたいね。生涯を通して、心から楽しんだゲームはこれだけだ。どれだけ学んでも、なお常に何かしら学び得るものがある。そうだろう、フィリップ？」

「だろうな」ターナーは唸った。

5

ターナーは、普段以上の無愛想があり得るとすれば、さらに輪をかけてつっけんどん

パームリーは興味津々といった様子で、容疑者をしげしげと眺めた。彼は奇妙な服装をしていた。スーツは良い仕立てで、シミ一つなかった。しかしよくよく見ると、お世辞にも新しいとは言えず、擦り切れる寸前までブラシをかけられていた。靴は流行の型で、ぴかぴかに磨き上げられていたが、ビルの目は、靴底が薄くなるまで擦り減っており、おそらくスーツと同じくらい年数が経っていることを、素早く見抜いた。麻のシャツは文句なく真っ白で、買った時には明らかに高価なものだったが、着られるのももう限界だった。あと一回洗濯屋に出したら、ターナーの痩せこけた鎖骨が、シャツの残された生地を突き破ってしまうだろうと、ビルは内心予言した。

かつては裕福だった男だが――身の回りのものすべてが、それをはっきり示していた――この五、六年はつらく困難な状況だったことが、その同じ証拠によって見て取れた。ゲームによる収入は、彼にとって決して少ないものではないことを、ビルはほとんど一瞬のうちに判断した。

フォルウェルは愛想よく、田舎から来た男の方を向き、「カードはやるんですか？」と尋ねた。

「カシーノは子供の頃に覚えました」ビルは認めた。「でもゲームをやっていたのは、もうずいぶん前のことです。ご覧の通りわたしは農夫ですから、夜はくたびれてカードなどできないんですよ」

「時々は気晴らしになるでしょうよ」

「気晴らしですって？」ビルは笑った。「夜明けとともに起きなければならない生活を体験すれば、ベッドに勝るものはありませんよ！　カードに学ぶべきものがあるかどうか、僕にはわかっていないかもしれませんが」――これは周到に考え抜かれた告白だった――「眠ることにかけては、ただ寝るのも夢を見るのも、短くても長くても、うたた寝だろうがマラソン並に長かろうが、僕はチャンピオン中のチャンピオンですよ！」

トニーは表向き平静を装っていたが、心の中では平気どころではなかった。ターナーは決して馬鹿ではない。見知らぬ者が近くにいれば、彼は用心深く正直なゲームをするだろう。今は我慢して、より安全な機会を待つことくらい簡単なことだ。クラグホーンは観察し、友人と連れだって戻ってきた。何か怪しい。ターナーがそれに気づかないはずはない。

「素晴らしいゲームだ」フォルウェルは自分の話に飽きることなく断言した。「ブリッジのように混乱させることもないし、ポーカーのような単なる賭博でもなく、特有の美点がある。単純過ぎるように見えるかもしれない――やってみるまではね。そして単純どころではないことに、初めて気づくんだ」彼はカットのためカード一組を差し出した後、配り始めた。「これまでの生涯で、どれだけのゲームをやってきたかわからない――一万回はやったに違いない――だがいつも、まだまだやりたいと思うんだよ」

ターナーをしっかり見据えていたトニーは、その対戦者の方に、同情が熱く沸き上がるのを感じた。ターナーは黙って勝負に気力を集中させ、疑いすら抱かない犠牲者、真のスポーツマンが最高に潔く負けていく間、いつものようにどんどん勝っていった。こんな話があってなるものか、それでも――トニーはそう考えると髪の毛が逆立つような気がしたのだが――あるかもしれないのだ。

ターナーは無類の幸運に、聞いたこともないようなカードの出方に恵まれているのかもしれない。

彼はそっとビルの顔を盗み見たが、すっかり勝負に熱中しているように見えた。ほんの一瞬目が合ったが、元気づけてくれそうなものは何も読み取れなかった。思い悩みつつ、彼はカーヴァー老が部屋の隅からじっと見つめているのを、見たというよりも感じ取り、ウィンザー・クラブはもう自分を認めてくれないのではないかと思った。彼はターナーの一挙一動を注視した。どんな小さな動きも見逃さなかったことは確実だった。しかし仮にその瞬間、証言台に立たせられたとしたら、どんなゲームの規則に反する行為も見られなかったと、トニーは誓わざるを得なかっただろう。

フォルウェルが際限ないおしゃべりを続け、ビルがそれにいちいち応え、また自分が支配している勝負にターナーが厳しくこだわり、勝ちを一瞬言い足す間、トニーはずっと黙っていた。彼はこれほどまでに不思議な、しかも着実な勝ちを重ねていく、この貧乏な若者への憎しみが高まっていくのを感じた。何か説明できない方法によって、ターナーはこのゲームにおける最高のカード――ダイヤの十――を、その夜五回のうち四回も取ったことがわかった。偶然の法則は間違いなく、こんなカードの出方を許しているのだ。しかしトニーが同席していたついこの間の夜にも、確かに同じことが起こっており、どんな法則がこんな続けざまの奇妙な出来事を説明するのだろうと、彼は懸命に考え抜いた。

九時を過ぎて十時が近づくにつれ、彼は心配そうに時計をちらちら眺めた。勝負はもうすぐ終わるのに、自分には何もわかっていないのだ。

そして分針が容赦なく四十五分の印を過ぎると、ビルは立ち上がり、一言断って友人を部屋の片隅に連れて行った。

「それで?」トニーは息せき切って尋ねた。

「それでって?」

「ターナーは正直にやっていたかい?」彼は問い詰めた。

「お天道様に恥じないくらいね」ビルは応えた。

トニーは心臓が激しく喉元まで飛び上がるのを感じた。「それじゃ僕はおしまいだ」

彼は絞り出すような声で言った。

不可解なことに、ビルはかぶりを振った。

6

内々に会議室に引きこもると、カーヴァー老は荒々しい敵意を冷静な外見の下に隠し、共謀者たちに向き合って問いただした。「諸君、何かわたしに見せる証拠をお持ちかな?」

ビルのきらきら光る青い目は真剣だった。「証拠はあります。いわば僕にとっては満足のいく証拠ですが、あなたにとっては満足にはほど遠いかもしれません」カーヴァー老は静かに、彼が続けるのを待った。「この件を僕のやり方で進めることを、お許し願えれば」――カーヴァーはうなずいた――「まずよろしかったら、ミスター・フォルウェルにご同席を願うことから始めたいのです」

「なぜミスター・ターナーではないのだ？」

「ミスター・フォルウェルは敗者として、僕の結論を最初に聞く権利があるからです。どんな対応を取るか決めるのは、もし何かあればですが、彼に委ねられているのです」

「それはわたしに委ねられているのだよ、ミスター・パームリー」カーヴァーは語気鋭く訂正した。

「それでも、最初にミスター・フォルウェルに会わせていただきたいのです」

一言も言わず、カーヴァーはボタンに触れた。「ミスター・フォルウェルに伝えてくれ」応答したボーイに彼は指示した。「二、三分ほどこの部屋で、我々とご同席いただければ大変ありがたいとな」彼は嚙みつくようにビルの方を向いた。「まず初めに、互いに確認しておこう、ミスター・パームリー。君の要望に応えて、この件を君の満足いくように進め、どんな証拠だろうが君のやり方で提示することを許す。だがそれが終わったら、その先どのようにすべきかは、わたしが決める」

「十分過ぎるほどのお計らいです」ビルは急いで言った。

カーヴァーはうなずいた。この件はウィンザー・クラブの名誉にかかわることであり、それは老人の急所のごく近くを占めていたのだ。肉親の死も、仕事の失敗も、その他のどんな破局も、これほど彼の心の弱点を突くことはできなかったであろう。

年老いた百万長者が現れると、彼は挨拶し、椅子を指し示した。「ミスター・パームリーには会っただろうね？」

「もちろんだよ」

カーヴァー老はビルの方を向いた。「進めてくれるかな？」彼は促した。

ビルは回りくどい言い方で、時間を無駄にはしなかった。「ミスター・フォルウェル」彼は問いただした。「たった今あなたがやったゲームはいかさまだったと言ったら、なんとおっしゃいます？」

一言も漏らさず聞いていたトニーは、自分の耳が信じられなかった。たった五分前、ビルはターナーが正直だと保証したばかりではないか。それなのに今、矛盾したことをあっさり言っているのだ。

フォルウェルの目が、わずかにぴくんと引きつった。その質問が衝撃を与えたとすれば、彼はみごとな自制心で耐えたのだ。「ではわたしが勝負していたのは、いかさまゲームだったと言うのかな？」彼は問い返した。

「そうです」

「ならばミスター・パームリー、ご自分が何を言っているのかわからないのだ」

ビルは微笑んだ。「今夜、僕はあなたの対戦相手にダイヤの十が――二点になるカードですね——出た回数を数えていたんです」

「フィル・ターナーは心底誇り高い男だ！」フォルウェルはきっぱり言った。「彼が信頼できることといったら——」

　ビルは静かに口を挟んだ。「数日前の夜、同じことが起こった回数を、友人のミスター・クラグホーンが数えています」

「だがフィル・ターナーは、疑われるような人物ではない！」

「その前にも」ビルはすらすらと話をでっちあげた。「クラブの他の会員たちが、いかにダイヤの十——ビッグ・カシーノ——がターナーの方にばかり来て、あなたの方にはほとんど来ないかに気づいています」

「それがどうしたと言うんだね？」フォルウェルは口ごもった。彼の平静さは揺らぎはじめていた。

「もしそれが五回のうち三回起こったなら、ミスター・フォルウェル、僕は『運がいい』と言うでしょう。十回中七回起こったとしても、『運がいい』とね。でもあまりに頻繁でそれがいつものことになってしまい、例外がないのであれば、僕は——」

「なんと言うんだね？」

「誰かが、もしそうしたければ、その問題を解明してもいいと言うでしょうね」

　フォルウェルは不安げに、一人一人の顔を見渡した。「フィル・ターナーは心底誇り高い男だと言ったはずだ」

「それは保証していただかなくてもわかっています、ミスター・フォルウェル」

「わかっている？」

「僕は勝負をじっくり見ていました。ミスター・ターナーが少しでも不審な動きを見せたなら、目に留まったはずです」

フォルウェルの声に疑わしそうな響きが加わった。「目に留まったはずだって？」

「農夫になる前」ビルは説明した。「僕はプロの賭博師として、そこそこの生活を送っていたんです。アメリカで知られているものなら、あらゆるいかさまの仕掛けに通じていますが、ミスター・ターナーはそのうちのどれ一つとして使わなかったと、進んで誓えます」

フォルウェルは急に落ち着きを取り戻した。「それならば」と彼は提案した。「これ以上話す必要はないんじゃないかな。ミスター・ターナーが正直なゲームをしたことは、君も認めたわけだし、負けたわたしも文句を言うつもりはないからね」

「それでも」とビルは主張した。「それでもあのゲームは不正だったのです！」

トニーはびっくりしてビルを見つめた。彼の頭はクラクラしていた。向かい側のカーヴァー老は、火のついていない葉巻を手に持ったまま、彫像のように動かなかった。

フォルウェルは落ち着きなく笑った。「どうしてそんなことがあり得るのか、説明してもらえるだろうね、ミスター・パームリー」と彼は求めた。

「本当にそうお望みなんですか？」ビルの声は非常に優しくなった。「ミスター・フォルウェル、この部屋には僕たち四人しかいませんし、皆あなたの友人であることを信じてください。何をおっしゃろうと外に漏れることはありません——それは誓います——そして説明は、どうせやらなければならないのだから、僕よりあなたの方がお上手でしょう」

一分経ち——二分経ち——老いた百万長者は考え込んでいた。そうしてトニーが度胆を抜かれたことに、彼はただこう尋ねたのだ。「ミスター・パームリー、君はその目で、わたしがいかさまをするのを見たのかね？」

ビルはかぶりを振った。「見てはいません。推察したのです」

7

カーヴァー老はトニーに劣らず愕然としていた。実際、後になって彼は言ったものだ。「翼を生やし、エナメル革の靴を履いて、角縁の眼鏡をかけた紫の天使の一連隊が、『ハイアワサ』（当時の流行歌）の曲に合わせて、あの部屋に行進してきたとしても、あれほど仰天はしなかっただろう！」思慮深く、墓石のように寡黙な彼がこの意見を言ったのは、洗面所の鏡に映った自分の姿に向かってであり、断じて他の人間にではなかった。

しかしその場においては、カーヴァー老はフォルウェルを凝視し、葉巻を床に落としたのにも気づかず喘いだ。「ラムジー、君がいかさまをやったのか？」

「ああ」フォルウェルは認めた。「やったよ」

「にもかかわらず、負けたのか」

ビルは勢いよく、会話に割って入った。「あなたは勘違いをしておられる、ミスター・カーヴァー」と彼は指摘した。「だからこそ彼は負けたのです。ミスター・フォルウェルは負けたかったのです。普通のまずいプレイでは、満足いくほど早く負けられなかったため、考えられないような巧妙な手で何とか負けたのです」

フォルウェルはうなずいた。「これは長い話だ、諸君」と彼は前置きした。「だが理解してもらえたらと思うよ。わたしがやったようなことをする場合、何かしら理由があるはずだし、たいていごく納得のいくものだ。わたしの場合——賛成していただけると思うが——十分そう言えるものだったよ。

何年も前——昔からの付き合いのカーヴァーはおそらく知っていると思うが、君たち若者はまだ生まれていなかった頃だ——フィル・ターナーの父親とわたしはともに、仕事上の取り引きに関わり合っていた。わたしたちには共有していた財産があり、同じ事業に金を注ぎ込んでいた。共同預金口座のために、さまざまな金の運用をした。時々は損をしたが、それよりずっと多く儲け、それも大量に儲けた。

細かいところまで話して、君たちを退屈させようとは思わないよ。わたし自身、二人の共同経営が終わり、一人の親友を失う結果となった事件のことは、あまり思い出したくない。わたしだけの勘定である商取り引きをしたが、公平さや正義だけでなく、礼儀に照らしても、ターナーに莫大な利益の半分を渡すべきだったと言えば、おそらく十分だろう。わたしのしたことは違法でも、不正でも、当時わたしたちの間で交わしていた、書面上の有効な契約に、何一つ違反するものでもなかった。しかし適正でないことには変わりなく、わたしもそれを承知していたのだ。

諸君、お好きなように解釈してくれ――わたしも何度も自分に対して釈明してきたのだ――要りもしない、惜しかったとも思わないけちな金のために、わたしは友人を粗末に扱い、そして彼はもはやわたしの友人ではなくなった」

フォルウェルは一呼吸入れた。静かに聞いていた男たちは、何も質問しなかった。やがて彼は話を続けた。

「もし元パートナーがわたしと同じく成功していたら、そのことはもう考えなかっただろう。しかし無鉄砲を食い止めるわたしの慎重さを失ったことで、彼の状況はどんどん悪くなっていった。わたしたちは二人ともかつて裕福だった。わたしは財産を二倍にも三倍にも増やした。彼の方は愚かな投機に無駄金を費やした。時々、わたしとの経験が彼に人間性への信頼を失わせ、没落を引き起こすのに手を貸したのではないかと思うことがあった。彼が数年前に亡くなった時、ほんのわずかな財産しか息子に遺してやれなかったこと、また生前息子には、わたしの名を告げていなかったことを、わたしは十分承知していた。クラブでフィルに会った時、わたしのことを知っているとわかったが、それは彼の父を通してではなかった。諸君、つらかったよ、心底つらかった！

それからフィルについて何もかも知ったよ。彼は苦しい境遇にあった。収支を合わせるのにひどく苦労しており、それでわたしは息子を助けることで、父親に対する借りを返そうと決心したのだ。満足のいく決意を立てたのはいいが、さてどうやって実行したらいいのだろう？　あの若者は魔王のように尊大なのだ。金を差し出しても決して受け取るまい。わたしは千ドル札を封筒に入れ、郵送したことさえあった。彼は所有者不明の金の銀行預金口座を保管人として――いいかい、保管人だよ――開き、それ以来一セントたりとも手をつけていないんだ！

彼がカシーノをやることを知ると、わたしはだんだん彼に賭け金を上げさせて、自分が負けるように努めた。諸君、簡単ではなかったよ。わたしは生まれつきカードが得意で――わたしが若僧の頃からゲームによく参加していたことを、友達のカーヴァーが話してくれるだろう――そしてフィルときたらかわいそうに、これまで会った中でも一番下手なプレイヤーだった。わたしは何度も彼に機会を与えた。彼はただそれらに気づかなかった。できるだけまずいプレイをすると、フィルは必ずそれを下回るのだ。

そしてある夜、子供の頃覚えた手品の早業を思い出し、ビッグ・カシーノ、つまりダイヤの十を手の中に隠し、それをフィルですら利用せずにはいられない場面に渡してみた。結果は大成功で、わたしはそれを繰り返した——そして彼に賭け金をもっと上げさせた。

諸君、フィルは馬鹿ではないが、カードのことは何も知らず、毎晩わたしと勝負しても、普通のゲームで何とか持ちこたえることすら学ばなかった。カードテーブルに座って、妻子のことを考え——勝つことで彼らに買ってやれる、生活を楽にする品々のことを考え——そして彼が一セントでも勝ち取れる相手が、世界中探しても他にいないとは、全然わかっていなかったのだ！

君たちは彼を見ていた。間違いなく彼が勝負に集中していると思ったろう。確かにある意味で、非常に特殊な意味で集中していたのだ。スウィープをすれば、『赤ん坊の靴が買える』と自分に言い聞かせ、エースを取れば、医者への支払いの助けになると心に留め、ビッグ・カシーノを取れば、妻が新しいコートを欲しがっていたことを思い出すのだ。おかしいだろう？　滑稽かい？　だがなぜだかわたしには、非常に哀れに思えるんだ。フィルは常に、自分が何点勝ったかわかっていた——だがわかっていたのは、それがすべてだった。そうそう、信じられないかもしれないが、ある夜わたしは間違ってビッグ・カシーノを取ってしまい、そっと自分の手元から抜き取って、次の手でフィルに配ったのだが、彼ときたらまったく気づかなかったのだ！　札の帳尻が合うように、最後にキングを一枚抜き取らなければならなかった。彼はそれでも気づかなかったのだ！

諸君、これはしばらく続いたよ。フィルには週二百ドルばかりかかっていた。もっと渡せるよう、さらに賭け金を上げさせられたら良かったのだが、彼は恐れていた。運に見放されて、ある夜負けてしまうかもしれないと。そうなることは避けたかったのだ。これがどこに行き着くのかと、君たちは尋ねるかもしれない。わたしが永久に自分を騙《だま》し続ける気でいたのかとね。わたしはこれ以上何も望まなかったが、常に見物人――君たちのような――が、いかさまカード師のカモになっている老紳士に同情するかもしれないという危険はあり、わたしとしてはフィルの評判を落としたくなかったのだ！」

彼はビルの方を向いた。

「君が見ている間、いかさまをするのは簡単なことだったよ、ミスター・パームリー。君はもちろん、勝者を見ていたからね。誰も敗者を見ようとは思わない」

「その通りです」ビルは同意した。

「だからわたしは手品をやってのけたのだ」老いた百万長者は満足そうに言った。「ちっとも気づかれずにな！　君のような専門家ですら、おかしいと思わなかったとは、わたしも鼻が高いよ！

だが話を戻そう。我々のささやかなカシーノの勝負は、もうじき終わることになる。いい投資先を捜すうち、わたしはフィルを雇っている会社の支配権を得たので、クリスマスの頃に彼は昇進するはずだ。会計局長補佐としてわたしが定める給料を得て、幸先よいスタートを切れるだろうし、いい仕事をすれば——きっとするだろうが——彼の行く手を阻むものは何もない。必要とあらば、彼が社長の椅子にたどり着くまで、間に立ちはだかる人間はすべて辞めさせるだろう。そしてわたしが死んだら、フィルはわたしが持っていた支配権を譲られたことを知るだろう。

諸君、告白はこれで終わりだ。わたしはいかさまカード師だ。どう評決を下す？」

カーヴァー老は跳び上がった。「ラムジー、この悪党め」彼は命令した。「わたしに握手する名誉を与えてくれ！」

8

ビルとトニーはアップタウンを一緒に歩いた。

長い沈黙を破ったのはトニーだった。「今初めて」と彼は断言した。「『紳士』という言葉の本当の意味を、悟った気がするよ！」

ビルはうなずいた。

「素晴らしいじゃないか、な？」とトニー。「最高級の純毛だ——二十四カラットの

――とびきりの宝石――嘘偽りない本物だ」彼は暗喩をごちゃまぜにしながら、楽しそうに続けた。「彼がターナーの父親にずっと前にしたことが、間違っていたなんて信じられないね――それが何であったにせよ！」

再びビルはうなずいた。

「だけど、一つだけわからないのは」トニーはさらに続けた。「彼が札を手の中に隠して、山札に載せたのに、君が気づかなかったことだ。彼はどうやったか説明しなければならなかったもんな」

「彼はそう思っているのさ」ビルは同意した。

「ということは、つまり――」トニーは息をのんだ。

ビルは微笑んだ。「彼の手並みが素人くさかったと言ったら、ご老体が喜ぶと思うかい？　何をしているか、最初にやろうとした時からすべてわかっていたと言ったら？ねえトニー、今生きている中で最大の資本家の一人が、指を手首にくっつくまで反り返らせることができると、自慢しているのを知っているかい？　大陸横断鉄道の社長が、レールの上を落っこちないで一マイル歩くことができると、吹聴していることは？　誰の心の中にも子供っぽい部分があるのさ。フォルウェルの手品みたいにね。だって、巨万の富よりもそれを大事に思っているんだから！その気になれば、僕は彼から百万ドルでも巻き上げられる」とビル。「だけど自分はたいした手品師だという彼の信念を奪い去るくらいなら、赤ん坊から小銭を盗み取った方がましだろうよ！」

ビギナーズ・ラック

1

風は煙突から吹き込み、昔風の暖炉で燃える白樺の薪《まき》は、パッと真っ赤な炎を上げた。かつては賭博師だった農夫見習い、そして今は心ならずも、昔の同業者たちの運命を矯正して恐怖の的になっているビル・パームリーは、楽しそうに炎を見つめ、つぶやいた。「なあトニー、これぞ人生だよ!」

パイプを吹かしながら夢見るように、めらめらと燃える炎を眺める年老いた父、そして何ヶ月にも及ぶ説得の末、ようやく冬の田舎の週末を過ごしてみる気になった親友のトニー・クラグホーンが側《そば》にいて、ビルはすっかり満足していた。

「これぞ人生だ!」彼は繰り返した。

トニーは服が燃えそうなほど火の近くに座り、月明かりの中で降りしきる雪を、窓越しに一瞥した。「なのに、ピアリーは英雄と言われたんだからな!」彼はぶつくさ言った。

「なんだって?」ビルは尋ねた。

「行けども行けども、果てしない雪と氷」トニーはまくしたてた。「だが彼はそれを求めて、北極まで行く必要はなかったよ。コネティカット州ウェスト・ウッドに来ればよかったんだ。いやはや、この世にはどれだけの雪があるんだろう」

ジョン・パームリーは微笑んだ。「一八八八年の冬に来るべきだったね。あの年は本当に大雪だったよ。こんなのは」と彼は、真っ白い牧場に厚く降り積もる雪の方に、手を振りながら言った。「わたしたちに言わせれば、まだまだ少ない方だね」

トニーは慰められなかった。「こんなに寒いところがあって——しかも一箇所に集中しているなんて、全然——これまでの人生の中では全然、予想もしなかったよ。この雪があちこちに少しずつ降ったり、たまに一時間くらい止んだりすればぼ、まだましだったのに。だけどこれが、あなた方の住むコネティカットの気候の厄介なところなんだ。一度降り始めると、いつやむのやらさっぱりわからない。ここに着いた時も寒かったけれど、どんどん前より寒くなる一方だ。終わる気配はまったくない」

「五月まで待ってくれれば——」ビルが提案した。

「それまでに凍死してしまうよ!」トニーはさえぎった。

水晶のようにチリンチリンと鳴る橇《そり》のベルが、郵便配達人の到来を告げた。ビルは勢いよく立ち上がった。「たぶん郵便で気が晴れるかもしれないよ、トニー」

「またお決まりのやつかい？」ニューヨーカーは振り向きもせず尋ねた。

「そうらしいね」

見るからに不満顔で、ビルは半ダース以上の手紙を乱暴につかみ、封を開け、せかせかと中身に目を通した。

「それで？」トニーはつぶやいた。

ビルはしかめ面《つら》になった。「トニー、君はあまりに僕のことを触れ回り過ぎるよ。この手紙はフィラデルフィアからだ。ルーレット盤を僕に見てほしいんだってさ。これはニューヨークから。住所が郵便局留めになっている誰かさんが、隠し札をどこで買えるか教えてほしいそうだ。彼によれば、いかさまをしたいわけじゃなく、ただちょっと実験してみたいらしい。トニー、そんな実験とやらを想像できるかい？」

トニーは笑った。「ほかのやつは？」

「スミレの香りの便箋を使っている女性が、怪しいと思われるブリッジのゲームに参加してくれないかと書いてきた。彼女は名指ししたくはないんだが、内密に教えてくれたところによると、ある著名な上流階級のご婦人のカードの運が、全体的に見てあまりにも良過ぎるらしい。不正を働いたとそのご婦人を責めることなど、死んでもできないと言うんだが――はて僕の役目は何だろう？」

「続けてくれ」トニーはくすくす笑った。

ビルはしわくちゃになった紙を伸ばした。

「若者が――十八歳だそうだ――僕の専門的な意見を求めている。チェッカーでいかさまをすることは可能でしょうか――あるいは無理でしょうか？」

トニーは大笑いした。

「ご協力いただければ、お礼はいつでも喜んでいたしますとさ」ビルは締めくくった。「ねえ、あなたの忠実なる、だって」ビルは手紙を握りつぶし、火の中に放り込んだ。

こんな質問にどうやって答えろと言うんだい？」

「まだ一通残っているよ」とトニーは、まだ開封していない手紙を指差して言った。

「読む気もしないよ」うんざりした友人はきっぱり言った。「開けずに燃やしてしまおう」

「だめ！　だめだよ！」トニーは叫んだ。

「どうして？」

トニーはビルがすでに丸めた手紙をひったくり、膝の上でていねいに皺《しわ》を伸ばした。

「気づいてないのかい」彼は意味ありげに、降り続く雪に目をやって尋ねた。「この手紙がフロリダから来たってことに？」

簡にして要を得た手紙だった。

2

拝啓

ピート・カーニーをご存じですか？ 彼のゲームのことは？ こちらに来て、そのいかさまを暴いて頂けませんか？ 同封の物の残り半分が、あなたをお待ちしております。

敬具

アラン・グレアム

住所は東海岸の有名なホテルになっていた。同封されていたのは、半分になった千ドル札であった。

トニーは口笛を吹いた。

「僕が炎から救い出した物を見てみろよ！ 本物の金《かね》だぞ」

「あとの半分があればね」

「ああ、でも手に入れるのは簡単じゃないか」

ビルは眉を上げた。「どうしてそう思う？　またやれるよ」

「同じことは何度もやっただろう？　やれるかもしれないし――やれないかもしれない」

「なぜだい？」

「そう、一つには」ビルは指摘した。「『ピート』という名の男――『ピーター』でなく――はたいがい、運次第のゲームの達人なのさ」

「冗談だろう？」

「このカーニー――ピート・カーニーという男があまりにうまくて、僕が請け負った仕事をやり遂げられない可能性も、ないわけじゃない」

トニーは信じられないといった様子で、彼をまじまじと見つめた。

「本気で言っているのかい？」

ビルは真面目な顔でうなずいた。「君が僕のことをうまいと思っているのは、僕が本物の相手と対戦しているのを見たことがないから――」

「シュウォーツは？　それにサトリフはどうなんだ？」

「雑魚《ざこ》だよ！　雑魚！」ビルは決めつけた。「子供だって、僕と同じくらい簡単に、奴らの嘘を見抜くだろうよ」

「じゃあフロイドと、電動ルーレット盤は？」

「あの方がちょっと難しかったな」ビルは認めた。「でも、このカーニー——ピート・カーニーという男が並外れて素晴らしいことを、僕はたまたま知ってるんだ」

「奴の名前が『ピート』だからかい？」トニーがまぜっかえした。

「いや、彼とポーカーをしたことがあるからさ。知っての通り、六年間国中を旅して回るうちに、僕は数多くのプロの賭博師に出会った。カーニーもその一人だったんだ。その頃僕は、自分をたいしたものだと思っていた。カーニーとちょっと勝負した後、その考えは撤回せざるを得なかったね。

僕らはルールを一つだけ定めた。相手が気づかない限り、何をやってもいいということにしたんだ。隠し札を使ってもいいし、すり替え用の札をもぐり込ませてもいい。相手に悪い札を配っても構わない。殺し以外なら何でもありだった——相手が気づきさえしなければね。だがカーニーは気づいたんだ！　カーニーとポーカーをやる時は、正直にプレイすることだ。不正をすれば奴は必ず見抜く」

「カーニーの方は？」

「僕と勝負した時は、公正にやっていたよ」ビルは断言した。「少なくとも僕はそう思った。にもかかわらず、彼は僕を叩きのめしたんだ」

「まさか！」トニーは叫んだ。

「ピート・カーニーは今まで会った中で、最高のポーカー・プレイヤーの一人だ。彼がフルハウスで賭けている時には、こっちはブラフだと確信してしまう。そして彼の手には敵《かな》わないと思い込み、自分の札を置いて降りると、向こうはワンペアしか持っていなかったという調子なんだ」

「それじゃコールすればいいじゃないか！」

「どれほど高くつくかということを除けばね。それにピートにはある厄介な癖があったんだ。こっちがコールした時はいつも、彼はいい札を持っている。それで次の時には躊躇し、一度失敗したのにさらに金を捨てることはないと思って降りるだろ。するとピートはポットの金をかき集め、自分の手札を捨て札の中に混ぜてから、賢いコッカー・スパニエルそっくりに小首を傾《かし》げてこっちを見るんだ。たとえ怒りたくても怒れないよ」

ビルは思い出し笑いをした。「僕がピート・カーニーと対決したくない理由の一つはそれなんだ。彼はうまい――本当にうまいんだよ」

「他にも理由があるのかい？」

「ちょっとばかりね。彼はいかさまをする必要はない。いかさましなくたって勝てるんだから。それに勝たなくたって食べていける。数年前、伯母さんの一人が財産を遺してくれて、それ以来金回りがいいんだからな」

「使い果たしてしまったんだろう」

「ピートに限ってそんなことはない」

「金に困っているのかもしれないぞ。このグレアムという男が疑っているようなことを、やっているかもしれない」

「それは彼らしくないよ。ピートはフランネルのシャツを着て、乗馬ズボンにゲートルといった格好が一番落ち着く奴なんだ。彼がフロリダの一流ホテルに泊まっているなら休暇だろうし、楽しむためにカードをやっているってことさ——商売じゃなくね。ピートがその二つを一緒くたにすることはないよ」

「でもグレアムにこの手紙を書かせるようなことを、何かやったに違いないよ」

ビルは考え込むような目で友人を見つめた。「グレアムを知っているのか？」

「顔を合わせたことはないが、話はいろいろと聞いている」

「たとえば？」

「上流階級の連中と親しいって」

「それから？」

「ポロの名手だそうだ」

「他には？」

「何にも。たぶんとてもいい奴だということだけさ」

「たぶんね」ビルはうなずき、二分された千ドル札を封筒に入れ始めた。

「何をしてる？」

「彼の金を返すのさ」

「そんなことしないよな？」

「するとも」

「だけどいい気晴らしになるってことを考えてもみろよ！　なあ、大物狙いのゲームよりもいいじゃないか！　それにフロリダまで行く金を、誰かが本当にくれるってことをさ！」トニーは窓に目をやり、肩をすくめた。「やれやれ、僕が自分で行きたいよ」

「行けばいいじゃないか」

「本気かい？」

ビルは鋭く彼を見つめた。「いけないかい？」

「僕がビル・パームリーだって名乗るのか？」

「グレアムだけにはね。いいかい、カーニーは僕を知ってるんだ」

「それから？」

「カーニーがいかさまをするところを押さえる――それだけさ」

「そんなことはできないって、わかってるくせに！」

「そんなことはないさ。君はずいぶんと学んだ――それに初々しい気持ちで問題に当たることができる。ビギナーズ・ラックとよく言うだろう」

トニーはためらい――途方に暮れた。「でも、もし」彼は思い切って口に出した。「もし僕が見ても、何もおかしなことを発見できなかったら？」

「ブラフをかましてみればいい。カーニーを側《そば》に呼んで、ゲームから手を引いた方がいいと伝えるんだ。彼が君の忠告に従う方に賭けたっていいよ」

「おそらくな」トニーは考えをめぐらせた。「奴は従うかもしれない！　告白さえするかもな！」

「おそらくね」ビルは請け合った。

トニーが内心そのことを考えれば考えるほど、ますますありそうなことに思えてきた。そして心の奥底のどこかには、自分が舞台の中心に立ちたいという気持ちが埋もれていたのだ。

彼はゆっくりと立ち上がり、上着をぴったりかき寄せてうなずいた。「ビル、一晩寝て考えることにするよ。明日の朝にはどう決めたか言うから」

トニーがいびきをかき始めてかなり経ってから、火の側に座っていたパームリー父子は、微笑みを交わした。ジョン・パームリーは議論に一言も口を挟まなかったが、どんな些細なことも聞き逃してはいなかった。

「なあ、ビル？」父はようやく尋ねた。

「何だい、父さん？」

「なかなか奥が深いな」

「父さんほどじゃないよ」

「どのみち、それはまだまださ」ジョン・パームリーは思いにふけるように、パイプを吹かした。「いいかビル、いかさまを暴くたびに、お前自身が人生の汚点の埋め合わせをしているんだよ」

「僕もそう考えたいんだ、父さん」

「そうでなければ、お前を農業に専念させておくところだ」

「僕も同じ気持ちだよ」

数分間沈黙が続いた。そしてジョン・パームリーは再び口を開いた。

「友達のクラグホーン君は、たぶん朝には出発するだろうな」

「たぶんね」

ジョン・パームリーは謎めいた微笑みを浮かべた。「で、午後の汽車で追いかけるんだな？」

ビルはうなずいた。

3

トニーは意気揚々と汽車に乗り込んだ。実のところ、あまりにも心弾んでいたので、勝利の鬨《とき》の声を何度も上げそうになるのを、ようやくこらえていたほどだった。

その特殊な分野にかけては、世界でも最高の権威だと心酔している友人から、対等の資格があると認められたのだ。実際彼は、この上なく熟練を要する任務に、自分を派遣することを率直に認めてくれた。そこから推理できることは明らかだ。師に教えられることはすべて、弟子が学んだということである。そしていかにも彼らしい思い切りのよさで、いかさま師たちの正体を暴くという楽しいゲームに飛び込むことになったトニーは、重要な訓練期間に優秀な成績を修めることができたと感じていた。

「電報を打って、どう過ごしているか知らせるよ」別れ際、彼はビルに約束した。

「そうしてもらえると、ありがたいね」

「すぐに奴のいかさまを暴いてやれるだろうよ」

「そうだね」

「だけど、もしできなかったら」トニーはまるで、その考えがたった今ひらめいたかのように口にした。「ブラフをかけてやる。ゲームから手を引けと言ってやるよ。いかにも尻尾をつかんでいるようにね」

「それはいい考えだ」ビルはつぶやいた。「とてもいい考えだね。だがトニー、一つ忠告してもいいかな――」

「何だい？」トニーは寛大に耳を傾けた。

「僕ならブラフはギリギリまで取っておくね。もしゲームの最中に何かおかしなことを見たとしても、皆の前では口にしない。カーニーに――カーニーだけに言うよ。脇に連れ出してそっと耳打ちするんだ。カードテーブルで大げさな公表をするのは、やめた方がいい」

トニーは鷹揚にうなずいた。「彼に恥をかかせたくないということか。そうなんだね？」

「その通り」

「わかった、覚えておくよ」とトニー。

「それから忘れてはいけないのは」と友人は注意した。「カーニーはビル・パームリーを知っていて――グレアムは知らないということだ。グレアムに向かってビル・パームリーと自己紹介するのは、何の問題もないが、彼がカーニーや友人たちに君を紹介する時には、何か別の名前でなくてはいけない――たとえばトニー・クラグホーンとかね」

トニーはニヤッと笑った。「そりゃいい――僕自身の名を騙《かた》るとはね！　いや実に傑作だ！」その考えの要点が飲み込めるに従って、彼は繰り返した。「トニー・クラグホーンが――トニー・クラグホーンのふりをする。やってやろうじゃないか！」彼は宣し、その時ふいにある考えに襲われた。「でも電報の宛名をビル・パームリーにして、グレアムにそれを知られたら、動かぬ証拠になってしまうぞ！」

「もちろん君は、そんな馬鹿な真似はしないだろう」ビルはつぶやいた。

「そりゃしないさ」

「電報はビル・パームリーには出さない。ビルの父親のジョン・パームリー宛にするんだ。息子がどうしているか、ジョン・パームリーが知りたがるのは当然だろう」

「当然だ、当然だ」

「そしてジョン・パームリーの署名が入った返事が来たら、本当の送り主が誰なのかわかるというわけだ」

トニーは抜け目なくうなずき、「簡単この上なしだな」と言い切った。

その朝はことのほか寒く、駅のプラットフォームの床板を覆った氷は、人々が上を行きかうごとにひび割れていたが、静かに喜びをかみしめていたトニーは、気候のような些細なことなど気にも留めなかった。彼は元気よく汽車に乗り込み、旅が始まると友人に向かって、陽気に手を振って別れを告げた。

「きっと手柄を立てて帰るからな!」彼は大声で言った。

「いい子だ!」ビルも叫んだ。

そして汽車はカーブを曲がり、ひどくみすぼらしい小さな駅は見えなくなった。

トニーはたいそうもったいぶって、席に腰を落ち着け、顔をしかめた。なぜかしかめ面《つら》は、彼が引き受けた任務にふさわしく思えたのだ。彼は通路の反対側に座っている太った老紳士を一瞥《いちべつ》し――顔をしかめた。近くの席にいた少女二人が、くすくす笑い合っているのに目を留め――顔をしかめた。窓の外を眺め、牛の群れがいるのに気づき――顔をしかめた。しかし心の奥底では、トニー・クラグホーンは滑稽なほどうれしがっていた。心躍る冒険の旅に出たのだ。あらゆる大物狩りの中でも、最大の獲物を狙った狩猟に。彼はぞくぞくするような興奮を味わった。

彼はぶらぶらと特別客車に入り、周囲の目がすべて自分に注がれているように感じながら、煙草に火をつけ、ポイと放った。ポーリングでは新聞を買い、見出しをざっと眺めてから投げ捨てた。

彼は席に戻ったが、旅行鞄に自分のイニシャルがはっきりと印されているのを見て、そのような印のないものに代えておくべきだったと気づいた。しかしまた、彼、アンソニー・P・クラグホーンが、アンソニー・P・クラグホーンの名を騙るのであれば、そのイニシャルはまったく適切であるという考えも浮かんだ。それからまた、その印が明らかに古く、なぜ新しく描かれたものではないのか、グレアムに説明するのは難しいだろうとも思いついた。

そんな問題はトニー以外の人間にとって、特別重要ではなかったのだが、この大真面目な紳士は頰杖をついて、窓の外をじっと眺め、頭の中で複雑な枝葉末節と格闘していた。

汽車がブルースターに着く頃にも、彼の考えは少しも進展せず、ホワイト・プレーンズが見えてきて通り過ぎた頃には、おそらく二十回ほども自分の考えをくよくよとたどり直していた。しかしいったん終着駅に着いてしまうと、彼は決意を固めて電報局にずかずかと入っていき、簡潔かつ断固とした電文を、ジョン・パームリーなる人物に送ったのだった。

カバンノイニシャルハ　ヘンコウセズ」

返事はその夜、彼が乗ったフロリダ行き特急に届いたが、中にはただ一言「ヨシ」と書いてあり、トニーは大喜びした。

しかしそれまでの間、トニーはニューヨークで楽しい数時間を過ごしていた。居心地のよいアパートにいる可愛い妻のもとに突如舞い戻り、簡潔かつ断固とした言葉で、フロリダへ発つことを説明したのだ。

ミリーは歓声を上げ、「半時間で支度するわ！」と断言した。

簡潔かつ断固とした言葉で、トニーは彼女に悪い知らせを伝えた。彼は仕事で出かけるのだ――重要な仕事だ――ミリーは家に残っていなければならない。

「重要な仕事ですって？」彼女は反論した。「ねえトニー、あなたいつから仕事とやらを始めたの？」

厳かに重々しく、トニーは彼女に、これ以上望めないほど簡潔かつ断固としたアラン・グレアムの手紙を渡した。

彼女は目を通し、息をのんだ。

「まあトニー、これを自分で片づけようというんじゃないでしょうね！」彼女はぴしゃりと言った。

「まさにそうしようとしてるのさ」

「絶対無理よ」

「ビルはそうは思ってないよ。ビルが行けと言ったんだ――グレアムにビル・パームリーと自己紹介するようにってね」

「まあ！」

「ビルがそう言うなら、大丈夫さ。ビルは僕を信頼してるんだ」

さて、この物語は数人の奥深い人物を取り上げている。そのうちの二人はパームリーという名字で、他の一人の名前はミセス・アンソニー・P・クラグホーンという。ミリーはちょっとの間、額に皺を寄せていたが、にっこりして言った。「ええ、あなた」

トニーは大いに満足してあわただしく動き回った。簡潔かつ断固としたやり方は報われたのだ。「僕はすぐに出発するよ」彼は宣言した。

「わたしたちが出発するの」

「二週間かそこらで戻ってくるよ」

「わたしたち一緒にね」

一家の主という立場を主張しつつ、トニーはなぜミリーを連れて行けないか、明快に説明した。問題外だ。ばかげている。非常識極まりない。僕が許さない。

にもかかわらず、トニーがフロリダ行き特急に乗った時、その前には目立って愛らしい若い女性がおり、彼がつくづく称賛するほど簡潔かつ断固とした口調で「トニー、一生忘れないくらい楽しむわよ！」と言っていた。

トニーはよく考えた上で、ジョン・パームリーに電報を打った。

ミリーヲツレテイク」

返事はリッチモンドで届いた。ただ一言だけであった。ヨシ。

4

冬がコネティカットの山々をその手につかみ、嵐のような風が吹き荒れ、降りしきる雪が、なだらかに起伏した平野を覆っている間、遠く離れた地では一団の男たちが、フロリダの東海岸にあるホテル・パルメットの豪華にしつらえられた部屋に座り、カードの下す決定に巨額の金を賭けていた。

彼らは最も軽い夏地のフランネルに、薄手の絹を着て、パナマ帽でパタパタあおいでいた。というのも寒さは敢えて、こんな南までやって来ようとはしなかったからだ。そしてたっぷり潤った裕福な人間が休暇を過ごす常として、彼らは大金を使って暮らし、遊びにも大金を注ぎ込み、また――大金を賭けた。

優に千人を超える従業員を抱える自動車工場の命運を一手に握り、その製品を広範囲に行きわたらせているシアスンは、いとも平然と莫大な金額を得たり失ったりした。ゲームは楽しかった。それだけが大事だったのだ。長い目で見て、自分が勝っているのか負けているのか、計算しようなどとは思いつきもしなかった。

先祖から選りすぐりのニューヨークの不動産を遺贈されたマナーズは、最も好きなゲームはブリッジ――一点につき十セント賭けるものと認めていた。しかし付き合いが良かったので、彼は毎日のポーカーの集まりに加わることを承諾し、規則的に収益を、それもしばしばかなりの額を、慈善事業に寄付していた。

金融業者であったヘイトとマーズデンは猛烈に興奮しながら勝負し、賭け金が高いからこそ楽しいのだと率直に認めていた。マナーズとは違って、ちっぽけな賭け金ではスリルが味わえなかったのだ。リミットが常に高いゲームの刺激にのめり込み、負けた分は金持ちらしく潔く支払った。

このグループを締めくくるのは、グレアムとカーニーである。まだ三十代前半のグレアムは二枚目で話し好きで、加えてさまざまな種類のゲームに秀でており、気楽に勝負してもたいてい何とか互角にはもっていくのであった。シアスンは彼を、生まれながらの勝負師と呼んだ。ゲームの興奮に我を忘れることなく、自分がいい手を五枚持っているからといって、さらにいい手を持っている人間がいるはずはない、などと勘違いすることもなく、だが自らの判断にためらいなく賭け、総じてうまくやっていた。

カーニーはこのグループに最もふさわしからぬ人物だった。六十歳で、背が高く太って日焼けしており、身なりに構わず、妙に黙って火のついていない葉巻をくわえたままで、自分の札はほとんど見ようとしなかった。その代わり彼の深くくぼんだ目は、絶えず顔から顔へと移り、相手の表情を読み、解釈し、そして自らの表情はめったに変えなかった。彼の手は巨大で、若い頃の肉体労働を物語っていた。しかし彼が配る番になると、その手は不思議な熟練ぶりを見せた。カード全部を片手に包み込み、もう片方の手で驚くほど速くカードを弾き飛ばした。高速で動く織機の杼《ひ》のように、彼の右手は左手まで行き来した。まったく目にも止まらないほどで――そしてカードはテーブルのそこここに、きれいな小山となって積み上げられるのだった。

初めての時、おしゃべりなシアスンは度胆を抜かれて見守っていた。「カードはかなりやったに違いないね」彼はかまをかけてみた。

「ああ、かなりね」カーニーは認めた。

彼がつけ加えることのできる話はたくさんあった。実際、彼が言葉を切ったので、シアスンは続きを期待して待った。しかしカーニーは、あたかも他人に話そうとは思わない追憶に対して合図するように、ただうなずいただけで、また素知らぬ顔でゲームを続けたのだった。

数日間ゲームを進めていくにつれ、六人のうち五人の男たちは、お互いのことをよく知るようになった。それぞれが代わるがわる、自伝的な思い出話を公共の場に提供した。シアスンは勝っても負けても、何か話を思い出さずにはいられなかった。マナーズはさまざまな話題に興味を持ち、それらをしょっちゅう会話の中に何とかして取り入れた。ヘイトとマーズデンはウォール・ストリートに関係していたので、尽きることのない逸話を次から次へと繰り出した。そして、若いにもかかわらず世間をよく知っていたグレアムは、話が際立ってうまく、自分の加わったどんな会話も盛り上げていた。

ひとりカーニーのみが距離を置いていた。たまに――ただしめったにないことだが――一瞬笑みが浮かぶことがあった。時には話にそっけなく返事することさえあった。しかし彼自身や過去にまつわることは、いっさいその口から語られなかった。彼は高い部屋を予約し、好きなだけ金を使い、小切手ではなく、大きなポケットから取り出した分厚い札束で支払った。しかしシアスンが何とか彼のことを知ろうと努め、カーニーが興味を持ちそうなあらゆる話題に慎重に触れてみても、結局ひとかけらの情報も得ることはできなかった。

ゲームをする時の彼は、ゲームそのものに不可欠な二、三の言葉しか口にせず、強運を勝ち誇ることもなかったが、鋭く観察していたグレアムは最初から、彼が常に勝ち続けていることに気づいていた。

「奴はいったいずるいのか、単純なのか」シアスンはある晩グレアムに打ち明けた。「その中間はないね。話すことはいっぱいあるけれどそうしたくないのか、それとも何も話すことがないんだろうか。さっぱり正体がつかめないよ」

グレアムには彼なりのはっきりした結論があったが、言うべきではないと感じていた。そうする代わりに、これまで会ったことのないある重要な若者がそのホテルに宿を取り、いささかメロドラマ風に千ドルの半分を差し出しながら自己紹介するまで、自分の確信を絶対人に洩らさなかった。

トニーはこの場面を詳細にわたって、あれこれ考え抜いた。その効果は彼が望んだ通り、ぞくぞくさせるものであった。

「ではあなたが、ずっとお待ちしていた方なんですね？」グレアムは叫んだ。

トニーはもったいぶってお辞儀をした。「さよう」彼は囁《ささや》いた。

「良かった！」とグレアム。「僕の部屋へどうぞ。話をしましょう」

ドアに錠を掛け、二人きりになると、グレアムは誠意を込めて遠来の客に顔を向けた。

「葉巻をどうぞ、ミスター・パームリー」と彼は勧めた。「楽になさってください」

トニーは自分の役割にすっかり満足し、招いた男のハヴァナに火をつけ、長い脚を組み、腕組みをして深みのある真剣な表情を作った。「話してくれたまえ、ミスター・グレアム」彼は指図した。

「最初、ロビーで僕が『ミスター・パームリー』と呼ばなかったのに、お気づきでしょう。ご存じないかもしれませんが、あなたは非常に有名になっておられるのです」

「その通り」トニーはつぶやいた。

「もしよろしければ、あなたがここにいらっしゃる間は、何か別の名前で通した方がいいとさえ思うんです」

「もうアンソニー・P・クラグホーン——と妻——と記名してきたよ」トニーは言った。

「それは賢明だ——非常に賢明です」

「スーツケースのイニシャルまで合わせてきたんだ」

「それにハンカチのイニシャルもね」観察力の鋭い招待側の男は指摘した。

トニーは衝撃をうまく押し隠した。彼は胸ポケットからのぞいている、イニシャルの刺繍を施した麻布の角を見やり、うなずいた。「徹底してやる主義でね」彼はきっぱり言った。ほんの一瞬、彼は自分の長靴下、下着、そしてパジャマにも同じ刺繍が縫い取られていることを言おうかと思ったが、考え直してやめた。「何でも徹底してやるんだ」彼は繰り返した。

「なるほど。クラグホーンとはお知り合いなんでしょうね？」

「どうしてそんなことを？」

「というのも、もしクラグホーンがここにやって来たら、具合の悪いことになりますからね。ほら、アンソニー・P・クラグホーンは実在の人物ですから」

「もちろん実在してるとも！」トニーは断言した。「だからこそ彼の名を借りたのだ。それに彼はここには現れない。わたしは出発前にニューヨークで彼に会い、手はずを整えてきたんだ」

「すばらしい！　すばらしい！　ではまず初めに、お約束を果たしましょう」グレアムは財布から半分になった千ドル札を抜き出し、トニーが紹介状として持ってきた半分に合わせ、その両方を彼に差し出した。「いらっしゃったらこれはあなたに差し上げると、手紙に書きました。さあどうぞ。これはあなたのものです」

「ありがとう」トニーは真面目くさって言った。彼はどきどきしながら、金をポケットに入れた。

「成功したあかつきに、あなたが手にされるものの、ほんの見本ですよ」

「わたしは常に成功する」トニーは慎み深くつぶやいた。

「そう伺っています。だからこそあなたをお呼びしたのです。さてこのカーニーという男についてですが——」

「ピート・カーニーだね」

「ご存じですか？」

「知っているとも」

「どんなことを？」

トニーは尊大に手を振った。「続けたまえ！」

グレアムはうなずいた。「いいでしょう、ミスター・パームリー。あなたのいいようになさってください。わたしに言えるのは、カーニーがいかさまをしてるらしいということだけです」

「そう書いていたね」

「ええ」

「なぜそう思った？」

グレアムは先に述べたように話し好きで、邪魔されずに一時間話した後も、まだペラペラとしゃべり続けていた。

トニーはついにやめさせた。「今までの話からすると、君はカーニーがいかさまをしてるらしいと睨《にら》んでいるんだな」

グレアムは息をのんだが、何とか返事をする気力を取り戻した。「ええ」

トニーは厳かに、招待者の上質な葉巻をもう一本、勝手に取った。

「我々は期待通りのものを見るだろう」彼は高らかに言い放った。

5

さて、ちょっとした気晴らしのために参加するゲームと、参加者の一人をいかさまの現場で捕らえようとするゲームとは、まるで別物である。トニーは自分の落ち着いた外見が、心の動揺を隠していることを願った。

六人の男は七人目を歓迎して、チップを一山買うことを認め、興味津々といった様子で彼のプレイを見守った。トニーは眼光鋭くカーニーを見つめ、獲物となるはずの人間がカードを配る際に披露した、太刀打ちできないほどの熟練ぶりに魅入られてしまった。

絶好調の時であれば、彼はまずまず無難といえるくらいの勝負をした。途中が抜けているストレートを完成させるのに、高く賭けるようなことはあまりせず、札を引く時、エースが一枚だけあったとしても、それには残りの三枚を集めるだけの力がないことを、多少ぼんやりとではあるが理解していた。しかし気づいた時には参加していたこの仲間うちでは、残念ながらまったく精彩を欠いていたと、トニーは認めざるを得なかった。

一つには、プレイヤーたちが終始惜しみなく賭けており、シアスンとカーニーの間では、カードを引くのに、途方もない大金が賭けられていたことに面食らったのであった。

トニーは他の月並みなプレイヤーと同様、コールに固執した。シアスンとカーニーはもっと経験を積んでいたので、賭け金を吊り上げることでカードへの信頼を持たせ、自分たちの対戦相手にコールさせた。さて、よくコールする者はよく負ける者という古いことわざがあるが、一時間もしないうちにトニーは二回目のチップを買わざるを得なくなった。

グレアムは彼に鋭い視線を投げかけたが、トニーはごくわずかに首を振った。もし口を開いていたら、間違いなくこう言ったであろう。「心配するな。すべては計画通りに進んでいる」その言葉は、二度目のチップの山が記録破りの速さで、最初の山と同じ運命をたどったことの、説明になったかもしれないし、あるいはならなかったかもしれない。

トニーはカーニーの不正の現場を捕らえることだけを願って、ゲームを始めたのだった。達成しないうちにその願いは徐々に背後へと消えていき、こてんぱんに叩きのめされるのだけは避けたいという、必死の思いが取って代わった。彼はより慎重に勝負し始めたが、対戦相手たちがいともたやすく自分の心を読んでいることに、すっかり打ちのめされた。シアスンはその夜の初め頃には、法外な額を賭けていたのに、今は探るようにトニーを見つめ、トニーがいい手を持っていて、シアスン次第でポットの価値が決まるという時に、降りてしまったことも一度ではなかった。信じられないほど巧みにブラフを仕掛けるカーニーも、トニーの元に時おり来るカードの価値を嗅ぎ分けるらしく、ほとんど何も与えてくれなかった。そしてマナーズ、ヘイト、マーズデンは、素晴らしいプレイヤーであるシアスンとカーニーに倣《なら》って行動を控え、自分たちの懐を痛めることなく、トニーに回ってきたツキをやり過ごした。

破れかぶれになって、トニーはブラフを掛けたが、またしても深みにはまっただけであった。はるかニューヨークのヒマラヤ・クラブでは、非常にうまくいった策略に頼ってみたものの、シアスンとカーニーに導かれた対戦相手たちは惑わされなかった。ポーカーについての名著をものした書き手たちに従えば、他のプレイヤーたちはカードを置いて、トニーがポットの金をかき集めることになるはずであった。明らかに彼らは、素晴らしい書き手たちについて聞いたことがなかったのだろう。というのも、彼らは単純に賭け金を上げ、直ちにトニーのブラフを台無しにしてしまったからだ。

十一時半にゲームはお開きとなったが、トニーは無念にもグレアムから受け取った千ドルのみならず、自らの数百ドルまで失ってしまっていた。

彼の雇い主は廊下で彼を引き止めた。「それで?」詰問するような口調だった。

トニーは手を振った。「前進はしたよ」彼は曖昧な返事をした。

「そうでしょうとも！」グレアムは同意した。「時速六十マイルものスピードで損したんですからね！　この調子で前進していったら――」

トニーは厳かにさえぎった。「わたしはこの件を、自分のやり方で進めているんだ」彼はきっぱり言った。「もしわたしが勝てば、カーニーは疑うだろう。だからこそ――だからこそ――」

「だからこそ？」

「これからの行動に向けての土台を築いたのだ」

グレアムは冷ややかな目で彼を見つめた。「いいですか」彼は批評した。「あの時、フラッシュ崩れで賭け金を上げたりして――」

再びトニーはさえぎった。「わたしにはそれなりの理由があるんだよ、ミスター・グレアム。立派な理由がね」

「カーニーはあの時、あなたにコールすらしていなかった」グレアムは言い張った。「彼は賭け金をさらに上げ、どんどん上げていった。そして結局、あなたがコールしたんだ！　カーニーじゃなく。あれが進んだポーカーなのかもしれないけど、もしそうなら、進み過ぎていて僕には理解できませんよ。あなたが達人でなければ、ミスター・パームリー、狂気の沙汰と言うところだ。いったいカーニーの手には何があると思っていたんです？　出来損ないのフラッシュがもう一組ですか？　そうだとしたら、彼がクイーンを三枚揃えたフルハウスを広げた時、さぞがっかりしたでしょうね」トニーは人差し指を鼻の脇につけ、謎めいた身振りをしてみせた。「ハハーン！」彼は大声で言い、繰り返した。「ハハーン！」

そして大いにもったいぶって、その場を去った。

ホテルの暗い廊下を歩き回りながら、彼は苦々しい思いにとらわれていた。何一つ発見できなかった。ただ一つ、ビルの警告通り、カーニーがけた外れにうまいプレイヤーだという事実を除いては。彼は自分の腕を過信して浮かれ、軽々しくゲームに参加した。終わってみれば現金のほとんどを失っており、グレアムに語った前進とはまったくの絵空事でしかなかった。

進退窮《きわ》まって彼は寝ていた妻を起こし、彼女の慈悲にすがりついた。

彼女は熱心に耳を傾けた。

「トニー、あなたの話だとつまり」彼女は批評を加えた。「あまり進展はなかったということかしら」

「さっぱりだよ」トニーはうめきながら告白した。

「そしてかなりのお金をすってしまったのね」

「多過ぎるくらいさ」

「で、わたしなら次にどうするか聞きたいのね」

「そうなんだ」

ミリーは微笑んだ。前に述べた通り、ミセス・アンソニー・P・クラグホーンは非常に奥の深い人物であった。「ねえ、トニー」彼女は助言した。「わたしなら、あなたがすべきだと思っていることをするわ。それがビルの望んでいることでしょう？」

「ええと――まあね」

「じゃあ、そうなさいよ」

トニーは考え込んで天井を睨んだ。「ビルと別れた時、カーニーを現場で捕らえられなくても、尻尾をつかんでいるかのように計画を進めると言ったんだ。奴を脇へ呼んで、ゲームから手を引けと言ってやるとね」

「で、ビルは何と？」

「いい考えだと思ったんだ。賛成してくれたよ」

「じゃあ、わたしも賛成するわ」可愛いミセス・クラグホーンはつぶやき、寝返りを打つとすぐに寝入ってしまった。

半時間の間、トニーは静かに自分の考えと格闘していた。それから電報局へ赴き、電報を打った。

ケイカクノダイニダンカイニハイラントス」

返事は朝食の時届けられた。ただ一言であった。ヨシ。

6

ミスター・アンソニー・P・クラグホーンの性格で最も目立つ特徴は、おそらくその熱中ぶりだろう。じっと堪え忍んだり、好機を待ち続けたり、自分の能力を過小評価することは、彼の熱しやすい気性とは相容れなかった。彼には準備が整わないうちに見切り発車するという、救いがたい癖があり、朝食を摂っている間、そのことを悔やんでいた。

いつものごとく抑えようのない勢いで、彼は何の見返りも得られない一連の行動に身を投じるはめになった。カーニーという手強い相手と大胆にも対決することを決め、友人に電報を打つことで、決意を取り消せないものにしてしまった。電報を打った時、彼はまあまあ上機嫌だった。十分後、彼の頭に突然ひらめいたのは、西部で生まれ育ち、やたらと銃を抜くという評判の男どもと過ごしてきたカーニーが、キリスト教徒らしい精神でゲームから手を引いた方がいいという、トニーの優しい助言に耳を貸さないかもしれないということだった。その場合には厄介なことになるぞ、とトニーは予測した。一晩中彼は――というのもほとんど眠れなかったからだが――起こりうる事態について想像した。カーニーの方へ歩み寄って、一言告げる——するとカーニーが稲妻のような素早さでリボルバーを抜き、その場で自分を射殺するさまを、ありありと思い描いた。その悪夢で彼は、三、四時間に三、四回も目を覚ますこととなった。

彼はその昔の炭坑町ならではという、異様な習わしの話を耳にしたことがあった。カーニーが撃ってくる代わりに、熟練した親指を自分の眼窩に突っ込み、目玉をえぐり出すかもしれないと思いついたのだ。トニーは震え上がり、目をそっとたたいて、穴に一層しっかりと収まっていることを確かめるのだった。

猟刀や切り落とされた耳や鼻、さらには火あぶりにされる捕虜の幻までもが、彼の眠りにまとわりついた。そしていつもならおいしく味わえる朝食も、カーニーが堂々と食堂に入ってきて、近くのテーブルに腰掛けて会釈した瞬間から、突然砂を噛むようなものに変わってしまった。あの会釈には、何か残忍さが感じられると彼は決めつけ、心臓が縮み上がった。

彼はそっと、グレープフルーツをせっせと食べている愛らしい妻の方を窺い、喪服の彼女はさぞ美しいだろうと、不愉快な想像をめぐらせた——しかし、そんな事態の到来に拍車を掛けるような真似は、何としても避けたいと意識していた。

抜け目ない目つきで、彼はカーニーの巨体——力強い筋肉、骨太の体格を値踏みした。どちらもカード一組をまるまる包み込めるほど巨大な両手は、この日のうちにトニーの喉を締めつけるかもしれないのだ。彼はカーニーがカードを配る時の、驚くべき器用さを思い出し、腰から銃を発射する時も、本当の西部式に同じような熟練ぶりを見せるのだろうかと考えた。

トニーは咳払いをした。

「ミリー!」

「なあに、あなた?」

「僕を好きだよね?」

「ええ、そうよ」

「とても?」

「ええ、あなた」

「良かった」トニーは自分がいなくなったら寂しがってもらえることがわかって、ほっとした。

彼はそれ以上一言も言わずに朝食を終え、食堂を出ていくところでちょうどグレアムと顔を合わせた。グレアムは彼を隅に引っ張っていき、「ミスター・パームリー」と声をひそめて言った。「もしよろしかったら、今日の計画をお聞きしたいんですが」

トニーはとても上機嫌とはいえなかった。「よろしくないね」彼は言い返した。

グレアムは動じなかった。「そういうことなら、ミスター・パームリー」彼は囁いた。

「僕にも考えがあるとお伝えした方がいいでしょう。約束を果たせば——あなたのお好きなやり方でね——僕の気前の良さがわかるでしょうよ——気前が良過ぎるくらいだとね。でも、もしまたゲームに手を出して負けたら、あなたを援助するとは思わないでください。この点ははっきりさせておきたいのでね、ミスター・パームリー」

トニーは彼を睨みつけた。「自分の損した分くらい十分払えるさ、ミスター・グレアム」

「それなら結構」とグレアムは言い、立ち去った。

鬱々《うつうつ》としてトニーはベランダへと向かい、椅子にドサッと沈み込んだ。ビルに助けを求めたいのはやまやまだったが、彼の自尊心がそうさせなかった。それから振り向いて見たものは、素晴らしい朝食の後で満腹し、心安らかにこの世を楽しんでいるらしいカーニーが、六インチと離れていない椅子に腰を落ち着ける姿だった。

トニーにとってこの時こそ、男らしくずばりと言うチャンスだった。「ミスター・カーニー、昨夜のゲームでは、妙なことが起こってたな。何をしたといってあんたを責めるつもりはないが、手を引いた方が身のためだ」

彼はそういったことは何も口に出さなかった。その代わりに親しげな笑顔を見せたが、心臓は高鳴り、もごもごと「おはようございます」とつぶやくのがやっとだった。

「おはよう」カーニーは挨拶を返した。

「いい天気ですね」とトニーは述べ、カーニーもその意見に賛成した。

「ここには長いんですか？」とトニーが尋ねると、カーニーは「うむ」と唸《うな》った。

それから少なくとも十分間はどちらもしゃべらず、カーニーは火のついていない葉巻を吸い、傍らの若者の方は、いったい彼の目方は二百三十ポンドより上か下かと考えていた。

やがて寡黙なカーニーが口を開いた。「昨夜のは穏やかでいいゲームだった」彼は深みのある低い声で述べた。

「ええ。そうですね」

「お前さんくらいの歳によくやったゲームとは違ってたよ、お若いの」

「どんなふうに？」トニーは尋ねた。

「穏やかだ――ずっと穏やかだね」カーニーは思い出し笑いをした。「あの頃は、いったん席に着いたら、二度と立ち上がれるかどうかわからなかったぜ。手近にハジキを持ってたもんさ、お若いの」

トニーは二、三度唾《つば》を飲み込み、うなずいた。またしても、きっぱりと断固たる態度で、ゲームから降りた方がいいとカーニーに警告する機会が訪れたことに、彼は几帳面にも気づいた。しかしトニーは、そのチャンスをみすみす逃してしまった。

その日ずっと、カーニーは彼の後を追い回しているようだった。トニーがどこに行こうと、カーニーの姿が見えないことはなかった。トニーは散歩中彼に会い――戻ってベランダに行ってみると、そこでも出会い――昼食時の食堂では、話ができるくらい近くに彼を見つけた。食後の一服のため、静かな隅へと席を移すと、大柄な西部男はほど遠からぬところにいた。

「絶対奴は、僕をつけ回してるに違いない」トニーは妻に囁いた。

「もう話しかけたの？」彼女は囁き返した。

「いや」

「どうして？」

今やトニーはもう臆病者ではなかった。理性的な人間として、彼は予想される危険を見積もり、極めて大きいと考えて避けてきた。しかし妻に行けと言われれば、もうそのやり方を取るわけにはいかない。

「今奴に話してくる！」彼は言い放った。

彼は立ち上がり、コートをまっすぐに直し、肩をそびやかした。もし死ぬとしたら、その場で妻から勇敢さを称えられるような、英雄的な死であれば、それに勝る望みはない。

彼はベランダを横切り、カーニーの隣の椅子を引き、どっかり座った。

「ミスター・カーニー、話がある」とトニー。

「何だい、お若いの？」その口調は信じられないほど優しかった。トニーは勇気が湧いてきた。「昨夜のゲームをずっと見ていた」彼はきっぱりと断言した。「見るために仲間入りしたんだ」

「ほう、それで？」

トニーは崖っぷちに立っているのを感じていた。彼は一気に飛んだ。「我が身が大事なら、ゲームから手を引くことだ」

賽《さい》は投げられた。トニーは妙に他人事《ひとごと》のような興味を覚えて、じっと待った。カーニーはナイフやリボルバーを取り出すのだろうか？　はたまたその親指がトニーの目玉を探るのだろうか？

そんなことは何も起こらなかった。その代わり日焼けした西部男は、頭をほんの少し傾《かし》げてつぶやいた。「いいとも、お若いの」

トニーは息をのんだ。「僕の言ったことが聞こえたのか？」彼は信じられないといった様子で、問いただした。

「ああ」

「それでゲームから降りると？」

「請け合うよ」

カーニーの予想もしなかった従順さが、ワインのようにトニーの頭に染み込んでいった。「昨夜は何も言わなかったんだ」と彼は明らかにした。「なぜなら他の人たちの前で、恥をかかせたくなかったからだ。だが今は我々だけだから、僕も思ったことが言える。我が身が大事なら、二度とゲームで僕に見つかるような真似はしないでくれ！」

「しないよ」カーニーは約束した。

威厳をもってトニーは立ち上がった。「それだけだ」彼は獲物に告げると、大手を振って歩み去った。勝利が頭上に輝き、彼は少しばかり有頂天だった。

ベランダの角を曲がると、グレアムが両手を広げて近寄ってきた。「ミスター・パームリー」若者はきっぱりと言った。「お詫びします――本当に申し訳ありません。あなたがカーニーに言ったことを、一言漏らさず聞きました。僕がお願いしたことをやり遂げてくださって、いつまでも感謝します」

トニーは謙遜して手を振り、「どういたしまして」とつぶやいた。

グレアムは彼の腕を捉えた。「僕は気前の良さを見せると言いましたね。今からそれを証明しましょう。どうぞ中へ、ミスター・パームリー、小切手を現金にするのをその目で見てください」

7

ここで物語が終わっていれば、めでたしめでたしだったろう。トニーが意気揚々と電報局に赴き、使命を成功させたことを報告し、「ヨシ」という返事を受け取った後、栄光に包まれて帰還したと書けたら、どんなに良かったことか。

しかし真実のためにも、トニーが簡潔かつ断固とした調子でその最後の電報を打った後に、起こった出来事の詳細を記しておかねばならない。

テキトタイケツシ　ショウリセリ！」

トニーにとって半時間前まで、世界は陰気な影に覆われていた。棺に掛かる布のように、鉛色をした幕がすべてにかぶさっていた。しかし瞬く間に霧は晴れ、代わってあたりは薔薇色になった。成功を手にしたのだ——圧倒的成功だ——そしてトニーはその輝かしさを一身に浴びた。

彼は美しい妻と連れだって浜辺に行き、泳ぎを楽しんだ。つらい仕事を終えたのだから、気晴らしくらいしてもいいだろうと感じていた。彼は快活に水をバシャバシャはね散らしていたが、イルカが出すようなボコボコとした泡で、何か大きな生き物が近づいてきたことに気づいた。そこで彼は向きを変えたが、仰天したことにこざっぱりした水着を着たカーニーが、側《そば》で遊び興じていたのだ。

さて、あらゆる礼儀作法によれば、カーニーはペテン師だと暴かれたのだから、自分を打ち負かした人間の前に出るのは避けるだろうし、呪われた者のように彼の目から逃れるのが当然だろう。しかしカーニーは明らかに恥を知らないと見え、どんどん近くに泳いできて、陽気にくるりと仰向けになり、大声で挨拶した。

トニーは挨拶を返した——そうするしかなかったのだ——そしてカーニーが岸まで競争しようと申し出た時も、どう断ったらいいかわからなかった。さらにカーニーが六十という歳にもかかわらずあっさり勝って、無人の小屋の近くに後生大事に埋めたボトルの中身を、試飲しようと彼を誘った時も、辞退できなかった（この時代、アメリカでは禁酒法が施行されていた）。

二十四時間のうちに、カーニーに対するトニーの見方は大きく揺れ動いた。そして琥《こ》珀《はく》色の液体が二口、三口、トニーの喉を滑り降りていった頃には、またもや変わっていた。どういうわけかトニーの視界ははっきりしてきた。彼はカーニーのこんな良い人柄を、見逃していたのではないかと心配になった。ボトルが空くより前に、その心配は確信に変わった。

「上物だ」トニーは唇を鳴らして品評した。

「極上だね」カーニーも同意した。

「でも、もうボトルにはあまり残ってないですよ」トニーは注意を促した。

「大丈夫だよ、お若いの」西部男は言った。「こいつを持ってきたところには、もっとある」彼は聞かれていないか確かめるため、あたりを見回した。「今夜俺の部屋に来ないか?」

「なぜ?」

「それはな、俺たちがカードをやらないのなら」カーニーはニヤリとした。「時間を持て余してどうしようもないし、ちょっとした旅行鞄を持っていてね——そんなに小さくはないよ——中にはあと何本か入ってるのさ」彼は考慮する価値があるというように、毛むくじゃらの手をトニーの膝に置いた。「お若いの、俺はカクテル・シェイカーを持っているから、氷とライムを二、三個持って来させよう。そうしたら、今まで味わったこともないようなのを作ってやるぜ!」

この次に作法についての本が書かれたら、信頼すべき権威は、こういった状況に直面した若者にとっての正しいふるまい方を記すに違いない。それまでに飲んだ上等のウィスキーで、ほろ酔い加減だったトニーは、カーニーの誘いが、驚くほどあっぱれな懐の深さを表すものと考えた。

彼は人が誰かに恥をかかせ得る限り手ひどく、カーニーの面目を潰した。いかさまをやっていると非難し、ゲームから手を引けと命じたのだ。それなのにカーニーは、ほんの少しの悪意も抱かず、彼の懲らしめをおとなしく受け入れ、かつての敵に対し紛れもない友情を申し出ている。

こういう事情では、トニーは寛大さにおいて自分の獲物に劣るわけにはいかなかった。

「ご一緒しますよ、親父さん」彼は簡潔に言い、身支度を整えて急いで夕食を終え、妻に十分な言い訳をしてから西部男と再び会った。

カーニーがちょっとした――そんなに小さくはない――旅行鞄と言ったのは、決して誇張ではなかったことが、すぐ明らかになった。トニーはこんなものを見たことがなかった。側面にはニッケルメッキの棚がぴったりはめ込まれていて、楽しげな色のボトルがめまいがするほどズラリと並んでいた。知られている飲み物ならどんなものでも、しかるべき割合で入っていた。

カーニーは旅行鞄を手近のテーブルに立て、上着を脱ぎ、タオルを腰に巻いた。

「お若いの」彼は打ち明けた。「お前さんが生まれるずっとずっと前、俺はバーテンダーをやってたんだ。おごるよ。何が飲みたい？」

トニーは恍惚としてため息を漏らした。「マティーニを」彼はつぶやいた。

「マティーニだな」

カードを配る時も素晴らしかった両手は、カクテル・シェイカーを扱うとさらに熟練ぶりを発揮した。信じられないほどの早さで、氷のように冷たいカクテルが溢れんばかりに注がれたグラスが二つ現れた。トニーは自分のをゆっくり、ありがたがって飲み干した。

「親父さん」彼は言った。「親父さんと呼んでも構わないでしょうね？」

「いいとも」

「よかった。親父さん、あんたは素晴らしいよ」

カーニーは軽く頭を下げた。「お次は何がいい？」

「クローバー・クラブの材料はある？」

「あるさ——それに他のどんなものでもな」カーニーは請け合った。

クローバー・クラブの後はマンハッタン、トニーが熱心にお代わりを求めたブロンクス、アブサン・フラッペと続き、そしてカーニーはスティンガーという名で知られるアルコールの神秘を、客に体験させた。

今はスティンガーといっても多種多様で、作り方もさまざまだが、カーニーの謙虚な告白によると、すべてのスティンガーの由来となった、初期の古風な原型の製法を知っているということだった。そしてやってみせた。

「気に入ったかい？」彼は尋ねた。

「うまい」うっとりとしてトニーは評した。「なんてうまいんだ。すごいよ！」

カーニーは鉄の胃袋を持っていたに違いない。なぜなら客に付き合ってグラスを重ねながらも、まったく素面《しらふ》のままだったからだ。しかしトニーは彼より若く、経験も浅かったので、みるみる酔いが回っていった。

十時には、彼はカーニーと永遠の友情を誓っていた。カーニーがそう頼んだわけではなかったが、トニーにはそれが理に適ったことのように思えたのだ。

「『どんな悪人にも多くの短所があり、どんな善人にも多くの長所がある』（「どんな悪人にも多くの長所があり、どんな善人にも多くの短所がある」という格言の誤り）」彼はうれしそうに誤った引用をした。「あんたのことだよ、親父さん」

カーニーは頭を下げた——二つとも——とトニーには見えた。突然、今こそこの年寄りを改心させる絶好の機会だと思いついたトニーは、全精力をそれに注ぎ込んだ。時おり彼は飲み物を摂《と》るために言葉を切った。というのも、しょっちゅう喉が渇いたからだ。しかし彼が気づいてうれしかったのは、トニーが直後に自認したところによると、かつて行われた中でも最も雄弁で感動的な説教を、カーニーが本当に敬意をもって聞いていたことであった。

その効果たるや歴然としていた。カーニーは十時半から二分おきに、改心したとはっきり誓ったからだ。トニーは心を動かされた——涙が出るほどに。十一時には、ようやく深酒の影響が出始めたカーニーを、階下のカード室まで一緒に降りて悔い改めたと公言するよう説得した。

「さあ行こう、兄弟——じゃなくて親父さん」トニーは促した。

よろよろとした足取りで、団結は力なりという原則に基づいて互いにしがみつきながら、二人は果てしない廊下を進み、向こう側で夜ごとの勝負が行われている扉を押し開いた。

丸いテーブルの周りには、シアスン、マナーズ、ヘイト、マーズデン、グレアムが座っていた。そしてトニーは六番目の椅子に、親友ビル・パームリーの姿を認め、驚きのあまり目をぱちくりさせた。

「ビル」彼は息をのんだ。「君かい？」

「いかにも僕さ！」その幻はきっぱり言った。

「それなら」信じがたい事実を進んで受け入れたトニーは説明した。「会えてものすごくうれしいよ。ビル、友達のミスター・カーニーを紹介しよう。いかさまカード師かもしれないが、いい奴なんだ」

ビルは短い笑い声を上げると、席から立ち上がった。「それでは僕も」彼は宣言した。「ミスター・アラン・グレアムを紹介しよう。彼はいかさまカード師だ——この部屋で唯一のね——そして悪どい奴さ」

恐怖で蒼白になり、怒りに歪んだグレアムの顔が、すべてを白状していることは誰の目にも明らかであった。

トニーは自らをつねった。「グレアム？　カーニーじゃなくて？」彼は尋ねた。

「その通り」

トニーは部屋を見回した。泥酔していた彼は、テーブルについていた男たちの、死のような沈黙に気づかなかったのだ。シアスンの普段穏和な顔立ちは、固くこわばっていた。いつもきびきびして愛想のいいマナーズは、黙っていた――不気味なほど黙りこくっていた。そして唇を引き結んだヘイトとマーズデンは、犯罪者に死刑を宣告する陪審員のような表情を浮かべていた。

トニーはわかっていなかったが、パームリーがいかさま師の正体を暴いた直後に、部屋に飛び込んだのだった。

彼は疑うように顔から顔へと凝視した。予想もしなかった事実が、ほとんど彼の酔いを冷ましてしまった。

「グレアム？　カーニーじゃなくて？」彼は馬鹿のように繰り返した。

「グレアムだ――カーニーじゃなく」ビルはおうむ返しに答えた。

衝動的にトニーは、大柄な西部男の肩に腕を投げかけた。「もしそうなら」彼はきっぱり言った。「人生言うことなしだね！」

8

次の日の正午になってようやく、ビルは浴びせられていた多くの質問に答える気になった。それまでトニーは質問をしたり答えを理解できたりする状態になく、ビルはこの友人も少しは教えてもらう権利があると感じたのだ。

「最初に疑いを抱いたのは」とビルは説明した。「グレアムの手紙を見て、僕にここまで来させて、カーニーがいかさまカード師だと暴いてもらいたがってるのを読んだ瞬間だった。こいつはおかしい——かなり怪しい——なぜならピートのことは、自分と同じくらい知っているが、彼がいかさまなどしていなかったことには、命を賭けたっていいからだ」

聞いていたカーニーは、あからさまにニンマリした。「ずいぶん危なっかしい賭けに出たもんだな、ビル」

「ちっとも！」ビルは言い切った。「あんたが生活を一新したことは知っていたし、ピートト、それに信頼していたからね。それ以外にも」ビルはくすくす笑ってつけ加えた。「あんたが一、二度勝負すれば、目の前のものを総ざらいできることはわかっていた。つまり本気でそうしたいと思って、手段を選ばなければね。これはでかいゲームだった——千ドル札を二つに破って、その片方を僕のところに送りつけてくることさえ良しとするようなゲームは、でかいに決まってる——そしてあんたがのんびり勝っていれば、グレアムには僕に手紙を書くだけの時間があるし、さらに僕がコネティカットから到着するのを待つ余裕もある。このことから、あんたが正直なポーカーをやっていたと推理できたのさ」

もう一人の聞き手であるシアスンはうなずき、「筋が通っているな」と認めた。

「僕は自問し始めた」パームリーはトニーの方を向いて続けた。「君があの手紙を僕の手に置いた瞬間だよ。なぜグレアムは、カーニーのいかさまを証明したいのか？　損を取り戻すため？　違う。もし大損したのなら、奴は千ドルをよこすことはできなかったからね。カーニーに怨《うら》みを持っているのか？　それも考えられない。彼を知ってからこの方、ピートを怨む奴などいなかった。

では他にどんな理由があるだろうか？　手紙を持ったまま暖炉を見つめていたら、答えが稲妻のようにひらめいた。このグレアムという男は、個人的な目的のために、カーニーをゲームから除外したかったのだ！　それこそ唯一の考えられる、また理に適った説明だった。

たぶんグレアムは実際に、カーニーがいかさまをしていたと思っていたのだろう。おそらく彼がいかさまをしていようがいまいが、インチキだと証明できるくらい僕が利口だと思ってたんだろう。あるいはカーニーの過去について何か知ったのかもしれない。ピートはかなりの有名人だった。グレアムが何を聞いたかはこの際問題ではない。

いずれにせよ、グレアムの手紙を吟味してみたら、カーニーがいると思う存分ふるまえないため、彼を外したがっていることがはっきりした。グレアムが何かこそこそやろうとすれば、たちまちピートが見つけるだろうと確信するくらい、奴はカーニーについて学んだのだ。

これがグレアムの手紙の行間から、僕が読み取ったことさ」

トニーは口笛を吹いた。「あの手紙の長さは三、四行で、語数といえば二ダースくらいしかなかったぞ！」

ビルはにっこりした。「彼が書いたことじゃなく――彼が書かなかったことが、本当に大事だったんだ。その後数分間で、僕は急いで頭を働かせたよ、トニー。

どうしたらいいだろう？　最初は忘れてしまおうと衝動的に思った。破られた千ドル札をグレアムに突き返し、手紙は焼いてしまうのだ。カーニーなら自分の面倒は十分見られるだろう――それはわかっていた。

次は、ピートに手紙を出して、グレアムの頭に一発食らわすよう伝えたいという衝動に駆られた。当然の報いだからね。

だがそこで、もし僕がグレアムを助けるのを断ったら、奴は別の悪辣な計画を立てるかもしれないと思いついたんだ。暗闇で殴りかかるような敵とピートを闘わせるのは、気が進まなかった。

そこで、グレアムにも公平な機会を与えて――カーニーをゲームから追い出すためのね――グレアムが何をするか見てやることに決めた。でかいゲームなら、いかさまをする価値がある。僕はグレアムを好きなようにさせることにした。そうすれば奴は自滅するかもしれない。あるいは僕が誤解していたとわからせてくれるかもしれない。だからビル・パームリーのふりをしてもらうため、君を先に送ったのさ、トニー――そしてきっかり十二時間後に、君を追いかけたんだ」

トニーは唖然として、まじまじと友人を見つめた。「君が僕を追って来たなら、だれが僕の電報に返事をしていたんだい？」

「父だよ」

「どうやってお父さんは、何と応えるべきかわかったんだ？」

ビルはニヤリとした。「発《た》つ前に、君が何と言ってこようと、『ヨシ』と返事するように頼んでおいたんだ。悪かったとは思うが、トニー、君を陰謀に荷担させる勇気はなかった。君はうまい役者じゃない。秘密を漏らさないとも限らないからね」

「きっと漏らしてしまったでしょうよ」熱心に聞き入っていた、愛らしいミセス・クラグホーンが評した。

トニーは一睨みして彼女の口を封じ、「それから？」と問いただした。

「君がカーニーのいかさまを見つけられないのはわかっていた」ビルは続けた。「それにはちゃんとした理由が二つある。一つには、彼はいかさまをしていなかった。二つ目は、仮にやったとしても、とうてい君には見破れないからだ。僕自身カードはかなりうまい方だが、ピートは本物の芸術家だよ。だから君が、実際に見破ったかのように、彼にブラフをかけてゲームを止めさせると言い出した時――君が言い出したんだよ、トニー。その点は君に負うところ大だね」ビルは堂々と嘘をついた。「――その提案に直ちに賛成したんだ――だが僕がやったのは、ピートに夜間書信電報を打って何が起こっているか隠さずに伝え、君が何を言おうとしているかわかったとたん、あの世送りにしないよう、念を押すことだった。ピートは古い友人だから、言うことを聞いてくれるとわかっていたんだ」

カーニーはニヤニヤと思い出し笑いをした。「彼は俺に話しかける勇気を奮い起こすのに、午前中いっぱいかかっていたよ」

「だが話しかけた！」

「ああ、そうだ」カーニーは認めた。「俺のところにまっすぐやって来て、俺がいかさまをしているとね。さぞ度胸が要っただろうよ！」彼はにこやかにトニーを振り返った。「お若いの、そこまでしなくても撃たれた人間が大勢いたことを知らなかったのかい？」

トニーは黙っていたが、代わって妻が答えた。「知っていました。そしてわたしもです」彼女はきっぱり言った。「なぜならその前夜、主人は寝言でそのことしか言わなかったからです！」

カーニーは息をのんだ。「知っていながら行かせたのですか、奥さん？」

可愛いミセス・クラグホーンは微笑んだ。「ミスター・パームリーが保証したんですもの――ミスター・パームリーが保証することなら、大丈夫だってわかってましたから」

　今度はトニーが息をのむ番だった。「ビル、君に対してと同じくらい、妻が僕を信頼してくれたら――！」彼は終わりまで言わなかった。

「続けて、ミスター・パームリー」独身のシアスンが促した。

　ビルはうなずいた。「僕は鳴りをひそめてじっと待った――心理的瞬間をね。カーニーがいい酒を試させるために、クラグホーンを上に連れていくと、僕はゲームでのカーニーの場所に陣取った。簡単だったよ」と彼は説明した。「ロビーでミスター・シアスンと近づきになり、ポーカーをやりたいと言うと、その場で招待してくれたんだ。ぐずぐずしてはいられなかった。そんな危険は冒せなかった。グレアムが何か企んでいるとすれば、すぐに取りかかるだろうからね。実のところ、十分も経たないうちにことは起こったのだ」

「どんなふうにやったんだ？」カーニーが興味津々といった様子で尋ねた。

「奴は色付け箱《シエイディング・ボックス》を使ったのさ、ピート」とビルは、ポケットから大型のボタンくらいの装置を取り出しながら言った。他の人々のために、彼は実際にやってみせた。

「色付け箱《シエイディング・ボックス》には、絵の具が入ってる――ここだ――そしてこの溝から表に出てくるんだ。それだけのものだが、これを使う奴は時々、親指で溝の上をこすり、札の裏に印をつけるんだ。ボックスは二つで一組になっていて、片方は赤、もう片方は青だ。それならどんな札の裏の印刷にも合わせられるからね。どんな小さなしみでも、奴が知りたいことはすべてわかるし、見抜くのは誰にとってもえらく難しいんだ。僕のようにそれを目当てに捜さない限りはね。奴が最初にたんまり稼いだ時、僕は面と向かってずばりと言ってやったんだ」

シアスンは笑った。「そうしたら奴は、君こそ詐欺師だと証明しようとしたよな!」

「厄介なことになっていたでしょうね」とビルも認めた。「もし奴のベストの内側に、しっかりと縫いつけられた色付け箱《シエイディング・ボックス》を見つけなかったらね」

長いこと黙っていたカーニーが口を開いた。「俺がゲームに参加している時にやろうとするほど、馬鹿ではなかったんだな」

「だからこそ、君を追い出したかったのさ」

カーニーは意地の悪い笑いを浮かべた。「望みを叶えたわけだ。さぞかしためになったことだろうよ!」

しかし可愛いミセス・クラグホーンは眉根を寄せた。「一つ教えてほしいことがあるの、ミスター・パームリー」

「良かったら一ダースでもどうぞ、奥さん」

「今度の件全体を通して、なぜトニーが必要だったの? トニーがやり遂げたことは何だったのかしら?」

「大きな役割を果たしましたよ」ビルは彼女に保証した。

「わからないわ！　ミスター・カーニーにゲームから離れてほしかったんでしょ。一言彼に言えばそうなったのに。あなたは自分でゲームに参加したくて、実際に参加したわ、そうでしょう？　トニーは何の役割を演じたの？」

「グレアムを惑わせましたよ」

「他の方法がいくらでもあったわ」

ビルはニヤリとした。「あなたは僕の相手としては、頭が良過ぎる。はるかに賢明ですよ！　ほら、グレアムの手紙が届いた時、トニーは僕と週末を過ごしていましたね。そしてトニーには、雪のこと――それと氷――と寒さ――より他に話すことがなかったんです。そこで僕に何かが囁きかけたんですよ――」

「トニーにフロリダの休日を楽しませるようにって？」

「奥さん」ビルは頭を下げた。「御婦人に嘘をつけたためしはありませんよ」

火の柱

1

「ビル」トニーが突然尋ねた。「読心術を信じるかい？」

それはビルの二十五回目の誕生日のことだった。トニーは誕生祝いを盛り上げようと立派な決意をして、自分のクラブの一つで催される数々の娯楽を、一週間一緒に楽しもうと招待し——説得し——しつこく責め立てた。ビルはきっぱりと断った——落ち着きのない友人と共に過ごす一週間は、休暇どころの騒ぎではなくなると、第六感めいたものが警告したのだ——だが四十七回目の招待の後、ビルは折れた。「だけどこれだけは聞き入れてくれ」彼は交換条件として提示した。「今回君と一緒に行ったら、あと一年は誘わないでほしい」

トニーの態度はこわばった。「君は楽しくないだろうと思っているのかい？」

「いや、もちろん――」

「君を楽しませるためなら、どんなことでもするとわかってるだろう――」

「僕は農夫だよ」ビルは急いで説明した。「何を楽しいと思うかは、君とは違うんだ」

トニーはブツブツ言い、ビルは友達を怒らせたくなかったので、あわてて荷造りをした。しかし、いったん汽車の個室に二人きりで入ってしまうと、トニーは質問できるいい機会を喜んで迎え入れた。さて、質問好きの六歳の子供は、賢人でも答えに窮するような謎を問いかけてくるものだが、トニーはその五倍半の年齢にもかかわらず、同じくらい詮索好きで、それ以上にしつこかった。

解明されることなく、また解明できない、何か深遠かつ不可思議な理由によって、普通の男はいかさま賭博に関することなら、とにかく興味を示すものだ。トニーもその例に漏れなかった。彼は規則正しく、一年ごと、一月ごと、一日ごとまでも、起こった順序に従って、語り手の波瀾に満ちた経歴に関わることなら、どんな些細なことでも聞き尽くした。

ビルは隠すことは何もなかったので、ごく率直な態度で彼に接した。自分がどのようにして十八歳の時家を飛び出したか、偶然のゲームをより確実なものにする手段を、いかにして知るようになったか、またどうやってそうした手段にだんだん慣れ親しんで、そのやま場名人とまで称されるようになったかを話した。彼は思い出の扉の鍵を開け、そのやま場を――そして影の部分をも延々と語った。大勝利のことも――敗北についても、また短かった豊かな時期や――長く続いた逆境についても。そしてトニー・クラグホーンはオリヴァー・トウィストのように、もっと、もっと、もっととせがんだ。

何度もビルはやけになって、一足飛びに話の結末まで行った。いかに、またなぜ結局は心機一転して農夫になり、若き日の誤った道からきれいさっぱり足を洗ったかを数語で説明して、自伝を終わらせようと試みた。しかし大いに楽しんでいたトニーはそうはさせず、非常に面白いと感じた初めの頃のエピソードを、友人に語らせ、注釈させ続けた。

何にでも、たとえ自伝であっても必ず終わりは来るもので、午後四時十五分、トニーは最後の質問をし、ビルはそれに答えた。それからビルが窓の外を眺め、ガーンジー種の乳牛の群れと、自らの手入れの行き届いたジャージー牛たちを内心比べていると、トニーが論じ始めたらきりがないという話題を切り出したのである。

「ビル」彼は問いただした。「読心術を信じるかい?」

ビルはため息をついた。「さあ、君は信じているの?」彼はうんざりしたように聞き返した。

トニーは公正な態度を取ろうとした。「そうだとも違うとも言えるな」と彼は認めた。

「というと?」

「僕は心の広い人間だし、説得《コンヴィクション》を受け入れる質《たち》なんだ」

「で、君は宣告された《コンヴィクテイッド》――じゃなくて、説得されたの？」とビルは尋ねた。

トニーは真面目な顔で「そうだ」とうなずいた。

ビルも同じくらい真面目くさってうなずき、「じゃあ、それ以上話すことはないね」と決めつけた。ガタンゴトンというリズミカルな車輪の音が眠気を誘った。彼は半ば目を閉じていた。

しかしトニーは話し始めたばかりだった。「ビル、ちゃんと考えてくれよ」と彼は要求した。

「夢の中で話せるよ」

「僕とではないだろう」トニーは断固として言った。「読心術のことを議論していたんだぞ」と彼は十分過ぎるほど思い出させた。「その実例を見たと言おうとしていたんだ」

「どんな？」

「そうだなあ」とトニーは記憶をたどった。「数年前、三枚のカードですごい手品をやって見せる男がいたんだ。最初こっちに表を見せて――そのうちの一枚はキングで――」

ビルがさえぎった。「それからぎこちなくカードを切って、どれがキングか君が当てられないという方に賭けたんだろう」

「そうだ」

「一回目と二回目には君が勝つが、賭け金が大きくなった三回目に、君は負ける。そんなことはあり得ないと君は思う。なぜならキングの端が折れていることに、気づいていたからだ。君はカードの裏面を、表と同じくらい知っていた。そいつに大金を賭けた時のみ、折れた端っこはまっすぐになっており、同時に別の——キングではない——カードの端が折れていた。これで正しいかな？」

「ああ」

「で、それを読心術と言うのかい？　トニー、君を恥ずかしく思うよ！」

「彼は僕が何を考えていたか、知っていたんだ、そうじゃないかい？」クラブ会員は言い張った。「彼は僕が端折れに気づいていたのを知ってた。あれが読心術でないなら、いったい何だ？」

「昔ながらの法則に則《のっと》ったに過ぎないよ」ビルは言い返した。

「どんな法則だ？」トニーは腹を立てて問いただした。

ビルは澄んだ目で窓の外を見た。「いいかいトニー、その法則というのは、騙《だま》される奴はいつでもいるってことなんだ」

「カモってことか？」

「そう言ってもいいね」

トニーは鼻を鳴らした。「たぶんマーリー一家についても、同じように言うんだろうな」

「どういう連中だい、それは？」

「聞いたことがないかい？　舞台に目隠しをした女が座っていて、男が観客の中に入っていって――」

「君が紙切れに書いた数字を、女が読み上げる――」

「そうだ」

「あるいは君の懐中時計に彫られた数字や、指輪の頭文字、帽子のメーカーを言い当てる――」

「ああ。これこそ読心術だろう？」

ビルはうんざりしたように微笑んだ。「トニー、いつか数時間暇があったら、どんなふうにしてやるか教えてあげるよ」何かの役に立つかもしれない」

「ということは」トニーは息をのんだ。「どうやったのか知ってるんだね？」

ビルはうなずいた。「貨物列車で出会った流れ者に教えてもらったよ。彼はかつて、仲間とヴォードヴィル小屋に出ていたんだ。それから酒の味を覚え、ある晩合図を取り違えてしまった。それでおしまいだった。つまり、保安官の妻が紙切れに『わたしの夫が愛しているのは誰？』と書いた時、何か手違いが起こって、目隠しした女は『金髪に青い目の、若く美しい女性です』と答えてしまったんだ」

「どういうことだい、それは?」トニーは尋ねた。

「たいしたことじゃないさ」とビル。「ただ保安官の妻は、お世辞にも美しいとは言えなかったから、その点で勘違いすることはなかった――そして若くもなかった――おまけに白髪の筋を除けば、髪の色は濃い褐色だったんだ。そして夫に対して長年、疑いを抱いてたのさ! ショーはその場で中止になり、読心術師は町を離れる一番早い汽車に飛び乗った。ぐずぐずしていたら、保安官に追われるとわかってたんだ」

「もしその男が読心術師なら」とトニーが評した。「本物の読心術師だったら、揉め事を予知できただろうにね」

ビルは笑った。「彼は難なく揉め事を予知したが、読心術師ではなかったよ」再び彼は目を閉じ、「さあ、もう寝かせてくれ」とつぶやいた。

「読心術師はどうなったんだい?」トニーは言い募った。

「ああ、あいつは商売にしがみついて、まだ儲けたさ。僕らは一緒にセント・ルイスに降り立った。二人とも一文無しだった。奴はあっという間に稼いだよ。僕らは酒場でたやすく仕事にありついた。奴はカードについて話し始める。読心術の話題も持ち出す。それから、その場で一番いい身なりをした男と議論を始める。そいつを誘い込んで、一組のカードの中から一枚抜かせて僕のところに電話させ、彼が何のカードを持ってるか僕が当てるのを聞いてもらうんだ」

「そんなことができるもんか！」トニーは叫んだ。

「そう考えた連中が大勢いた。実際、彼らはできない方に現金を賭けた。いいかい、僕の相棒は、電話に近づきもしなかったんだぜ。奴は言ったよ。『これこれの番号に電話して、ミスター・パームリーに聞いてくれ』ってね」

「で、君はそのカードを言い当てたのかい？」

「毎回ね」

「へえ、すごいな」トニーは認めた。「素晴らしいじゃないか！」

「ほんとにねえ」ビルは物憂げに語尾を伸ばした。「相棒は一晩に八箇所から十箇所回ったよ。僕たちはわずかな賭け金から始めた。最初二人合わせて五ドルしか持っていなかったから、そうせざるを得なかったんだ。でも、そろそろ逃げようと判断した時には、千ドル以上の金を山分けしたのさ」

「ずっとそこにいて悪い理由はないだろう」

「いや、大ありさ！　賭け金を損した奴らが探り出すかもしれない――」

「いったい何を探り出すんだ？」

ビルは思い出してニヤリとした。「僕が五十二の違う名前を持っているってことをさ！　連中は毎回同じ電話番号にかけた――それは葉巻屋の公衆電話だった――だが相棒は、ある時はミスター・パームリーにかけろと言い、ある時はミスター・ヘンダースンに、また別の時にはミスター・バンクロフト、時にはミスター・コンロイとかミスター・ハンフォードにかけろと言うんだ。もちろん、僕はずっと電話のすぐ側《そば》にいたってわけさ」

トニーは眉を寄せた。「それのどこがいい考えなんだ？」

「まだわからないかい？」ビルは笑った。「それぞれの名前は別々のカードを指しているのさ。『パームリー』はスペードのジャック——これは相棒のユーモラスな思いつきだった。『ヘンダースン』はハートのクイーン、『ハンフォード』はスペードのクイーンだ。これ以上単純なものはない。名前の最初の文字でカードの数が、最初の母音でマークがわかるんだ。僕たちは暗号を覚えた——ただそれだけさ」

「ヒュー！」トニーは口笛を吹いた。

「同じ観衆の前で二回以上はやれなかった。それだけがこの計略の難点だったね」とビルは打ち明けた。「でもかなり大きい町なら、失敗することはない——絶対にね」

トビルは、驚きのあまり口をあんぐり開けて見つめている友達の方を振り返った。「トニー、これよりすごい読心術の見世物の話を聞いたら、どこでやっているか教えてくれ——見てみたいもんだ」ときっぱり言った。

「覚えとくよ」トニーは約束した。そしてあまりにも感銘を受けたので、異議を唱えることなくビルを眠りにつかせ、目的地に着くまで起こすことはなかった。

2

一つのクラブに所属していると、往々にして別のクラブにも入るものらしい。そして二つ入っていると、三つ目もほとんど必然となってくる。トニーはウィンザー・クラブとヒマラヤ・クラブの会員だった。一つ目に入ったのはそうすべきだったからであり、その堅苦しい由緒正しさへの反動から二つ目に入ったのであった。

ウィンザーは裕福で威厳に満ち、会員を厳選した。ヒマラヤは裕福だが威厳に欠け、まるっきり会員を選ばなかった。その二つに時間を割くことにより、トニーは自分を、そんなにご立派ではないが恥さらしでもなく、やかまし屋でもなければ賭博狂いでもないと確信し、彼にとって正しいと思える中ほどの道を、のんびりと歩いていた。ヒマラヤでのどんちゃん騒ぎは、ウィンザーでの落ち着いた夜で埋め合わせをした。そして後者の品行方正な空気にしばらく身を置いた後、前者を訪ねると、自分が属していると感じられる、それほどお高くない水準に引き戻されるのであった。ウィンザーの会員資格だけでは紳士気取りの烙印を押されただろうし、ヒマラヤだけでは胡散《うさん》臭い賭博師と見られただろう。両方の会員になることではるかにしっくりと、遊び慣れた通人、すなわちどんな仲間にも等しく入っていける民主主義者と見なされたのである。

しかしながら、トニーや同じような状況の他の若者たちが心から満足するには、三番目のクラブが必要であった。その結果、彼らの中でも選りすぐりのグループが、何もないで過ごす一生にはつきものの、頻繁な休暇を考慮に入れ、かの有名な団体、リグズ島協会を創立したのである。

噂によるとこの協会が設立されたのは、サウス・カロライナ海岸沖の小さな砂の塊《かたまり》、リグズ島の所有者ハントリー・ソーントンが、これをずっと売りたくてたまらず、不動産業に従事していたことから、友人たちにその魅力を熱烈に飾り立てて吹聴したせいであり、そのおかげで儲けを出して手放せたということだった。しかしそれは単なる風説に過ぎず、実証されたわけではない。確かなのはハントリー・ソーントンが、リグズ島協会を実現化させた主導者だったということであり、金が余っていた友人たちは、望めばいつでも鋭気を養うために、楽園のような島に逃避できるという発想に夢中になり、彼の援助のため忠実に馳せ参じたのである。

そこががっかりするようないじけた松の木立に、無数のブヨがいるだけの不毛な数エーカーの土地だということは、彼らにとって何でもなかった。ハントリー・ソーントンの個人的な指示のもとに用意された建築家の図面では、ゴルフコースと六面のテニスコート、石造りのクラブハウス、素晴らしいビーチが目玉として取り上げられ、もともとあった特徴には少しも触れられていなかった。

ソーントンの友人たちは、麗々しく額に収められた水彩画をしげしげと眺め、細部を称賛し、全体計画を誉め称え、夢をやがて現実に変える資金を出すため、ポケットの奥深くを探るのだった。時が経つにつれ、最初の出資者たちは寄付金に次ぐ寄付金の支払いを嫌がるようになったが、チェット・モウルトンが言ったように「クラブハウスに一財産注ぎ込んだら、防波堤への出費を渋るわけにはいかないよ。くそっ、もし渋ったりしたら、クラブハウスは大西洋に押し流されてしまうに違いない」。防波堤は、ハントリー・ソーントンの建築家が言及の必要なしと考えていた、金のかかる必需品の一つに過ぎなかった。他にもあったのだ――もっともっと多くの必需品が。

クラブハウスの工事が終わり、テニスコートがガラスのように滑らかにならされ、ゴルフコースが完成すると、ソーントンの友人たちは集団で出かけていき、土地をぶらつき、設備の仕上がりに感心し、これならいけると確信した。トニー・クラグホーンは試しにテニスコートの中を歩き、球がよく走ると思い切って言ってみたが――プレイはしなかった。チェット・モウルトンはゴルフ場を値踏みするように眺め、一番ホールのパーは五打ではなく四打だろうと意見を述べたが――ボールをティーの上に載せはしなかった。スティーヴ・フォレスターはビリヤード台を調べ、ずらりと並んだぴかぴかのキューに物憂げな視線を投げたが――玉を突いて続けざまに的玉に当てようと、コートを脱ぐことはなかった。暗黙の了解により、年嵩の――三十過ぎの――男たちは、運動の形を取るものはすべて、若手に任せることにしたのである。

会員が揃って顔を合わせたのは、高価な防波堤に守られた真っ白な細長いビーチであった。チェット・モウルトンが最初に水着を着、爪先で瀬踏みして、リグズ島で試した限り大西洋は気に入ったと宣言した。冷た過ぎず温か過ぎず、流れは速過ぎも遅過ぎもしなかった――これは彼がもっと沖まで冒険してからわかったことだ。そして波には三十四歳のチェットを、彼の言葉によれば二十歳も若返らせるような、わくわくする感じがあった。

しかし、ビーチがなだらかに傾斜して堅く引き締まり、座ると温かく、より精力的な気晴らしよりも偶然のゲームにぴったりだということを発見したのは、スティーヴ・フォレスターであった。

「考えてもみろよ、君たち」彼は声を大にして言った。「僕がブロンズ色の肌になって家に戻って、誰かにどこで焼いたんだと聞かれたら、ポーカーで焼けたって言うのさ!」

この考えはスティーヴのユーモア感覚をくすぐった。起床とともに水着を着て、朝食が済んだらビーチへ赴き、たまに食事で中断する以外は、片手にチップ、片手に炭酸で割った冷たい酒を持ち、朝から晩までそこで過ごすのだ。この計画は何よりも魅力的だった。会員仲間たちは熱烈に賛成し、数日間はヒリヒリ痛む肩に塗るローションを求める声が相次いだ。しかしその後、ゲームの参加者たちは十分鍛えられ、ほとんどいつでもクロム革のような色に焼けた若者の集団が、砂の上であぐらをかき、波の音に耳を傾けながら、心の中で賭け値を上げるべきか、コールすべきか悩んでいる姿が見られるようになった。

テニスコートはしばしば空《から》っぽで、ゴルフ場は見捨てられていた。しかしビーチは絶えず盛況で、爪先をポーカーのチップにぶつけずには歩けないほどだと、チェット・モウルトンはぼやいた。

「あの大波は何と言ってると思う？」チェットは尋ねた。「『ザブーン』かって？　とんでもない。『アンティ・アップ（ゲームの参加料を出すこと）』さ！」

他のあらゆる場所と同じように、勝負においても生き残るための闘いがあり、適者が生存する。リグズ島協会では、ビーチ・ポーカーが――すぐにそう呼ばれるようになったのだが――他のすべてのものを駆逐してしまった。誰もがゲームをした――ただ一人観客の役に徹することで、不参加の埋め合わせをしていたハントリー・ソーントンを除いては。染み一つないフランネルを身にまとい、パナマ帽を小粋に被り、六インチの琥《こ》珀《はく》のホルダーに差し込んだ煙草を一日中、にこやかな表情の飾りに添えて、ソーントンはグループからグループへと渡り歩き、勝者を祝い、敗者に同情し、遅かれ早かれ腰を据えて、最も賭け金の法外なゲームを、わき目もふらず見つめるのであった。

何度参加するよう誘われても、そのたびに彼は辞退した。「変に思われるかもしれないが」彼は微笑みながら認めた。「今まで一度もポーカーの席についたことはないんだ」

「やり方を覚えるなら今しかないよ」

「年取った母と約束したんだ」とソーントン。「賭博はしないってね。いまだにそれは破っていない。大学でも守った。卒業後も守ってきた。今もそうするつもりなんだ」

その時点で最も大金が集まっていたポットを、対戦相手に持っていかれたばかりのチェット・モウルトンは、残念そうに笑った。「ハントリー、僕の母も同じような約束を、無理にでもさせてくれたら良かったのにと思うよ」彼は断言した。「そうしたら大金を無駄にしないで済んだのに」チェットの感慨には実感がこもっていた。ジャック三枚の入ったフルハウスに、絶大な自信を見せていたのだ。彼は大枚を張ったが、結局ドン・フェルトンが持っていた五のフォーカードの前に、みじめに敗れ去っただけだった。

「もしそんな約束をしていたら」とチェットは嘆いた。「そしてそれを守っていたら、今頃はたいした資産家だったかもしれないぞ。そうじゃないと誰が言える？」

「そして僕がそんな約束をしていたら」と、獲得したチップを注意深く積み上げながら、フェルトンが言った。「今、このポットを手に入れることはできなかっただろうよ」

「今からでも遅くない」チェットが提案した。「そいつを戻すことになるかもしれないよ」

「そうかもしれないし――そうじゃないかもしれない」フェルトンはつぶやいた。彼は自分のカードをちらりと見て、憂鬱そうなチェットに向かってにやりと笑い、彼らが取り囲んで座っている砂の一角の中心あたりに、チップを放り投げた。「リミットから始めるぞ」と彼は挑んだ。

トニー・クラグホーンが、完全な休養のために友人のビル・パームリーを連れて来たのは、こんな環境だったのである。

3

「君が行ったら、ちょっとした評判になるぞ」本土から島へ運んでくれる大型ボートの方に向かいながら、トニーは予言した。

「どんなふうに？」

「君はとても有名人なんだ、ビル。君の方はご存知ないかもしれないが、誰もが君を知っている。クラブの会員で知らない奴はいないと、あえて断言するね」

「それなのに、僕が休暇を楽しめると思ってるの？」

「いけないかい？」

元賭博師は首を振った。「僕はずっと目立つことが苦手だった」彼はきっぱり言った。「その方が良かった――僕のことなど誰も知らない方が、どれだけ良かったか。いいかい」彼は急に問い詰めた。「僕が行くことを誰かに教えたかい？」

「いや」トニーはしぶしぶ言った。「びっくりさせようと思って、取っておいたんだ」

「じゃあ、もう少し長く取っておけよ」

「どういうことだ？」

「僕を友達のブラウンと、ビル・ブラウンと紹介するんだ。あたりさわりのない名前だよ。仕事は——特殊な種類の仕事のことは——数日忘れさせてくれ」

トニーの顔は曇った。「僕はむしろ、君を連中に紹介したくてうずうずしてるんだ。ほら、これまで君のことをさんざん言い触らしてきたからね」

ビルは笑った。「いいかい、君」彼は尋ねた。「誰の楽しみのために、この休暇を用意したんだい？　彼らか——それとも僕か？」

「君さ、もちろん」

「じゃ、僕の名はブラウンということで、よろしく頼むよ」

気分を害しながらも、トニーはその名前で友人をハントリー・ソーントンにチェット・モウルトンに——スティーヴ・フォレスターに——そしてクラブに滞在している、二十人から三十人の気の合った仲間たちに紹介した。慣例に従い、新参者が水着を着て、直ちにビーチ・ポーカーに駆り出されると、トニーは秘密を胸に納めておく努力で、ほとんど破裂しそうだった。実際フェルトンがビルに、ポーカーはやるのかと聞いた時、トニーは憤然と「彼がポーカーをやるかだって？」と言いかけて、無防備な脇腹を猛烈に小突かれ、黙っておくことを思い出したのであった。

彼がやきもきしたことに、友人とは離されてしまった。常に大金を賭けるゲームで勝負しているフェルトンが、新入りのビルを参加するよう招いたのである。トニーは常連なので、二十フィートほど離れた場所に座らされ――ビルに何が起こっているか覗こうとして、ほとんど首の骨を折りそうになった。時おりさまざまな声が彼の耳に届き、また時おり唯一の見物人であるハントリー・ソーントンが、自分では絶対参加しないゲームを一心に観察しているのが見られた。しかし午後の勝負に終止符が打たれ、トニーが前線から確実な情報を得られたのは、暗くなってからであった。

彼は他の者たちの声が届かないところへ、友人を引っ張っていった。

「どのくらい勝った?」彼は熱を込めて尋ねた。

「負けたよ」とビル。

「な、なんだって?」トニーはどもった。「き、君が負けた?」

「負けた。大損だったよ」

トニーにとって、よもやこの友人にそんなことが起こるなど、考えられないことだった。その時、ありそうもない解釈が彼の頭にひらめいた。「わかったよ、ビル」彼は当て推量を言った。「連中に疑いを持たせたくなかったんだね。わざと負けたのか」

ビルは笑った。「何のために、わざと負けなきゃならないんだ?」彼は問い返した。

「いずれにせよ、なんで彼らに五百ドル以上も取らせる必要がある？　それで彼らがいったい何を疑うんだ？　いや、わざと負けたんじゃないよ。僕は慈善家じゃない。勝とうとしてそりゃもう頑張ったんだぜ。でも他の奴が僕よりいいプレイをしたもんで、勝てなかった。たまにはそんなこともあるさ」

トニーは息を詰まらせた。「でも——でも、あり得ない！」彼は唾《つば》を飛ばして叫んだ。

「お誉めいただいて、どうも」ビルは微笑んだ。

「あり得ないよ」トニーは言い張った。「僕はこのクラブの全員と勝負したことがあるから、それがわかるんだ。君と肩を並べるほどの奴はいないよ」

「フェルトンはどうだ？」

「ドン・フェルトンか？」

「薄茶色の髪をした大男だ」

「彼が大勝ちしたのか？」トニーは息をのんだ。

「大勝ちしたし、唯一勝った男だ」

トニーはごくりと喉を鳴らした。「つい一ヶ月前、ニューヨークのヒマラヤ・クラブで彼と勝負したが、すっかり巻き上げてやったぞ」

今度はビルの方が唾を飲み込んだ。「き、君が彼から巻き上げたって？」彼はどもった。

「何の雑作もなかったよ」トニーは断言した。彼の頭はぐるぐると渦を巻いていた。「僕の頭がどうかしたわけじゃない」彼はなおも続けた。「僕のプレイはまずまずというところだ――ごく平均的な――そしてどこで勝負から降りるべきか思い知らされるくらい、本当にうまい連中と数多く勝負してきた。僕は達人じゃない――」

「で、フェルトンは？」

トニーは両手を挙げた。「僕にとってフェルトン相手のゲームなんて、君が僕を相手にするみたいなもんさ。一ヶ月前は、僕の足元にも及ばなかったんだぜ」

「それなのに今日は、僕よりうまいポーカーをやった。最初から最後まで、僕を出し抜いたんだ。彼がコールすると、僕の手よりほんのちょっといい。そしてこっちが本当にいい手を持っている時はいつも、賭け金を上げようとしない。降りるんだ」

「上達したのかもしれないぞ」トニーは間抜けなことを言った。

「そうかもな」とビル。「今日勝負した男が、一ヶ月前、君にも及ばなかったとすると――」

「ものすごく上達したのかもしれない」

二人の目が合った。しかし双方が考えていることを、口にしたのはトニーだった。

「いかさまの道具はたくさんある」彼はつぶやいた。「でも焼けつくような太陽の下で砂浜に座って、ワンピースの水着を着ている男が、そのうちのどれを使えるっていうんだ？」

「僕の知る限り、一つもない」ビルは言った。

4

トニーは最初の機会を捉えて質問攻めを再開した。つまり夕食後すぐであった。並々ならぬ自制心をもって、彼は九十分間ずっと、その話題をほのめかすのを避けていたのである。

「カードに印がつけられていたんじゃないかな」彼は示唆した。

「違うね」

「確かかい？」

「僕たちが話した後、三、四枚を集めたんだ、トニー。今ポケットに入っている。印はなかったよ——拡大鏡で調べたんだ」

「フェルトンは手先の早業を使ったのかもしれない」

「僕の見た限り、そうじゃなかった」元賭博師は強調した。「僕が気づかなかったのかもしれないが、札を配る時はいつも注意して見てるんだ」

「じゃあ、奴はどうやったんだろう？」

ビルの青い目がきらめいた。「たぶんポーカーに関する名著を読んで、勉強したんだよ」

「ふざけてる場合じゃないよ、ビル」

「わかった、真面目にやろう」ビルは約束した。「誓って言うが、どうやったのか見当もつかない。だが必ず見つけ出すよ」

今度はトニーが微笑む番だった。「楽しくて結構な休暇の過ごし方じゃないかい？　気分転換にカードから離れるにはね」

ビルはニヤッと笑った。「何か新しいことを学べたら、文句は言わないよ」

「ところで問題は、印のついた札も手先のごまかしもなく、水着という格好で、あいつがどうやっていかさまをしたかということだ」

「その通り」ビルも同意した。

残念ながら、トニーの夜は安らかとはいえなかったようだ。彼はしきりに寝返りを打ち、奇妙な空論のとりことなって、謎に何らかの解決を見出そうと脳みそを絞った。夜が明けても、結局何の進展もなかった。手も足も出ず、彼は友人に訴えた。

「ビル、今日プレイする時は、見物させてくれ」

「何のために？」

「君が気づかないことに気づくかもしれない」

パームリーはきっぱりと首を振った。「トニー、君は全部台無しにしてしまうよ。フエルトンは僕をカモにしてるんだぞ。僕にとってはめったにない役回りだから、楽しんでるんだ。だけど僕が疑っていると思ったら、奴はすぐさまやめてしまうだろう。だめだ、トニー、ほっといてくれることが一番の協力だよ」

トニーはあっさり引き下がりはしなかった。「いいかい」彼は言い募った。「見物させてくれないんなら、ハントリー・ソーントンに一言伝えてもいいだろう」

「それが何になるんだ？」

「ハントリーはいつも油断なく見張ってる。ハントリーはいつだって見物してるんだ」

ビルの丁寧な答えは、彼の自制心を物語っていた。「彼はカードのことは何も知らない。自分でそう言っていたよ」

「それでも――」

「トニー、君が知ってる僕の性格から考えて、本気で素人の力を借りろと助言するつもりかい？」

「別に悪いとは思えないな」トニーは思い切って口にしてみた。

「君が思わなくても、僕が思うね」ビルはぴしゃりと言った。「誰かの保護が必要な時は、そう言うよ。でもしばらくは誰の手も借りずに、闘ってみたいんだ。それからもし他の奴にしゃべったら、頭をかち割ってやるぞ！」

その脅しで、午前中はクラグホーンを黙らせておくことができたが、正午に彼がビルの側《そば》ににじり寄って、「どうだった？」と尋ねるのまで防ぐことはできなかった。

「素晴らしい！」

「勝ったのか？」

「さらに六百ドル負けたよ」

「それが素晴らしいだって？」トニーは喘《あえ》いだ。

「心から満足できたよ」ビルは断言した。「初めて、自分の立場がわかってきたんだ」

トニーの矢継ぎ早の質問にもかかわらず、彼はそれ以上つけ加えるのを拒み、友人を今にも倒れそうな状態で放っておいた。トニーは一度ならず、それどころか十二回も、ビルが渋々引き受けた専門職、すなわち詐欺師たちの正体を暴く仕事で、熟練ぶりを発揮するのを目撃してきた。しかしながら、彼の度重なる大成功の記憶は、たった一度ビルが異常な事態に直面し、これまでのところ負け続けているという現実で、力を失ってしまった。

驕れる者《プライド》は久しからず。トニーの偶像に対する誇り《プライド》も、羽が生えて飛び去ってしまった。二十四時間前までは、不正な賭博でのいかさまに関わるどんな難問も、これだけ解決してきた男にとって難し過ぎることはないという方に、彼はためらいなく最後の一セントまで賭けただろう。つい昨日起こった出来事は、自分が力になろうと真剣に申し出るほど、彼の信頼を粉々に打ち砕いたのだ。断られて、彼は同じくらい本気で、カードに無知なことが知れ渡っているハントリー・ソーントンに、深い知識を誇るビルの保護を頼もうと提案した。

自分の発案がまったく気違い沙汰だということは、トニーには全然思い浮かばなかった。彼の頭を占めていたのは、友人が窮地に陥っており、この際どんな藁《わら》にでもすがりたいという考えだった。

午後の間、トニーはすっかり上の空で勝負し、そのため何回か勝負した中で初めて勝つことができた。もし立ち止まって自分のゲームを分析していたら、間違いなく放心状態が一番いいという有益な発見ができただろう。しかしトニーはそんな考えにふけるより、はるかに深刻な問題にとらわれていたのだ。勝ったので彼は一時間後にゲームから退き、なにげなくビルのいるグループの方へぶらぶら歩いて行った。あと十五フィートまで来たところで、それは恐ろしい目つきで睨《にら》まれたので、彼はそそくさと退散した。

幾分腹を立てて、彼は荒々しく海に入っていき、ずいぶん長いこと水をはね散らしながら、不安な物想いにふけっていた。どうやって、と彼は繰り返し自分に問いかけた。水着しか着ていない男が、いかさまを働くことができるのか？　答えは完全にはっきりしていた。そんなことは不可能だ。そしてトニーはいやいやながらも、友人のゲームの腕が落ちたのだと結論せざるを得なかった。

この決定は、午後の勝負の終わりに彼がビルの側に行って「それで？」と囁《ささや》いた時、さらに確実なものとなった。

元賭博師は、謎めいた微笑みを返した。

「それで？」トニーは繰り返した。

「上々だ」ビルは言った。

トニーはさらに突っ込んだ取り調べを続けるはずだったのだが、その時、相変わらず染み一つない装いのハントリー・ソーントンが、ビーチの反対側からこっそり彼の注意を引こうと、懸命になっているのに気づいたのであった。

5

「クラグホーン」ソーントンは話し出した。「二、三質問しても構わないかな？」

「もちろんだよ」

「君の友人に関する、いささか個人的な質問でもいいかい？」

「えっ、どういう意味だい？」

ソーントンは遠回しな言い方で時間を無駄にはしなかった。「クラグホーン、君の客のミスター・ウィリアム・ブラウンについて、はっきりさせたいことがあるんだ。彼は何者だ？　仕事は何だ？　彼についてどんなことを知っている？」

心底びっくりして、トニーはとりあえず質問をやり過ごした。「なぜそんなことを聞くんだ？」

「なぜなら奴はいかさまカード師だからだ」ソーントンは事もなげに答えた。

トニーは喘いだ。「な、なんと言った？」彼はどもった。

「奴はいかさまカード師だ」ソーントンは冷静に繰り返した。「どうやったのか、どんな手を使ったのかはわからない。それでもやはり、事実は残るんだ。僕はカードの権威のふりをするつもりはないよ。逆にむしろ初心者以下と言っていい。だから、どうしてそんなことが可能なのかわからないんだ――水着だけで――いかさまをするってことが――」

どこかで聞いたような台詞が、トニーの耳にこだました。「可能かだって？」彼はさえぎった。「いや、不可能だよ」

「あの前なら僕もそう言っただろう。だが奴が、気の毒なドン・フェルトンにしたことを見た後では――」

「彼が何をしたんだ？」トニーは再びさえぎった。「だって昨日は、フェルトンに五百ドル負けたんだぞ」

「ああ」

「今朝はさらに六百ドル負けた」

「その通りだ」

「で、午後には七百ドル負けたんだろう」

「残念ながら違うんだ、クラグホーン」ソーントンは冷たく言った。「今日の午後、奴はドンに賭け金を上げさせて、すっかり巻き上げてしまったんだ」

「何だって？」トニーは息をのんだ。「彼が勝ったのか？」

「奴はまず、失った千百ドルを取り戻すことから始めた」とソーントン。「そしてさらに同じ額を、ドンから勝ち取った。その後奴は、リミットを引き上げようと提案し――馬鹿なことに、ドンはそうしたんだ――それから一時間も経たないうちに、君の友達のブラウンは、ドンの有り金をすべて、一セント残らず奪い取ってしまったんだ」

トニーは快哉を叫びたい気持ちに駆り立てられた。勝利の踊りを舞い、満足の雄叫びを上げたかった。しかしこの時ばかりは、落ち着いて考え直し、ただ一言こう言った。

「それはまずいんじゃないか？」

「まずいなんてものじゃない、クラグホーン。大変だよ！」

「チッ！　チッ！」トニーは舌打ちした。

「ドンは金持ちじゃない――」

「ああ」

「あの損害は、彼にとって大打撃だ」

「そりゃそうだろう」

「もし彼が正々堂々と負けたのであれば――」

「どうしてそうじゃないと思うんだ？」トニーは口を挟んだ。

「不可能だよ！」ソーントンは嚙みついた。「今朝、君の友達のブラウンは、フェルトンが言うには――初心者のようなプレイをしていた。午後になったら完璧になっていた。いいかい、人間が一、二時間で、そんなに上達するはずがない」

どこかで聞いた！　どこかで聞いた台詞だぞ！　内心トニーは小躍りしたが、抜け目なくこう言った。「つまり、ブラウンが初心者のようにプレイしている分には構わないが、玄人顔負けのプレイを始めたのは間違っているということだね」

「そんなことが言いたいんじゃない」とソーントン。「わかってるくせに」

「じゃあ、どう言いたいんだ？」

「つまりこうだ」そして宵闇が濃くなっていく中、トニーは彼の拳が握り締められるのを見た。「何かがおかしい――すごくおかしい、絶対に――どこかが。それが何なのか探りたいんだ」

トニーは楽しそうに微笑んだ。「なぜ僕のところに来たんだい？」彼は無邪気に尋ねた。

「それは他のみんなと同様、僕もいかさまを必ず暴き出すという、君の友達のパームリーのことを聞いているからだよ。彼がどんなふうに、パーム・ビーチでグレアムの正体を暴いたか、またニューヨークで他の奴らを暴き出したか聞いたんだ。だから、どうかパームリーに電報を打って、費用は僕が持つからすぐここに来て、このブラウンって奴を調べてくれるように頼んでもらいたいんだよ」

後にこのエピソードを語りながら、トニーは言った。「どうやって吹き出さずにいられたのか、わからないよ。実に傑作だ。ビル・パームリーに、彼自身を調べるよう頼むとはね！　あたりが暗くて、ソーントンに僕の顔が見えなかったのが幸いしたよ。いまだかつて、真面目な顔をするのにあれほど苦労したことはないね！」

ソーントンは頼みを繰り返した。「パームリーに電報を打ってくれ。この仕事にうってつけの男だ。ブラウンのプレイを見てもらいたい。よかったら一緒に勝負してもらってもいい。そうやって奴の正体を暴露してほしいんだ」

この時、見慣れた人影が暗闇の中を近寄って来て、もう服を着ていたビル・パームリー——またの名ブラウン——が、話に加わった。「今の話を、つい立ち聞きしてしまったんですよ、ミスター・ソーントン」彼ははっきり言った。「まっすぐ本題に入るのは僕の得意とするところでね。話し合って片をつけようじゃありませんか」

ソーントンが腹を立てたというのは、まだ控え目な表現だろう。彼は怒り狂い、憤怒に我を忘れていた。そして激昂のあまり震える声で話し始めた。トニーは聞きながら、なぜソーントンがこれほどまでに、フェルトンの災難を深刻に受け止めているのか、不思議に思った。そしてさらに不思議だったのは、暗がりで隣に座っているパームリーが、痛烈な非難を止めもせず続けさせていたことだ。ソーントンは歯に衣着《きぬ》せなかった。ためらいもせず悪口雑言を浴びせ、それらを不愉快な形容詞と結びつけた。選び抜いた侮辱の言葉で、自分の考えを言い表した。

雨あられと降り注ぐ罵倒に対し、ビルは一言も返さなかった。ソーントンの息が切れて、しばし口をつぐんだ時初めて、ビルは静かに尋ねた。「ミスター・ソーントン、煙草をお持ちですか?」

まったく虚をつかれて、ソーントンはケースを差し出した。ビルは暗闇で手を伸ばし、それを探り当てた。

「マッチは持っていますか?」ビルは聞いた。

トニーはそれまで、友人が煙草を吸うところを見たことがなかった。彼がこの上なく驚いたことに、ビルは今煙草に火をつけ、煙を一、二度深々と吸い込み、敵に向き直った。

「どうぞ続けて、ミスター・ソーントン」彼は促した。

次に起こったことは、トニーによれば、言葉ではとうてい言い表せなかった。ソーントンは妙にまごつきながら、再び罵《のの》り始めた。それがビルをたいして困らせていないことは、暗闇で断続的に光る煙草の火から見て、明らかであった。そして言葉の途中で、ソーントンは黙った――すっかり黙りこくった。

一分――二分経ち――トニーがびっくりしている間――完全な沈黙があった。それから、不思議なほど違った声で、ソーントンが言った。「わかりました、ミスター・パームリー」

「ミスター・パームリーだって！」トニーは身の毛がよだつのを覚えた。どんな方法でソーントンは彼の正体を見破ったのか？　しかしソーントンは再び話し始めていた。

「申し訳ない、ミスター・クラグホーン」ソーントンはしょげ返った。「こんな醜態をさらして、すまなかった」彼は言葉を切り――待つ間、再びぞっとするような時間が流れ、煙草が瞬いていた。「朝になったら、ミスター・パームリー、ええ、明日の朝には発ちます。フェルトンも一緒に。彼に代わって答えますよ。あなたに感謝します、ミスター・パームリー、僕たち二人ともね」またしても、ぞっとするような間があり、トニーは拳を握り締め、どんな超自然的な力が働いているのかと怪しんだ。それから、意気消沈した声でソーントンは言った。「どうしてもですか、ミスター・パームリー？」完全に打ちのめされて、彼はトニーの方を向いた。「ミスター・クラグホーン、ミスター・パームリーの求めで、フェルトンがいかさまをしていたことを告白するよ――そして僕は共犯者だった。これでいいですか、ミスター・パームリー？……ありがとう……おやすみなさい」

闇を通して、ソーントンが去っていく足音が聞こえてきた。それから輝く弧を描いて、ビルの煙草が宙を飛び、かすかなシュッという音を立てて海に落ちた。

またもトニーの毛は逆立った。彼は異様なほど神秘的な、あまりにも薄気味悪くていささか奇跡めいた何かに遭遇したのだ。彼は震える手を伸ばして、友人の膝をつかんだ。

「ビル、頼むから教えてくれ、何だったんだ?」彼は懇願した。

聞きなれた笑い声がして、しばらくぶりにビルの声が聞こえた。「これが読心術さ」彼は言った。

6

約一週間後、再び汽車の席に着いて初めて、ビルはトニーの無数の質問に答えることを承知した。その前は、石のように沈黙を守っていた。ハントリー・ソーントンとドン・フェルトンが突然、南フロリダに釣りに行くと決め、荷物を取りまとめて夜明け前に出発した後も、ビルは何の説明もしようとはしなかった。

「きっとあの時、教えてくれることもできただろうに」トニーは抗議した。

「なぜだい? 君はクラブの全員に、その話をしなければ気が済まなかっただろうよ」

「それがなぜいけない?」

「彼らの罪を暴くことになる」

「暴かれるべきだったんだ」

「そうかな！」とビル。「彼らは素人だ——素人以外の何者でもない——そして評判をめちゃめちゃにするのは、評判を得るよりはるかに易《やさ》しいんだ。もし僕がしゃべっていたら、あの二人に生涯烙印を押すことになっただろう。でも実際には、いろんなことをじっくり考えられるところに二人して逃げて、結局正直もそんなに悪い策ではないという結論に落ち着くだろうよ」

「フン！」トニーは鼻を鳴らした。

「君だって、心の底では僕に賛成してるくせに。僕はこれまで、大勢の化けの皮を剝がしてきた——だが彼らはそうされて当然だった。あの二人は別だ。彼らは間違いを犯した。僕はそれが忘れられるような機会を与えたんだ。もしまた彼らが誤った方へ進んだら——いや、良心にかけてそんなことはないと誓えるね」彼はにっこりした。「そうじゃないかい、トニー？」

「そうだろうね」トニーは認めた。「実のところ、何が起こったのか教えてくれさえしたら、何でも賛成するよ。僕にとっては、すべてがちんぷんかんぷんだ」

ビルは笑った。「始まりは奇妙だったね。最初の午後フェルトンに負けた時、僕は何かおかしいとは気づいていなかったんだ。彼はまるでこっちの手にある札を、すべて知っているようなプレイをした。そう、それが僕の考える本当にうまいプレイヤーなんだよ。僕はフェルトンもその一人だと思った。

それから君が、彼について知ってることを教えてくれた。彼が君にさえ及ばないってことをね。そこで僕は二と二を足したんだ。普通、二足す二は四になる——だが今回はそうじゃなく、何が起こっていたのか、僕がうすうす感じ始めたのは、翌朝になってからだった。いったんそこに注意を向けたら、これほど単純な話もなかったよ。カードに印はない。フェルトンはどんな早業も使っていない——それほどの器用さは、とうてい持ち合わせていないからね——なのに、僕の手を知っているようなプレイをした。答えは一つしかあり得ない。彼は本当に知っていて、それはつまり、誰かが教えていたってことだ。

室内でのゲームなら、カードはテーブルの上で配られる。それを集めて、ちょうど札の目が読めるくらいの高さに持ち上げてから、すぐテーブルの上に伏せる。とにかく、プロの賭博師ならそうするんだ——そして僕はプロだ。だが砂の上での勝負となると、曲芸的な動きになるからそうはできない。その代わり、カードを手に取る——そして身体のごく近くに持っていなければ、後ろに座っている人間は、見ることができるんだ。

そこでソーントンのご登場だ。僕はけち臭いプレイヤーじゃない。気前よく賭け始めたとたん、ソーントンは見える場所に座り込んだ。それから僕の手を、信号で相棒に送ったんだ」

「どうやって？」

「それを探り当てるのに、六百ドル費やしたよ。当然彼を直視することはできなかった。目の端から観察するのが精一杯だったよ。それでも、彼のやり方を見つけるのに一時間かかった——見事なまでに単純だから、探し求めていなければ気づかないだろうね」

「それで？　それで？」トニーはせっついた。

「ソーントンが煙草をくわえていないところを、見たことがあるかい？」ビルは尋ねた。

トニーはいら立ちを抑えることができなかった。「ビル」彼は訴えかけた。「僕はソーントンの個人的な習慣なんかに、これっぽっちの興味もないよ。彼が信号を送った方法を、知りたくてたまらないんだ」

「君のすぐ鼻先にぶら下がっているものを、見ようともしないんだね——それとも彼の鼻先と言うべきかな」ビルは笑った。「それこそ彼がやった方法さ。煙草だよ、君！　彼の煙草だ！」

「それがどうしたんだ？」

「それはね、煙が出ていただろう？　短い煙も、長い煙も作ることができた——そして必要に応じて、どんな組み合わせも思いのままだったのさ、そうだろう？」

「ということは——？」トニーは息をのんだ。

「つまり、ソーントンの煙草は、完璧なモールス信号を送っていたんだ。六年間の放浪中に覚えたものの一つに電信があったことを、僕は幸運の星に感謝したね。もちろん、ソーントンは省略を施していた。『奴はツーペアを持っている。上の方はキングだ』などと綴《つづ》る必要はない。これを三文字に凝縮するのに、特別な才能は必要ないんだからね。『ミスター・ブラウンはたった今、ジャックが頭のストレートを完成させた』同じことを二文字で言い表せれば、全部を電信することはないんだ。実際にはモールスを使う必要さえなかった——あらかじめ用意した暗号でも、同じくらい目的に適っただろう——そうしていたら僕としては、さらに手間が省けたはずだ」

「どうやってそんな二人組を打ち負かしたんだ？」

「正直なポーカーをやったのさ」とビル。「午後は座らないで寝そべって、カードをかろうじて自分だけに見えるように持ち、偉大なるアメリカのゲームを僕が知ってるやり方で、できるだけうまくやったんだ。ビーチ・ポーカーの特徴の一つは」とビルは注釈した。「腹ばいになってもできるってことだ。僕はそうした——その証拠に二十四時間後には、首の筋を違えてしまったよ。

僕は瞬く間に、損した分の千百ドルを取り戻した。そしてフェルトンは癇癪《かんしゃく》を起こすという間違いを犯したんだ。奴はその朝も前の日も、僕を簡単に負かしたもんで、事態の急変を受け入れることができなかったんだね。奴は怒って、僕がリミットを上げようと提案すると、もっと怒ったけど断らなかった」ビルは思い出してため息をついた。

「その後はあっという間だったよ。終わり近くに、ソーントンが『やめろ！　やめろ！　やめろ！』と送るのを、僕はそのままにしておいた。それが彼にできる唯一の電信だったが、相棒をさらに逆上させただけだったね」彼はクックッと笑った。「楽しいゲームだったな、いやまったくね！」

「それから？」トニーは聞いた。

「どういう意味だい？」

「ソーントンに対してしたことは、どう説明するんだ？　あんな不思議なものは、今まで見たことがない。あの男は君を罵り始めた――考えつく限りのありったけの悪口を、浴びせかけていた――そして君は一言も言わずに彼を黙らせ、打ちのめし、告白させたんだ。それも読心術だと言い張るんだからな！」

ビルは笑った。「トニー、悪いのは僕の芸術的気質なんだ。ビーチに戻るまで思いつきもしなかったんだが、ソーントンに同じ方法でしっぺ返しをしてやるのが、達人らしいやり方だと、突然ひらめいたんだ――彼の煙草の一本で、言うべきことを伝えるのがね！」

「すると――電信を送ったのか？」

「そうだ」

「煙を吐いて？」

「暗闇じゃだめだよ、君。僕は聖書を思い出したんだ。『雲の柱』と『火の柱』のことをね（『出エジプト記』第十三章第二十一節「主は彼らに先立って進み、昼は雲の柱をもって導き、夜は火の柱をもって彼らを照らされた……」）。煙草の燃えている先端で、言いたいことを伝えたんだが、実際、あけすけに言ってやったよ！」

トニーがぽかんと口を開けて見つめていると、彼は微笑んだ。「普段は罰当たりなことを言う質《たち》じゃないんだが」とビル。「僕がソーントンに言ったことをもし読めたら、君ですら赤面しただろうよ。きっと彼はしていたね」

彼は言葉を切り、トニーが身体を揺すって、苦しくなるほどとめどなく笑い転げているのを眺めていた。「こいつはすごいや」トニーは笑いの爆発の合間に喘いだ。「その思いつき――煙草の――先端で――口汚く――罵るなんて――死ぬほど――死ぬほど――笑えるよ！」一瞬彼は、平静を取り戻した。それからまた笑いこけた。「考えて――考えてもみろよ――奴がビル・パームリーを調査するために――ビル・パームリーを呼んでくれと頼んだことをさ！」

「さぞ困ったことになっただろうね」ビルも同意した。彼は友人が、抑えがたい笑いの発作に何度も襲われているのを見て、ニヤリとした。

しかしその後、最後の質問があった。「ビル」だいぶ経ってからトニーは聞いた。「あいつら――ソーントンとフェルトン――は、君が本当にいかさまをしたと思ったのかな？」

ビルは含み笑いをした。「そうさ、トニー、それが彼らを許した主な理由なんだ。僕はいかさまはしなかった。もちろんしなかったよ。でも彼らはそう思った。思い込んでたよ。あまりにもひどい初心者で、どうしようもない素人だったんで、本当にうまいプレイを見ても、そうとわからなかったのさ。

ねえトニー」ビルは話を締めくくった。「長いことカードをやってきて、たくさんのお世辞を言われてきた。でも僕のゲームがうま過ぎて、いかさましたと非難されるなんて、これほどのお世辞は、もうもらえないだろうね！」

アカニレの皮

1

元賭博師にして、いささか不本意ながらも運命の矯正者である、ウィリアム・パームリーの道徳的な冒険が、正直さの奨励に捧げられた書物に整然と収められる時には、この物語は割愛されるものの一つだろう。せいぜい、堕落へ導く悪影響を避けるため、二十一歳未満の読者は読み飛ばせるよう、付録に追いやられるのが関の山だ。だが本来の巻に入り込む余地はない。実際のところこの話には、いかにしてパームリーが驚くべき状況で、邪悪な集団と同盟を組んだか、またいかにして物語中唯一の正直な男が、ひどい目に遭わされたかが書かれているからだ。

もちろんこんなことは、すべて間違っている。正しさが報われ、不正は罰せられ、道徳が最終的に勝利すべきなのは自明の理だ。もしこの世が常にそう運ぶとは限らないのであれば、せめて書物の中では断固そうあるべきである。現代文明の移り変わりの中では、善人が――たとえJ・ハンプトン・ホウヘストラーテンほどの善人すら――時に敗北するとしても、そのようなエピソードは速やかに揉み消すべきで、触れ回って若者たちの美徳を傷つけるなど、もってのほかである。

しかし先に述べた、元賭博師にして運命の矯正者であるウィリアム・パームリーが、天国の真珠の門の守護天使と対面する時、善人J・ハンプトン・ホウヘストラーテンの破滅に関する事実は、間違いなく取り調べられるはずだ。トニー・クラグホーンも審問されるだろう。というのもトニーは目撃者だったからである。メトロポリタン・チェス・クラブの会長スタフォード大佐は、容赦なく尋問されるだろう。七十歳という年齢と、真っ白な髪にもかかわらず、スタフォードは共犯者だったからだ。一般会員たちも、Aのアールダーズに始まりZのザイサーに至るまで、執拗な質問を受けるだろう。彼らもまた一人残らず、この卑劣な企てに荷担していたのだから。リトル・レノルズも例外ではない――それどころか最も渦中にいたのである。そして偉大なるニエムゾ゠ズボロフスキーその人は、手厳しく追及されるに違いない。しかもそれは悲劇そのものに終わるかもしれない。というのも、ニエムゾ゠ズボロフスキーは門を通ることを許されないかもしれないし、彼がいなければ天国にチェスはない――いずれにせよ、言うに足るほどのチェスは存在しないのだから。

そしてJ・ハンプトン・ホウへストラーテンを破滅させた件に関わった多くの罪人たちが、大いなる門の前で嘆願したり交渉したりしている間、かの善き人自身の霊魂は、悪名高い葉巻を吸いながら、何の問題もなく至福に満ちた場所へ、ずかずかと入っていくことだろう――おそらく。そしてそうした不測の事態が大いに憂慮され、またこの件に関する事実が多少入り組んでいることから、今ここで真実を公けにし、人類の分別ある意見を、温められた空気のように昇らせ、やがて門の尊い守護天使のところまで届かせることで、誤審を阻むことが望ましいのだ。

この話を口伝えに広めよう。目撃者を大勢集めよう。そうすればたぶん、メトロポリタン・チェス・クラブの会員たちは、スタフォード大佐を頭《かしら》に据えて戦闘隊形を組み、集団の一方の端にアールダーズを、もう一方にザイサーを置いて、門を行進しながら通り抜けるだろう。そしてその中のどこかで、人数の多さに隠れてはいるが、リトル・レノルズや――偉大なるニエムゾ゠ズボロフスキー――そしてビル・パームリー自身も行進していることだろう。

そしてかの善人J・ハンプトン・ホウへストラーテンについては――さあ、どうなっているだろう?

2

彼が最初にメトロポリタン・チェス・クラブに勢いよく入ってきたのは、二月の荒れ模様の夜のことであった。彼は書類で入会の申し込みをしており、申込書に添付した年会費の小切手が、直ちに銀行から支払われたので、正式に会員に選ばれた。他のチェス・クラブ同様、メトロポリタンもそれほど裕福ではなかった。そこに所属できるという恩恵に対して負担させる、きわめてささやかな金額を払う能力があれば、どんな志願者にも十分な推薦状となったのである。それゆえJ・ハンプトン・ホウヘストラーテンの申込書はすみやかに受理され、秘書は彼に、注文すればその場でコーヒー、葉巻、その他の嗜好品を買える権利も含め、会のすべての権利、免除事項、特典を保証する会員証を遅滞なく発送した。

J・ハンプトン・ホウヘストラーテンはずかずかと入ってきて、入口で二百二十八ポンドの脂肪でできた身体のバランスをとり、フェルトの中折れ帽と、キルティングの裏地にアザラシもどきの襟《えり》のついた重いコートを脱ぎ、メトロポリタン・チェス・クラブの本部である細長い部屋を見渡した。

壁はすでに世を去った名人たちの写真で飾られていた――モーフィー、シュタイニッツ、パウルゼン、アンデルセン、ツカートールト、ブラックバーン、ピルズベリー、チゴリン（いずれも実在したチェスの名手）。それらの間に、クラブのチームが激戦を勝ち抜いて得たいくつかのトロフィーが、ふさわしい枠やケースに収められて置かれていた。

長く一列に並んだ二十台のチェステーブルには、それぞれに駒一揃いと対局時計が備えられていた。おそらく全会員数の四分の一に十分行き渡っただろう。嵐の夜でなければ、さらに多くの出席者が確実に予想されるため、あらゆる隅々にしまいこんだ一ダースもの予備のテーブルが、引っ張り出されて使われた。しかしJ・ハンプトン・ホウヘストラーテンがクラブに対し、初めて姿を現すという栄誉を与えた重要な折に、彼の値踏みするような目つきにさらされたのは、せいぜい三十人くらいの男たちだった。

その三十人には、仲間うちの妙な類似点が見られた。額は平均よりも高く、異様なほどぼうぼうに生えた髭が顔を飾っていた。彼らの服装は、揃いも揃って無頓着だった。若くても年取っていても、背が高かろうが低かろうが、痩せた者も太った者も、それぞれ奇妙なほど一様に、忍耐強い目をしていた。J・ハンプトン・ホウヘストラーテンの堂々たる体軀が戸口をふさいだ時、一瞬——だがほんの一瞬だけ——彼らは見上げた。それからまた勝負を続けた。

彼らが新しい会員をじっくり観察していたら、普通の背丈で太鼓腹を抱え、頭はかなり薄くなって、全身から成功の匂いを発散している、中年に差しかかった男だと気づいたことだろう。けれどもJ・ハンプトン・ホウヘストラーテンは大実業家ではなく、そうなりつつあったわけですらない。それどころではなかった。彼の職業は大規模メーカーの製造する洗濯石鹼《せっけん》のセールスマンで、並みの生活を送るだけの儲けしかもたらさなかった。しかしJ・ハンプトン・ホウヘストラーテンは心の奥底で、成功はそれらしくふるまう者に、必ず訪れると信じていた。だから彼の服装は、安っぽい材料で高価な服のラインを大げさに真似たものばかりだった。派手なネクタイの両側に白いヴェスティー（上着の襟元に覗かせる前飾り）が輝き、専門家の鑑定以外に恐れるものはない巨大な真珠が、贋プラチナのスカーフピンにくっついていた。エナメル革の靴が大きな足を包んで光り、そして丸々とした手はきれいにマニキュアを施され、ごてごてとまがい物の宝石できらめいていた。

彼は部屋を眺め回し、孤高を保って席に着いていたクラブの会長スタフォード大佐の堂々とした姿に気づき、最初の間違いを犯した。J・ハンプトン・ホウヘストラーテンは元気よく近づいて、心安い男っぽい調子で大佐の背中をバンと叩き、宝石だらけの手を差し出した。

「新会員だ」彼は自己紹介した。「J・ハンプトン・ホウヘストラーテンっていうんだ。一勝負どうだい？」

へまをやらかしただって？　というよりへまの連続だったと言うべきだろう。何よりもまず、戦時中連隊長を務めてその肩書きを得た大佐は、自らに重きを置き、礼儀にやかましかったからだ。

第二に、クラブの会員たちは思い出せないほどの昔から、勝負の実力に基づいて十五のクラスにきちんと分けられていたのだ。自動的に十五番目のクラスの一番下に入れられる新入りにとって、手の届く範囲で闘って道を切り開く前に、はるか上の三番目のクラスにいる人物に勝負をほのめかすなど、クラブの最も神聖な規則に違反する、無遠慮極まりない行為だったのだ。

第三に、新会員にとっての如才ないやり方は、古い会員に勝負を持ちかけさせることだった。むしろそういう状況になったら、J・ハンプトン・ホウヘストラーテンは勝負しないわけにはいかなかった。しかし血気盛んな彼にとって、こうした慎み深いやり方は性に合わなかった。彼は侵すべからざる聖域に、厚かましく踏み込んだのである。

大佐は獅子を思わせる威厳に満ちた頭をもたげて新入りを見つめ、これが戦時中だったら直ちに、不服従の罰として一週間の炊事番を命じるところだがと考えた。しかし今は戦争中ではないので、大佐は避けられないものに対して優雅に兜《かぶと》を脱ぎ、成り上がり者を容赦なく叩きのめすことで仕返しをしてやろうと決意した。

「座りたまえ」彼は命じた。

「いいとも」J・ハンプトン・ホウヘストラーテンは大声で言い、身体を椅子からはみ出させた。「前もって警告しておきたいんだが」彼は謙虚に宣言した。「俺は強いよ。とてつもなく強いからな」

「本当に？」大佐は眉を上げながらつぶやいた。

「その通り」J・ハンプトン・ホウヘストラーテンは言った。

大佐の自制心は見事であった。「おそらく君からは、何か学べるものがあるでしょうな」彼は物柔らかに言った。

J・ハンプトン・ホウヘストラーテンは勢いよくうなずいた。「ごく当然のことだね」彼は賛成した。相手の意見に何らかの皮肉が込められていたとしても、彼にはまったく通じなかった。

大佐は白と黒のポーンを手に取って振った。彼は握った両拳を対戦相手に差し出した。

「どちらを取るかね？」彼は尋ねた。

J・ハンプトン・ホウヘストラーテンは大佐の右手を指差した。開くと白のポーンがあった。

「ついてる！　しょっぱなから運がいい！」達人を自認する男は言い放った。彼は駒を並べ、最初の手を指し、「打ってこい、マクダフ！（マクベスの台詞。第五幕第八場）」と誘った。

それこそまさに、大佐がやろうとしていたことであった。はらわたが煮えくり返るほど怒っていた彼は、できることなら新会員を十手で負かしていたことだろう。そうはできなかった。というのも、J・ハンプトン・ホウヘストラーテンはすぐに、初心者でないことが明らかになったからである。それどころか、十二手も指さないうちに、大佐は序盤頼みにしてきた軽率な確信を後悔し始めたのだ。J・ハンプトン・ホウヘストラーテンは自ら強いと言い切った。その通りだった。そしてその事実は、いら立った大佐をほとんど慰めはしなかった。

勝つためには自分の持てる限りの力が必要なことを、彼は悟った――それからひどく嫌な、妙に戦時中を思い出させるような刺激臭が、突然彼の意識に入ってきた。彼はくんくんと匂いを嗅ぎ、顔を上げ、新入りを睨《にら》みつけた。

「ちょっと聞きたいんだがね！」

「なんだい？」J・ハンプトン・ホウヘストラーテンは促した。

スタフォード大佐は震える指で、対戦者の口元でくすぶっている葉巻を指した。今や盛大な恐ろしい一吹きで、彼のところまで漂ってくるその臭いは人を麻痺させ、長年のチェスのおかげで、普通より不快な葉巻には免疫ができている大佐ですら、自分の方に煙をたなびかせているその代物を、別格に据えざるを得ないほどであった。

「ミスター・ホウヘストラーテン」彼はぴしりと言った。「どこでそのガス爆弾を手に入れたのかね？」

すでに指摘したように、ミスター・ホウヘストラーテンの面《つら》の皮はあまりにも厚く、普通の皮肉は何の効果も与えなかった。

「これのことかい？」彼は悪臭を放つ葉巻を振ってみせた。「ゲームが終わったら、こいつを買った場所の名前を書いてやるよ。それももうすぐだ。あんたのナイト《アン》は取られる位置《ブリーズ》にあるよ――ほらね？」彼はさっとそれをひったくった。

大佐はカッとなった。敵から襲ってくる煙に巻かれ、彼は駒を何の代償もなく取られてしまうようなマスに放っておくという、失態を演じてしまったのだ。彼のいつもの慎重なやり方とは正反対で、現在の相手に対してやってしまったことが、これまた癪《しゃく》に障《さわ》った。

他のプレイヤー相手だったら、大佐はすぐさま負けを認めていただろう。ナイトを取られたら結果は出たも同然だ。しかしJ・ハンプトン・ホウヘストラーテンへの怒りで理性を失っていた彼は、事態が好転するのではと空《むな》しい望みをかけ、勝負を続けた。

変化は訪れなかった。そればかりか、ビショップも鮮やかに動きを封じられ、ナイトに続いて取られてしまい、文字通りの素人でさえ、ルークもすぐに後を追うことは読めただろう。

大佐は表面上穏やかに、降伏の印としてキングを倒した。彼は偶然と、自らの怒りによって負けたのだ。そして自分より確実に上位ではない相手に負けたのである。彼は二回目の勝負のため、駒を並べ始めた。

J・ハンプトン・ホウヘストラーテンは、どんよりした目で彼を眺めた。

「何をしてる？」

「もう一勝負やるんだろう？」

「何のために？」

「わたしの雪辱戦だよ、もちろん」

J・ハンプトン・ホウヘストラーテンは椅子を押し戻し、新しい葉巻に火をつけた。

「兄弟」彼はクラブの会長に向かって言った。「家に帰って勉強するんだな――六、七年ばかり――そしてゲームを何かしら学んだら、ハンディキャップとしてルークを落とした上で、負かしてやるよ。今これ以上、俺の時間を無駄にしないでくれ」

このようにしてJ・ハンプトン・ホウヘストラーテンは、メトロポリタン・チェス・クラブの会員としての経歴を開始したのである。

3

ミスター・ホウヘストラーテンが、かつてクラブルームに入った人間の中で、最も嫌われるようになった過程を、詳しく述べる必要はないだろう。実際、それは過程といったものではまったくなかった。もっと正確には、突然の激しい衝撃の連続と言えただろう。

彼の顔には、口を開く前からすでに、何か嫌悪を催させるものがあった。ひとりよがりで独善的な自己満足ぶりは、評判の悪い葉巻をスパスパ吸う合間に自画自賛するたびに、遺憾ながら非常に揺るぎない印象を与えた。彼は強かった。彼はそれを認め、おおっぴらに言い触らし、得意がった。さらに悪いことに、上から三十六位以内に入ることで、それを証明したのだ。

彼は石鹼が泡を作るように、自然に敵を作った。スタフォード大佐はあまりにも紳士だったので、新会員に対する偏見をクラブに植えつけようとはせず、自分の不面目については何も語らなかった。しかし彼の沈黙も、結果を変えることはできなかった。

たとえばある晩、中級のプレイヤーであるヴァンダバーグとストラカンが、特別素晴らしかったゲームを終え、得意満面で新入りのために感想戦をしてみせていた。J・ハンプトン・ホウヘストラーテンは強烈な葉巻を吹かし、小さな目をしばたたいて、意見を求められるとあっさりこう述べた。

「お前ら二人ともひでえな」

みごとなコンビネーション（基本手筋の組み合わせによって、相手に決定的な打撃を与える一連の攻撃）だと自負していた最初の手で、ルークを捨てたヴァンダバーグは、鞭で打たれたようにたじろいだ。

「どういう意味だ？」

「どういう意味だと思うんだ？　簡単な英語もわかんねえのか？」

J・ハンプトン・ホウヘストラーテンは、葉巻をくわえたままで駒を並べた。

「ここからお前のコンビネーションが始まった、そうだろ？　こいつを負かすのに十五手もかかっている。何でこうやらなかったんだよ？」ヴァンダバーグが狼狽したことに、彼はもっと手早く単純な動きをやってみせ、そうするとゲームは三分の一の時間で終わらせることができるのだった。

「わかったか？　俺ならこうやるね」

今度はストラカンが、試練に耐える番だった。

「僕もまずいプレイをしたと言ったね」

「そうは言わない」J・ハンプトン・ホウへストラーテンは訂正した。「ひでえって言ったんだ」

ストラカンはやっとのことで自分を抑えて聞いた。「で、どこが？」

宝石を散りばめた善人の手が、再びチェス盤の上で動いた。

「奴のコンビネーションを見てみろよ！　よく見るんだ！」

「特にまずいところはないようだが」

「へえ？　じゃあ、お前はここで奴のビショップを取ったが——」

「致し方なかったんだ」

「致し方もくそもあるか！　これを取らずにこう指していたら」——丸々とした指が、駒を動かした——「奴はこう指していただろう——あるいはこうか——こうだ。いずれにせよ、あと三手でチェックメイトを宣告できたんだぜ」

何より悪いのは彼が正しかったことで、ヴァンダバーグとストラカンも認めざるを得なかった。彼がもっと巧みに意見を述べていたら、両者から尊敬を勝ち得ていただろう。しかし実際には、自分を嫌う多数の人々の名簿に、新たな二人を加えただけだった。

チェスがそこそこ儲かると発見した時の戦略は、いかにも彼がやりそうなことであった。慣例では、賭け金は一ゲームにつき二十五セントだった。もっぱら弱い相手とだけ勝負することで、彼は一晩に三ドルも稼ぐことがあった。クラブの規則上、彼らに対してハンディキャップを認めなければならなかったが、それでも思う存分勝てることがわかるまで、さほどかからなかった。いったんそう確信すると、彼は二度と同じクラスの男たちとは勝負せず、儲けの出るチェスにのみ、ひたすら専念した。

たとえばリトル・レノルズは長年、文句なしに十五番目——一番下のクラスの最下位であった。多くの友人たちでさえ認めていたが、彼が唯一勝てるとしたら、手一杯にポーンをつかんで、相手の喉に押し込みでもしないことにはまず無理だった。非常に有利な条件を与えられても、何の助けにもならなかった。彼はあまりにも早く負けてしまうので、駒数の差はまったく重要ではなかったのだ。二十手まで持ちこたえられたら、ハンディキャップが勝敗を決したかもしれない。しかし、彼はそこまでたどり着く前にいつも、目も当てられないへまをやらかして、潔く投了《リザイン》するのだった。

それゆえ、J・ハンプトン・ホウへストラーテンは彼に的を絞り、一ゲームにつき二十五セントを巻き上げた。彼との勝負なら、ホウへストラーテンは自分と互角の相手と、一回接戦を交えるだけの時間で、何番もの勝負を終えることができた。しかももっと儲かったのである。

昼間リトル・レノルズは、巨大な信託銀行の支店長という恵まれた地位につき、J・ハンプトン・ホウヘストラーテンの目玉が飛び出るくらいの高給をもらっていた。石鹼のセールスマンがほぼ毎日ふんだくっていく数ドルなど、何とも思っていなかったのだが、仲間うちで彼の人気は高く、皆ホウヘストラーテンのやり口にいたく憤慨した。

しかしこの善人が、いつもふんだんに持っていたという葉巻に注目することなく、彼の出現について議論するわけにはいかない。それは大きくて先が丸く、レバーのような色をしていた。大きな赤と金の帯で飾られており、クラブの才人であるストラカンが指摘したように、持ち主が帯だけ吹かして葉巻の部分に火をつけなければ、あそこまでひどい臭いはしなかっただろう。

その臭いには、言語を絶するほどすさまじいものがあった。しつこくて染みつきやすく、強烈で、広範囲に悪影響を及ぼした。スタフォード大佐は戦時中の記憶から、ドイツ軍の攻撃を彷彿とさせると言い、ガスマスクを使うことを勧めた。ザイサーは食料品の卸売り会社を営んでいたが、大佐とは打って変わって、かつてカマンベールチーズをひどく腐らせてしまったのを思い出すとこぼした。鉱山技師のオニールは、窒息性ガスの変種だと断言した。そして医者であるビアーズは専門的見地から、伝染病を駆逐するのに時々使われる燻蒸消毒の薬品と同種のものだと述べた。そこですかさずストラカンは、その二つの害悪のうち、伝染病の方がまだましだと言い切って、皆の感情を代弁した。そしてクラブの全員は断然彼を支持したのだった。

葉巻がホウヘストラーテンの成功の要因であることは、否定できなかった。ストラカンの強い主張によれば——そこにはいくらかの真実が含まれていたが——石鹼のセールスマンは葉巻がなかったら、五十位は低いランクを占めていたに違いない。葉巻そのものには一番上のクラスの資格があるだろうと、彼は断言した。ホウヘストラーテンが占めていた地位は、チェスの腕と葉巻の平均を示していたのである。

どんな最高の形ができつつあっても、ホウヘストラーテンの葉巻の煙を吸いながらでは、プレイするのが難しいことを、クラブの会員たちは残念ながらよくわかっていた。素晴らしいコンビネーションは、途中で消え去った。ひらめきは喘《あえ》ぎながら、息絶えた。ゲームに勝てたかもしれないアイデアは、立ち消えになった。そして相手が葉巻と悪戦苦闘していても、まるで蛇が自分の毒を何とも思わないように、石鹼のセールスマンは葉巻に慣れっこになっており、自分を負かしたであろう相手を次々になぎ倒してしまうのだ。何とも不公平で、言語道断であった。彼自身のずうずうしい性格とあいまって、腹立たしいことこの上なかった。

どのようにしてその運動が始まったのかは定かでない。大方の感情が一気に表出する運動は、きっちり正確に始まるものではないからだ。しかしJ・ハンプトン・ホウヘストラーテンの会員仲間たちは皆、彼に思いきり罰が当たるところを見たいという、燃えるような願望に突然かられたのだ。

「もちろん、クラブの中にも奴を負かせる人間はいるよ」とストラカン。「マクファースンなら勝てるし、ゴールディングもそうだし、うちの第一級の連中なら誰でもできる。でも彼らに負けても、罰せられたことにはならないんだ。一緒に勝負してもらうだけで光栄なことだし、ちょっとでもあわてさせることができたら、それで十分なんだから。初めから勝てるなんて思っちゃいない」

「その通り」スタフォード大佐は言った。

「僕が見たいのは、そんなものじゃないんだ」ストラカンは続けた。「ホウジーが十番目台以下のクラスの誰かと対戦して――」

「たとえばレノルズとかね」

「レノルズだったら理想的だ。リトル・レノルズが奴と互角の勝負をして、永遠に鼻っ柱をへし折ってやるところを見たいもんだ」

「そしたら、この世は天コクだ！」とザイサー。

「レノルズが奴を逆立ちさせるところが見たいよ」ストラカンは荒々しく言った。「めちゃめちゃにきりきり舞いさせるのを見たい。二度とこのクラブに顔を出せないほど、物笑いの種にしてほしいな。とにかく――レノルズが奴を参らせるところを見たいんだ！」

「どんどん吠えろよ」聞いていたオニールが言った。

「夢物語さ」ビアーズが批評した。

「そんなうまい話があるわけないよ」ヴァンダバーグがため息をついた。

　ストラカンは声を潜めた。「いいかい、そんなことができるかどうかはわからない」

「僕もわからないよ」とオニール。

「同じく」ヴァンダバーグも同意した。

「僕も知らんね」ビアーズがきっぱり言った。

　ストラカンは細長い人差し指で、催眠術のように彼らを黙らせた。「おそらく、まったく無理かもしれない。だけどもし、何とかしてできるとしたら、この世でただ一人、どうすればいいのか教えてくれる男の話を、聞いたことがあるんだ」

　スタフォード大佐は、望みが出てきたというように、口髭をぐいと引っ張った。

「どういう奴だ？　魔術師か？」

　しかしストラカンは、恍惚とした表情で天井に目を据え、大佐の言葉が聞こえていないかのようだった。

「諸君」彼は尋ねた。「君たちのうち何人が、一緒にビル・パームリーに嘆願書を出してくれる?」

4

すべてを考え合わせても、その手紙はパームリーが今まで受け取った中で、最も風変わりなものであった。それが届いたのは、彼がクラグホーンのアパートで、ゆったりと朝食を楽しんでいた時で、それもちょうど、ここなら少なくとも追っ手の大群から逃れられると述べた瞬間であった。

本人の意向には大いに反して、パームリーは状況と特別な才能のせいで、珍しい役割を押しつけられていた。うさん臭く、知られてもいない、いかさまの技巧に関しては、何でもござれの専門家という役割だった。あまりに奇妙過ぎて名前もついていないその職業を、彼はわざわざ選んだわけではなかった。それどころか、事の成り行きが明らかになるにつれ、逃れようと雄々しい努力をしてきたのだった。しかし多くのクラブで、無数の知り合いたちに向かって、自らの偶像をほめちぎってきたクラグホーンは、パームリーを雇いたがる人が驚くほど多いのに気づかされたのであった。

明らかに、偶然が支配するゲームにちょっと手を出した多くの男たちが、相手の正直さを疑っていたのだった。手先のごまかしのみならず、疑ってもいない犠牲者からだまし取るために使われる、驚くべき巧妙な機械仕掛けの道具に至るまで、先達たちの知識を吸収したパームリーは、強力な助っ人であった。彼は実際に、思いもよらないところで悪事をすっぱ抜き、ペテン師たちの正体を次々に暴露した——そうした冒険のたびに、彼の名声は広まっていった。

コネティカットの小村にある自宅のブリキの郵便箱に、地方無料郵便配達で届けられる協力要請の郵便物が、五、六通を下回ることはめったになかった。さらに悪いことに、依頼人になりたがる人々が——たいていは変人だったのだが——自ら彼の住居まで大挙して参詣したため、一時の安らぎを得るには、大きくて獰猛な二頭の犬を飼わなければならなかった。彼は栄光など求めてはいなかった。いざそれを手にしてみると、不愉快な点ばかりが露《あらわ》になった。それでも友人のアパートでは安心できた。ここなら訪問者も来ないだろう。わずらわしい手紙も来ないはずだ。そう言ったところ、トニーは満面に笑みを浮かべて、彼気付パームリー宛になっているメトロポリタン・チェス・クラブの嘆願書を手渡したのであった。

ビルは宛名をまじまじと見つめ、友人をいぶかしげに見やった。

「これを僕に取っておいたのかい？」

トニーは笑った。「朝の便で届いたんだよ」

「なぜ破り捨てなかった？」

「それじゃ刑事犯だよ、君」トニーは得意気に言った。「罪を犯せと言うんじゃないだろうな」

「いや」とパームリー。「自分で破棄するよ。こっちにくれ」彼はそれを何度もひっくり返し、手で重さを量り、耳元で振ってみた。「単なる請求書という可能性は、まったくないのかい？」

「全然ないね」トニーはニヤッと笑った。

ため息をついてパームリーが封を切り開くと、びっしり書かれたフールスキャップ判の紙三枚と、小切手が現れた。それを見つけたトニーの目が輝いた。

「おやおや！」彼は叫び、手をこすり合わせた。「前払いの依頼人か！ パームリー家の財産を築く手助けをしてくれる依頼人だな！ 今度はいくらだい？ 千ドル？ 五千ドル？ 一万ドルかい？」

何も言わず、パームリーは彼に小切手を手渡した。

トニーは微笑みながら受け取り、目を走らせた――信じられないといった様子で、さらによくよく見た。「これは――これは――」彼はせきこんで言った。

「二十九ドル五十五セントさ」ビルはくすくす笑った。

5

トニーが呼吸を取り戻すまで、数秒かかった。「こいつは――もしかして何かの謝礼なのかい？」

「そうらしいね」三枚のフールスキャップ判の手紙に目を通したパームリーが言った。

「二十九ドル五十五セントが？」

「手紙に書いてある総額だよ」

「冗談だろう？」

「これ以上真面目な話はないね」

「そんなはした金を差し出して、君を侮辱するなんて、いったいどこのどいつだ？　無礼きわまりない！　手紙を見せてくれ！」

パームリーは手を挙げた。「待てよ！　まだ読み終えてない――それに楽しんでるんだ」彼は何百という同種の手紙に示した以上の、大いなる関心をもって熱心に読みふけった。「アールダーズ――アールダーズ」彼は声に出して読み上げた。「アールダーズなんていう代物を聞いたことがあるかい？」

「いや」クラグホーンはいらいらしながら答えた。

「僕もないね」パームリーは同意した。「妙に聞こえるだろうが、アールダーズってのは人の名前らしい」彼は別のサインをつくづく検分した。「ザイ、ザイ、ザイサーだ！一体全体、ザイサーって何だ？」

「何だい、それは？」

「どうやら別の男の名前らしいよ。うん、そのようだ」彼は手紙を最後まで読み終え、うれしそうに笑って友人に渡した。「トニー、読んでみろよ。変わってるね。こんなのは他にないよ。表彰ものだ」

トニーはびっしり書かれた紙に目を通した。嘆願書を作成したストラカンは、感心するほど簡潔にまとめていた。

せいぜい一ダースの文章で、彼はJ・ハンプトン・ホウへストラーテンの登場からその性格、容姿、無礼さ、うぬぼれ――そして葉巻に至るまで言及していた。メトロポリタン・チェス・クラブ会員としての経歴、数々の勝利、不人気ぶりを要約していた。彼は共謀者たちの目的を説明し、成功させてくれる人がいるとすれば、他でもないミスター・パームリーだという確信を述べ、自分たちの期待に応えてほしいと望んでいた。クラブの熱心なメンバーたちから寄付金を集めたと、彼はつけ加えていた。彼らはミスター・パームリーに、報酬なしでこの仕事を引き受けてもらおうとは思っていなかったのだ。彼は個人の小切手でその総額を同封し、連絡先の電話番号を記していた。

ストラカンの書いたわずかな言葉は、一枚目の紙の上半分を占めていた。下半分――とあとの二枚――を埋めていたのは、寄付者たちのサインであった。ストラカンは先頭を切って、気前良く三ドル出していた。銀行員であるレノルズと、クラブの会長で、その円滑な運営に心を砕いていたスタフォード大佐は、それと同じ額であった。ビアーズは二ドル加え、オニールとヴァンダバーグはそれぞれ一ドルずつ寄付していた。二、三人のメンバーが七十五セントを、さらに多くの者たちが五十セントを供出した。一般会員たちはそれぞれ二十五セントを出し、志は高くとも貯えのない、ごく貧しい数人は、何とか十セントを工面していた。

トニーは憤慨を募らせながら、全部読み終えた。「二十九ドル五十五セント！　信じられない」ようやく彼は言った。

ビルは真剣な友人を笑い飛ばした。「足し算してみろよ、トニー」彼は勧めた。「たぶんストラカンは、五セントほど隠し持っているかもしれないぞ」

トニーはいらいらして手紙をもみくちゃにした。「僕に返事を書かせてくれ」彼は頼み込んだ。「身のほどってものを教えてやる」

パームリーは穏やかにかぶりを振り、「なんてがめついんだ、君は！」と非難した。「トニー、僕がメトロポリタン・チェス・クラブに返事を出すなら、今までに読んだこの種の手紙のどれよりも人間的興味を覚えたと書くよ——確かに、いやと言うほど受け取ってきたからね！　そして彼らの気持ちは、実によくわかると書いてやるよ。僕自身何度か、そういう思いを味わってきたからな——それ以上の気持ちをね。それに誰かのいかさまを暴くんじゃなく、いかさまをやってくれと頼んできたことを、心底彼らに感謝するよ。いやあ、なんていい気晴らしだろう！　大義名分のあるいかさまを頼まれるなんてね！」

「まさか、引き受けたりしないだろうな！」トニーはあっけに取られて叫んだ。

「もちろん引き受けるとも」

「二十九ドル五十五セントのために？」

「完全に楽しみのためさ！　僕に寄付してくれた、ありがたいほど純真な、アールダーズやザイサーやストラカンたち常連と、その他の連中を助ける楽しみのためだよ！　二十九ドル五十五セント？　すぐにでも喜んで頂こうじゃないか。その金で僕は、寄付した連中からいつまでも感謝されるんだぜ。多額の小切手を手に入れても、サインした百万長者に、全額払ったからときれいさっぱり忘れられるよりはよっぽどましだよ」

「正気の沙汰じゃないね」トニーはずけずけ言った。「だけど慈善事業をしたいなら、止めはしないよ」彼は手紙を返した。「君はチェスに詳しいんだろうね？」

パームリーの目はきらめいた。「トニー、君はどの程度詳しい？」

トニーは頭をかいた。「そうだなあ、チェッカー盤の上でプレイすることは知ってるよ。キングとクイーンがいることもね。それといくつかの駒は、見ればわかる。ポーンは小さいから見分けがつくし、ナイトは馬の頭がついているやつだ。そんなところかな」

ビルは含み笑いをした。「君の方がよく知ってるよ」

「まさか、冗談だろう！」

「チェッカーならやったことがある――子供の頃故郷で、食料品店のカウンター越しによくやったもんさ――でもチェスの駒に触ったことは一度もない」彼はぞっとした様子の友人を見て、にっこりした。「トニー、ゲームにはキングとクイーンがいると言ったね」

「ああ」

「それなら僕には簡単だろう」

「君が考えているほど、簡単じゃないと思うよ」

「ならばますますいい」パームリーは心から言った。「過去に取り組んできたどの仕事でも、僕は優位に立っていた。ポーカーについても――ルーレットでも――たいていのギャンブルなら、対戦相手よりよく知っていた。この仕事は違う。僕は素人で、別の男に分があるんだ。奴はゲームを知っていて、僕は知らない。自分の知恵以外に、頼るものが何もないのさ。トニー」とビルは叫び、うれしさのあまり両手を差し挙げた。「初めて僕は不利な勝負に挑むんだよ。そいつを楽しめるくらいの度胸はあるつもりさ」

彼の熱中ぶりは、冷淡な友人を目に見えて動かした様子はなかった。トニーは手紙をもう一度読み返した。

「僕の理解したところだと、メトロポリタン・チェス・クラブの会員たちは、彼らの中で一番下手なプレイヤーに、このホウヘストラーテンって男と互角の条件で対戦させて、勝たせるよう君に何とかしてもらいたいってことだな」

「その通り」

「君はチェスのことを何も知らない。それなのに、ずぶの素人に玄人の倒し方を教えるのか」トニーは眉を吊り上げた。「どうやるおつもりか、お聞かせ願えますかね？」

パームリーは愉快そうにニヤリとした。「知るもんか」彼は認めた。

6

目の前のもっと面白い仕事のためなら、普段の仕事を犠牲にすることなど厭わなかったストラカンは、電話での求めに応じてアパートに駆けつけた。彼はパームリーが上着を脱いで、濡れタオルを頭に締め、ホイル（英国の室内ゲームに関する文筆家）の著書でチェスを研究しているのを発見した。

「あなたが僕たちを助けてくださるんですね？」彼は熱心に問いただした。

「助けられればね」

「良かった！」ストラカンは言い切った。「うまくやってくださることは、わかっていますよ」

パームリーは微笑んだ。「あなたほど確信できていればいいのですが」彼はホイルのページの端を注意深く折り、本を閉じた。「さてと、ホウヘストラーテンはどの程度強いのですか?」彼は尋ねた。

「我々の第三クラスにいます」

「どういうことです?」

「彼の右に出るのはクラブで――つまりニューヨーク中で――二十五人もいないということです」

「その人たちは彼よりどのくらい上なんですか?」

「そうですね、二番目のクラスにいる者は、彼と五回勝負すれば三回は勝つでしょう」

「一番上のクラスなら?」

「五回のうち四回ですね」

「一番上の人たちでも、常に勝つわけではないんですか?」

「勝つかもしれません――でも賭けようとは思いませんね。クラブでも一流の者たちに関しては、ミスター・パームリー、上から三番目までのクラスの連中は皆うまいことが、おわかりになるでしょうよ」

「なるほど」パームリーは残念そうにうなずいた。「では、ホウヘストラーテンに勝たせたいという人ですが――」

「レノルズです」

「レノルズ。彼はどのくらいうまいんですか?」

ストラカンは微笑した。「どのくらい下手かと聞く方がふさわしいでしょうね。ミスター・パームリー、ホウヘストラーテンはルークとナイトを落として、なお彼を叩きのめすことができますよ」

「ルークとナイト? どういう意味です?」

ストラカンは息をのんだ。「ミスター・パームリー、チェスをご存じないんですか?」

「まるっきりね」ビルは楽しそうに言った。「さあ、今言ったことを説明してください」

ストラカンは見るからに動揺していたが、雄々しくも気を取り直した。「テニスで言えば」と彼は言い換えた。「すべてのゲームでフォーティを与えておいて、一ゲームも取られずに勝つということです。ゴルフで言えば、ホウヘストラーテンは一ホールにつき彼に二ストローク余分に与えた上で、九打差で勝つということです。ポーカーなら——」

「そうこなくちゃ」とビル。

「ポーカーなら、ホウヘストラーテンは札を配るたびに、彼にエースのペアを渡して、なおかつ一時間ですべて巻き上げてしまうってことです。ビリヤードなら——」

「ポーカーの先は結構ですよ」ビルはさえぎった。「条件が五分五分なら、レノルズが勝つ見込みは、百万に一つもないと——」

「そうです」

「——で、彼が勝てるようなやり方を考え出すよう依頼されたら、僕は難しい仕事を託されたことになりますね」

「自分たちだけで解決できるなら、あなたのところには来なかったでしょうよ」ストラカンは微笑んだ。

「そのことはだいぶ前に頭に浮かびました」パームリーも同意した。「しかし、あなた方の第一級のプレイヤーたちの話に戻りましょう。この世で、彼らを倒せる人間はいないということですね」

「いや、とんでもない！」ストラカンは驚いて言った。「名人たちのことを忘れてますよ」

「降参だ」とビル。「名人とは何者ですか？」

ストラカンは説明した。プレイヤーがいて、いいプレイヤーがいる。とてもいいプレイヤーがおり、ずば抜けていいプレイヤー——メトロポリタンの第一クラスの連中のような——がいる。しかしはるか上の高みに、現実に生きて呼吸をしており、夢にまでチェスを見る、ごく少数の世界的な天才たちが存在するのである。彼らに比べれば普通の達人など、攻城砲に対するスポーツライフルに過ぎない。彼らはお互いとしか真剣勝負をしない——というのも、それ以外の誰も、そこまで到達できないからだ。十人あまりの同類が集まって比類なき闘いを繰り広げる国際トーナメントのため、彼らは力を取っておく。普通の一級プレイヤーが、同時に八人から十人束になってかかっても、難なく全勝してしまうのだ。

パームリーは集中して聞いていた。「そういう達人中の達人の一人に、ホウヘストラーテンが太刀打ちできる可能性は？」

「皆無です」

「五戦して一度も勝てない？」

「十戦に一度も無理ですね」とストラカン。「二十戦に一度もです。たまに引き分けにできるかもしれない——でもそれもできない方に賭けますね」

パームリーは満足気に手をこすり合わせた。

「次に打つべき手ははっきりしている。そういう名人の誰かを、じきじきにここに呼んで、いくつか質問しましょう」

ストラカンは顔をしかめた。「お考えはわかりますが、無駄だと思います」彼は言った。「名人に、レノルズへのゲームの指導をさせようというのですね。まあ、うまくいきませんよ。レノルズに教えようとすればするほど、彼はまずいプレイをするんですから」

「とにかく、名人と話をしなくては」ビルは言い張った。「誰が超一流なんですか？」

「アリョーヒン（一九二七～三五年、三七～四六年の世界チャンピオン）がいます」とストラカン。

「その人を呼び寄せましょう」

「フランスにいますよ」

「他には誰がいます？」

「カパブランカ（一九二一～二七年の世界チャンピオン）です」

「彼はどこに？」

「キューバです」

「誰か本物と認められた名人が、このニューヨークにいないんですか？」

「残念ながら」とストラカンは言って、自らの言葉をさえぎった。「いや！　待てよ！　ほんの数日前、ロシアからやってきた男がいます。今クラブと交渉中で、我々に公開試合を開催させたがっているんですよ」

「その男は本物の名人ですか？」

「世界で最も偉大な三、四人のうちの一人です」ストラカンは強調した。「ブダペストの大会では首位になりました。ペトログラードでは二位、クリスティアニア（オスロの旧称）でも二位――」

「電話で彼に連絡がつきますか？」パームリーはさえぎった。

「ええ」ストラカンは言った。「もちろん彼は英語を一言も話しませんが、通訳を捜すでしょう」

パームリーは電話を手渡してやった。

「ここに来る時、通訳も連れて来るよう伝えてください」

彼はストラカンの短い会話を、熱心に聞いていた。

「彼をなんと呼んでいました？」ストラカンが受話器を置いて、名人がこちらに向かっていると言うと、ビルは尋ねた。

「ニエムゾ＝ズボロフスキー」

「もう一度言ってみて」

「ニエム、ゾ、ズボ、ロフ、スキー」

パームリーはくすくす笑った。「もしそんな名前だったら、僕だってチェスができただろうね！　その名にふさわしい人物ならいいが」

「失望はさせませんよ」

確かに失望はしなかった——とりわけ名人の風貌に関しては。ほどなく入口に、顔の五分の二はにやにや笑いで、五分の三は毛に覆われている、驚くほど丸々とした小男が立って、微笑し——また微笑し——さらに微笑した。堂々たる顎鬚、もじゃもじゃの頬髯、ふさふさした口髭、ぼうぼうの眉毛が、顔の中で領地争いをしていた。しかしそれらを通して、深い森に光が射すように、不思議な笑みが現れた。

ストラカンが彼を紹介した。「さあ、彼は役立ちそうですか？」と尋ねる。「彼の前で何をおっしゃっても結構です。英語は一言もわかりませんから」

パームリーは真面目な顔でうなずいた。「その笑い方は気に入ったな。一度レスリングの選手が、対戦相手の脚をトゥホールドで折る直前に、こんな笑いを浮かべたのを見たことがある。何を意味するか僕にはわかりますよ」

ザイサー、他でもないメトロポリタン・チェス・クラブのザイサーが、この偉大な男に通訳として同行しており、パームリーの感想を、破裂音の多いロシア語に言い換えていた。

ニエムゾ＝ズボロフスキーが喜んで相好を崩すと、にやにや笑いはさらに大きくなった。チェス名人の太った身体を包み込んだフロックコートの前面に、水平な線がくっきりと現れて、彼はお辞儀をした。

パームリーは通訳の方を向いた。「お座りになりませんかと聞いてください」

再びザイサーが、続けざまに破裂する爆竹のような音を発すると、ニエムゾ＝ズボロフスキーは別の思いがけない線で身体を折り曲げ、椅子にどっしりと座った。

パームリーは目印をつけておいたホイルのページを開いた。

「この本の一節を、ロシア語に通訳して頂きたい」彼はザイサーに言い、声に出して読んだ。「『ゲームの進行中に起こるさまざまな手は、記譜法《ノーテーション》で記録され、最初に手の番号、次に動いた駒、そして動いた方向が示される』」

彼はザイサーが通訳するのを待った。ニエムゾ゠ズボロフスキーは再びお辞儀をした。

「ではこう聞いて」パームリーは指示した。「記譜法《ノーテーション》には詳しいかとね」

ストラカンが割り込んだ。「その質問は必要ありませんよ、ミスター・パームリー」

彼は指摘した。「どんな初心者でもこの方法は熟知しています。実際、チェスを習う前に、それを習うんです。ミスター・ニエムゾ゠ズボロフスキーについて言えば、一度に二十ゲームもの目隠しチェスをやったことがあります——つまり盤や駒を見ないでやるんです。記譜法《ノーテーション》を熟知していなければ、とてもそんなことはできませんよ」

パームリーはうなずいた。「僕が間違っていました」彼は認めたが、満足を隠すことはできなかった。「さて、他にも少し質問があります」

友人がホイルの本に取り組み出した時、さっさと逃げ出したクラグホーンが、アパートに戻ってみると、四人の男たちは会議に深く没頭していた。ドアの隙間からロシア語の破裂音の断片が聞こえ、中を覗くと四つの頭がくっつき合っているのが見えた。

しかし、一つの頭が他を支配しているように感じられた。おそらくその頭の毛の量が、残り三つを合わせた分を軽く上回っていたからだろう。またおそらく、その顔に絶えず微笑みがちらついていたからだろう。その頭の持ち主は仲間たちよりも一フィートは小さかったが、まるでスポットライトを一身に浴びているかのように、必然的に舞台の中心となっていた。

トニーは決して好奇心に欠けていたわけではなかったが、チェスの神秘は自分の理解をはるかに越えていると悟った。彼はそっとドアを閉めて、首を振った。

7

メトロポリタン・チェス・クラブでの一連の出来事は、その場にふさわしく厳密に軍隊のように進められた。スタフォード大佐はクラブの会長として、またその繁栄を心から気にかけている者として、パームリーの意見を聞いた。その相談の結果、大佐が指揮を取って、作戦行動をまとめ上げた。

最初の、そして確実に大きな銃が火を吹いたのは、レノルズが何週間も毎晩生活費を寄付し続けてきたJ・ハンプトン・ホウヘストラーテンに、しばらく日課のゲームから離れることにしたと告げた時だった。

「そりゃまた、どうしたわけだい」石鹼のセールスマンは尋ねた。クラブの中には他にも、彼が勝てる相手はたくさんいた。しかしレノルズほど早く、しかも潔く負け続けて、一ゲームにつき二十五セントを提供してくれる人物は、他にいなかったのだ。

「少なくとも一週間はかけて、自分で勉強することに決めたんだよ」とレノルズ。「これから家に帰って、鍵を掛けて書斎に閉じこもるんだ。チェスの本を一抱えも買って、ゲームに磨きをかけるよ」

ビジネスの世界におけるリトル・レノルズの重要性や、さらに信託銀行の業務以外の何かに一週間専念するため、犠牲にしなければならない莫大な給料のことを考えれば、この話は明らかにうさん臭いものだった。しかしJ・ハンプトン・ホウヘストラーテンはただ、自分の餌食《えじき》がいなくなるせいで、一晩に失う二、三ドルのことしか考えられなかった。

「家に帰って勉強する必要はないさ」彼は気軽に言った。「俺と勝負することで教えてやるよ」

「ご親切にありがとう、本当に。ミスター・ホウヘストラーテン」

「俺が始めた頃からすれば、お前はずいぶん進歩したよ」石鹼のセールスマンは気前よく言った。「続けろよ、そうすりゃそのうち達人になれるかもな」

リトル・レノルズは本当に赤面した。「そんな、ミスター・ホウヘストラーテン、からかわないでくれよ」彼は懇願した。

「とにかく、学びながらでも俺と勝負できるさ」

レノルズはかぶりを振った。「いや、ミスター・ホウヘストラーテン。もう決心したんだ。両方はやれないよ。闘いの場からは退却するが、戻ってきた時に、僕のゲームの上達ぶりを認めてもらえればと思うよ」

ホウヘストラーテンが何を言っても、彼の決意を覆すことはできず、太った男は説得とおべっかで精根を使い果たし、ついに逆上した。レノルズが自分たちの取り決めに飽き飽きし、これ以上負けてくれないこと、おそらくは二度と勝負しないということは、彼にとって火を見るより明らかだった。そうとなれば、気の済むまで口汚く、レノルズを罵《ののし》っていけない理由はない。

「勉強して何になるってんだ?」彼はクラブの仲間たちから非常に慕われている、愛すべき性質を思い切りぶちまけながら言った。「二十年もプレイしてきて、いまだにど素人じゃねえか。勉強したところで、もっと下手くそになるのが関の山さ」

レノルズは見事に自分を抑えた。「変化をつけることで――戻った時――僕はもう少し、面白い対戦相手になっているかもしれないよ」彼は穏やかに言った。

「ハッ!」J・ハンプトン・ホウヘストラーテンは、ほとんど理解できないまま嘲笑い、再び言った。「ハッ!」

「これ以上悪くなりようがなければ」レノルズは狡猾に言った。「うまくなるかもしれない。誰にもわかるまい。僕はいつも、勉強の効果を信じてきたんだ、ミスター・ホウヘストラーテン。一週間わき目もふらずに打ち込めば、奇跡が起こらないとも限らないよ」

ホウヘストラーテンは目をぱちくりさせた。レノルズは明らかに大真面目だった。

さて、どんなゲームの上達でも、ある程度までは定跡の習得にかかっているが、それ以上となると生まれつきの素質次第であることを、石鹸のセールスマンはよくわかっていた。そいつがレノルズには欠けている。それがなきゃいつまで経っても、下手くそなままの運命さ。奴はこれでも、すでに頂点に達してるんだ。それ以上引き上げることは、奴にも他の誰にもできやしない。

おそらくこの見方は、なぜJ・ハンプトン・ホウヘストラーテンが、クラブの仲間たちの仕掛けた罠に、いともたやすくはまったかの説明になるだろう。

「戻った時には、すごいプレイヤーになってるだろうから」と彼は馬鹿にして鼻を鳴らした。「ハンディキャップを少なくしたっていいよな」

「もちろん、ミスター・ホウヘストラーテン」

「今のハンディキャップじゃ、俺を負かしてしまうだろうからな」

「そうなればと思うよ」

「はっきり言えばいいじゃねえか。もっと少ないハンディキャップで勝ちたいってな」

「その通りだ」

石鹸のセールスマンの目が細くなった。金をたんまり持っているレノルズをそそのかして、賭けさせることができたら――

「たぶん」と彼は思い切って言った。「たぶん俺を、互角の条件で負かしたいんだろう」

レノルズは遠慮がちに微笑んだ。「以前はそんなことを言おうとは思わなかった」彼は認めた。「うぬぼれているみたいだからね。でも率直に言えというなら、それが僕の野望だと認めても構わないよ。今夜は僕に勝てるだろう、ミスター・ホウヘストラーテン。圧倒的にね。でも今夜から一週間経って、僕が七日間ずっと本に専念した後に、何が起こるか誰にわかる？　君だって負けることはあるだろう。僕がそれをやってのけるかもしれないんだ」

「もし良かったら、それをちょっとした小銭で裏付けたくはないかい、ミスター・レノルズ？」

「いいとも。その方がゲームは盛り上がるだろうね」

「一ゲームだけか？」石鹸のセールスマンは、見るからにがっかりした様子だった。

「それで十分だろう」

「俺たちの間ではいくら賭ける？」彼は相手がどの程度の額を提示するだろうと思いながら、間を置いた。

「一ドル」とレノルズ。

「二ドル」とホウヘストラーテン。

「五ドル」

「十ドル」

ではおやすみ、ミスター・ホウヘストラーテン」

「十五ドル」

「二十ドル」

「二十ドルだ」とレノルズは、指示を忠実に守って言った。「ちょうどいい額だ。それではおやすみ、ミスター・ホウヘストラーテン」

餌食となるべき男が部屋を出て行くと、石鹸のセールスマンの心は、うれしさに飛び上がった。一瞬考えが足りなかったために、レノルズは呆れるほど馬鹿なことをしでかし、俺がその恩恵に預かるのだと彼は思った。彼自身は卑劣でずるい人間だったので、何一つ気にかけていなかった。レノルズは必ず負け、猛烈に勉強しても自分を脅かすことはないと考える方が、はるかに性に合っていた。

にもかかわらず彼は、夜ごとに自分のところまで中継される、リトル・レノルズの上達についての報告を熱心に聞いた。このスタフォード大佐の計画の第二部は、老紳士言うところの「士気の阻喪」で、その陰険な攻撃が始まったのは、試合が取り決められてからわずか二十四時間後、ハウエルズがクラブに飛び込んできて、その日の午後レノルズと過ごし、彼に三試合連続で負けたという驚くべきニュースをもたらした時だった。ハウエルズはレノルズより二クラス上で、彼が公言したところでは、かつて一度も負けたことがなかったというのである。

ホウヘストラーテンは臭い葉巻の煙を吐きながら、衝撃に耐えていた。「お前はレノルズとたいして変わりゃしない」彼は邪険に言った。「いつでもルークを落とした上で負かしてやるぜ」

「ああ、そうさ」ハウエルズは認めた。「でも僕が言いたいのは、そんなことじゃない。つまりレノルズは一日猛勉強しただけで、もう僕が勝てないほど強くなったってことなんだ――しかも前は僕が勝ってたのに。一週間勉強したら、どのくらい強くなるんだろうと思うよ」

ホウヘストラーテンは小銭用ポケットを、意味ありげにジャラジャラ鳴らした。「一ドル賭ける価値があるかどうか、考えてるのか？」

「ああ」とハウエルズ。

「レノルズに一ドル賭けるよ」ビアーズが同調した。

「同じく」アールダーズが言った。

「僕は五ドル賭けるね」とストラカン。

ホウヘストラーテンにとって、賭けは望むところだった。彼は数分のうちに二十ドル賭けることを承諾した。

次の夜、攻撃の先導に選ばれたのは、第十一クラスのトップにいるイェーツだった。

「諸君」彼は宣言した。「非常に驚くべきことが起こった。レノルズが五時に訪ねてくるようにと電話をくれたんだ。行ったよ。三ゲームやって、僕に全勝してしまった」

ホウヘストラーテンは何とか落ち着いた外見を保っていたが、内心穏やかどころではなかった。報告によればレノルズは二日間で、二年間でも十分驚異的であろう進歩を遂げたのである。気がかりだ――ものすごく気がかりだ。

石鹸のセールスマンは、さらに一ダースの賭けを受け入れ、自分が五十ドル以上も賭けていることを、よく考えてみた。はっきりと不安を感じ始めた。

三日目には、オニールが負けた。彼は第八クラスにいた。

「勉強――一心不乱の勉強、それが彼のやり方だ」オニールは説明した。「彼はブラインドを下ろして書斎に座り、柔らかな緑の光が部屋中に散乱していた。机の上にはブラックコーヒーのポット、ポケットには固形イーストの一包みがあった。チェスに関するありとあらゆる本を持っていて、その中身を人間吸い取り紙のように吸収していたよ。食事の時さえ部屋を出ない。机まで運ばれるんだ――その材料はビタミンだけだったよ」

ホウヘストラーテンにユーモアのセンスがあったら――なかったのだが――即座に陰謀を見破ったことだろう。そうする代わりに、神経質に尋ねた。「ビタミンはどこで手に入るんだ?」

「スコットランドから輸入されるのさ」オニールは真面目くさって答えた。「リスみたいな動物なんだ――ただもっと毛がフサフサしてるがね」

ホウヘストラーテンはさらにいくつかの賭けを承諾したが、内心では震えていた。常識――彼の持っていた程度の常識だが――は、すべてあり得ないことだと告げていた。この世の人間で、レノルズが言われているほど、急速かつ着実な進歩を遂げられる者はいない。しかしたて続けの攻撃は、効果を現しはじめていた。最初の日には想像すらできなかった話が、二日目にはただ、ありそうもないという程度になっている。すぐにそれはあり得るばかりか、筋の通った話になるだろう。

ストラカンは彼自身の説明によると、四日目に無敵のレノルズから、まるでボウリングのピンのように打ち倒された。彼がホウヘストラーテンに対する自分の賭け金を上げたいと提案すると、石鹼のセールスマンは初めて異議を唱えた。賭け金の総額を考えると、もはや居ても立ってもいられなかったのだ。それは彼を悩ませ、そして第四クラスのハーボードと、いつもホウヘストラーテンと互角に闘っている本当に強いフォーサイスが、続く二日間に跡形もなく撃沈されると、太った男の動揺は見た目にもはっきりわかるようになった。

「奴は本当にお前を負かしたのか？」クロークでフォーサイスと二人きりになった時に、彼は尋ねた。

長老教会派信者として良心の咎めを感じていたフォーサイスは、嘘をつこうとはしなかった。「僕はレノルズから、一ゲームも奪うことはなかったよ」と、いたって正直に語った。

その後ホウヘストラーテンは何食わぬ顔でクラブルームに入っていき、なんとか丸損を防ごうと手を尽くしたのだが、うまくいかなかった。そのうちの一ドルたりとも救うことはできなかった。仲間の会員たちは全員一致で、彼もレノルズに負けるだろうと宣言した。彼自身もそれを確信しており、マクファースンが彼を悲痛のどん底に突き落とすために、すばやく繰り出したノックアウトの一発は必要なかった。

クラブ随一のプレイヤーであり、極めて想像力豊かなマクファースンは、重要な対戦の時刻の二十四時間前に顔を出したが、その表情は多くを物語っていた。

「君が負けたのか？」聴衆たちは異口同音に聞いた。

マクファースンは悲しげにうなずいた。フォーサイスと違って、彼は嘘をつくことに何の良心の咎めも感じなかった――いい目的のためであれば。

「諸君、僕は叩きのめされたよ。レノルズは僕にチェス盤の前に座るようにと言ったが、本人は一度も盤を見なかったんだ。僕は自分の手を彼に読み上げ、彼も自分の手を読み上げた。諸君、僕は一瞬たりとも優位に立てなかった。彼は最初から僕に飛びかかり、完全に抹殺してしまったんだ」

「目隠しチェスで君を倒したというのか？」

「立ち上がれないほどにね」とマクファースン。

すぐ側《そば》の片隅で、重たいドサッという音がした。J・ハンプトン・ホウヘストラーテンが失神したのだった。

8

高潔な人々は、正真正銘のいかさまを避けるためなら、どんなことでもやった。スタフォード大佐の練り上げられた士気阻喪作戦は、それ以上の決定的な段階が不要になることを期待して企てられたのだ。石鹼のセールスマンが十分に怖じ気づいたら、試合を避けるために、何らかの言い訳をひねり出すだろうというのが、大佐の計算だった。賭けにもかかわらず、実際の賭け金がどれくらいなのかは公表されていなかった。ホウヘストラーテンは金を無駄にしないだろう――そしてクラブに二度と顔を見せることはあるまい。

重要な一戦の数時間前まで、大佐の計画は完全な成功を収めていた。しかし彼にとって不運なことには、あまりにもうまく行き過ぎたのだ。ホウヘストラーテンは眠れぬ夜を過ごした後、恐慌をきたして、かかりつけの医者のところに駆けつけた。彼は敵を信用していたので、医者に対し、レノルズのビタミン療法の驚異的な効果について語った。彼は内密にするよう約束させた上で、自分もいくらか買おうとしたことを認めたが、肉屋はそれを提供することができなかったのだ。

「肉屋ですって?」医者は仰天して繰り返した。「ビタミンが何だかご存じないんですか? 含まれているのは果物や——新鮮な野菜や——サラダや——」

「じゃあ、スコットランドから輸入されてるんじゃないのか? リスみたいな小動物で、ただもっと毛がフサフサしてるっていう?」

「とんでもない!」

ホウヘストラーテンは勢いよく帽子を被り、明らかに気分を良くして通りに出た。彼を悩ませていた連中が、一度は真実から外れていたということは、一度ならずそうしていた可能性が非常に高い。彼は何が起こったのか正確にわかったわけではなかったが、自分が陰謀の犠牲になったと確信するくらいの理解はできた。実際、試合を見に集まったそれを悟られては、大佐の士気阻喪作戦も水の泡だった。ホウヘストラーテンが顔を見せるとは思観衆に向かって、彼が「紳士諸君、ミスター・ホウヘストラーテンがかんかんに怒えませんな」と述べたまさにその時、ドアが開き、石鹸のセールスマンがかんかんに怒って、部屋にずかずか踏み込んできたのだ。

彼はビタミンの話をでっち上げたオニールを選び出した。

「俺もビタミンを食ってたのさ」彼は絞り出すように言った。「スコットランドから輸入された——リスみたいな小動物で——もっとフサフサしてるって奴をな。これまでなかったくらいの、最高のゲームができるぜ!」

彼は部屋の中央のテーブルについて待っているレノルズに気づいた。なぜかその小男の生の姿は、この一週間自分のもとに届けられた噂ほどには、不安を感じさせなかった。彼はよたよたと近づき、椅子にドスンと座った。「さあ来い」彼は嘲笑った。二十フィート離れたところで、この成り行きを見守っていたスタフォード大佐は、お手上げとなってビル・パームリーの方を向いた。「わたしは投了《リザイン》するよ」彼は囁《ささや》いた。「この先は君にかかっている」

さてチェスの試合というのは、熟練者にとっては別だが、フットボールや――テニスや――ゴルフや――ポロのように、見た目でスリルを味わえるものではない。フォワードへのパスもなければ、弾丸サービスもなく、アンダーパーのホールも、フィールドの端から端までの息をのむような攻撃もない。しかし多くの観衆――少なくとも百五十人以上――は、競技者の周りに集まり、ある者は座り、ある者は立って、チェス盤が見えるすべての位置に陣取り、突然静まり返って関心の高さを証明した。

J・ハンプトン・ホウへストラーテンはぎっしりつまった葉巻の箱を開けて、レバー色の葉巻に火をつけ、駒を動かし、ゲームは始まった。

応戦する前に、レノルズもまた紙箱を取り出し、開けると口に一片を放り込んだ。

「何だ、それは?」ホウへストラーテンは疑わしげに聞いた。

「ただのアカニレの皮（鎮痛剤として使う）さ」とレノルズ。「君の煙草の影響を中和したいんでね」

太った男はニタリと笑い、さらに勢いよく煙を吐き出した。自分の悪名高い葉巻の毒消しが存在するなら、ぜひ試してやれと思ったのだ。

そして目立たない片隅では、何が起こっているのかまったくわかっていないトニー・クラグホーンが、パームリーの方を向いて興奮気味に囁いた。「始まったぞ!」

「シッ!」ビルは言った。張り詰めた沈黙の中、彼は、一方で猛然と煙を上げ、もう一方でアカニレの皮のかけらをどんどん食べている二人の、最初の六手を見つめた。

彼の側にはヴァンダバーグがついていた。「ゲームはどうなっている?」ビルは尋ねた。

「よくないですね」

「というと?」

「レノルズの始め方はまずかった――非常にまずい」とヴァンダバーグ。

驚愕を隠し切れない様子で、パームリーは十分間、あと三手終えるのに必要な時間だけ待った。

「それで?」彼は尋ねた。

ヴァンダバーグは首を振った。「ますます悪くなっている」彼は言った。「レノルズはまるで初心者だが、ホウジーは――そう、ホウジーはチェスをやってますよ。レノルズはあと一、二手でビショップを取られてしまう」彼が話している間にも、ホウヘストラーテンはエンジンのように煙を吐き、勝ち誇って駒を動かした。「もちろんホウジーは自分のチャンスに気づいてます」ヴァンダバーグは指摘した。「レノルズはすぐにも奮起しなければ、やられてしまいますよ」

パームリーは理解を超えたゲームをなす術《すべ》もなく凝視し、周到に仕組んだ自分の計画が、ガラガラと崩壊するのを見ていた。その時、稲妻のように鋭く眩《まばゆ》い考えが、突然頭にひらめいた。「そうか！」彼は叫んだ。「何が起こったかわかったぞ！　考えもしなかったなんて、僕はどこまで間抜けなんだ！」そして振り向くと部屋から飛び出した。

今度はトニーがヴァンダバーグをつついた。「どんな具合だい？」彼は尋ねた。「もっと悪くなっています」観衆からうめき声が漏れた。「僕が言ったように」とヴァンダバーグは指摘した。「レノルズはビショップを失ってしまった」

ホウヘストラーテンが勝利をほぼ手中に収めて、ほくそ笑んでいたその時、突如ゲームに変化が現れた。レノルズが新たな自信を得た様子で駒を動かすと、ヴァンダバーグは初めて、理解できない事態に直面しているのに気づいた。

「どうしたんだ？」トニーは気を揉んで問いただした。「彼がミスをしたのかい？」

ヴァンダバーグは力強くかぶりを振った。「ミスじゃない。僕に言えるのはそれだけです。むしろいい手だ——いや、とてつもなくいい手だ」

ホウヘストラーテンはヴァンダバーグと同じ意見らしかった。というのも対戦相手を信じられないように見つめ、自らの次の手を熟考したのである。

彼は指した。レノルズも指した——またしても太った男を狼狽させるような、驚異的な手だった。そして観衆が固唾を飲んで見守る中、ホウヘストラーテンが好敵手と相対《あい》していることが、次第に明らかになってきた。もはやその光景は、強いプレイヤーが弱い者を弄んでいるのではなかった。まったく逆に、強いプレイヤーが全力を出しながら、幼児のように、敵の力強い拳にがっちり捕らえられているのだった。彼はもがいた。武器庫の武器を総動員した。しかしすべては無駄であった。情け容赦なく、冷酷に、彼の抵抗は一蹴され、黒の駒は彼の弱点にすさまじい攻撃を集中させた。

「何が起こってるんだ?」トニーは喘いだ。空気そのものがピリピリしており、満ち溢れる興奮は彼を圧倒せんばかりだった。

しかしヴァンダバーグは筋道を立てて答えられる状態ではなかった。「素晴らしい!」彼は囁いた。「素晴らしい! 奇跡だ! すごい! 最高だ!」

トニーは情報提供者を手荒く小突いた。「どっちが素晴らしいんだ?」彼は問い詰めた。「どっちが?」

「レノルズだよ、もちろん!」ヴァンダバーグは小躍りした。「もちろん、レノルズさ!」

レノルズの丈夫な白い歯が、休みなくアカニレの皮の小片を嚙み砕く音以外は、部屋は死んだように静まり返っていた。ホウヘストラーテンの額から、大粒の汗が流れ出した。宝石を散りばめた彼の手は震えていた。彼は先週ずっと聞かされていた、レノルズの優れた腕前について考えはじめ、ビタミンだろうが何だろうが、信じている自分に気づいた。

彼の葉巻は、忘れられたままくすぶって燃え尽き、いやらしい煙は初め、細く青い線に弱まり、そして完全に消えた。しかしレノルズが嚙むのを中断することはなかった。すべてを包む沈黙の中での唯一の音に、ホウヘストラーテンは妙に神経をかき乱されるのを覚えた。

彼は絶妙に考案され、神業のように実行に移された攻撃が、徹底的に成し遂げられるのを見た。その脅威を実感し、その前では自分がまるっきり無力だと悟った。彼はビショップを奪っていた。十二手でそれをやり返されるはめに陥り、黒の勢力が勝利に向かって行進していくのを、手をこまねいて眺めるしかなかった。

彼は自分の愚かな強欲を呪った。絶対に確実であったとしても、あんな大金を賭けるべきではなかったのだ。賭け金を払うには、何週間も困窮を強いられることになるだろう。そして先を読んで終わりが見えた時、彼は氷のような手で心臓をわしづかみにされたような気がした。最初はこうで、次はこう、それからこうなってこうなる。簡潔にして美しい、熟練の四手であり、そのクライマックスは彼自身のチェックメイトだ。苦悶しながら、彼は自分の読みを確認した。疑いの余地はない。あと四手で負けなのだ。

彼の葉巻入れが床に落ちた。ぼんやりして彼は、その中身をかかとで踏みつけた。その時、沈黙を破ってレノルズの声が響いた。

「ミスター・ホウヘストラーテン」その声は言った。「もし異存がなければ、引き分けを宣言したい」

異存がなければだって？　彼はあまりにも激しく立ち上がったため、椅子をひっくり返してしまった。「そっちは続けられるぞ！」彼は叫んだ。「そっちは続けられるじゃないか！　引き分けだって！」それから観衆に対し、あと四手で自分が詰むはずだったことを説明しようとした。ひどく奇妙なことに、誰一人彼の言葉を聞こうとしなかった。スタフォード大佐が賭けの無効を手短に宣言すると、ホウヘストラーテンへの関心は急に薄れてしまった。

ストラカンだけが、部屋の反対側の隅から太った男の方へ歩み寄った。

「ミスター・ホウヘストラーテン」とストラカン。「我々の年鑑が明日、印刷に回される」

「何だ、それは？」

「その中でクラブの会員たちは、クラス分けされたプレイの強さに従って掲載されるんだ。君は第十五クラスの——我々の一番下のクラスだ——最下位に載ることになるだろう」

　ホウヘストラーテンはすかさず怒鳴った。「レノルズは俺を倒しちゃいない！」彼は苦言を呈した。

　ストラカンは鋭く訂正した。「君がレノルズを倒してはいないということだね」彼は楽しそうににっこりした。「少しばかりややこしいんだが、はっきりさせてみよう。もしレノルズが君に挑戦して勝ったのであれば、彼は第三クラスで君の上の地位についただろう」

「それで？」

「実際はそうじゃなかった。実際には君がレノルズに挑戦して、勝てなかったんだ。君は第十五クラスで彼の下につくことになる。これについては議論の余地はない」彼は励ますように言った。「理事たちがすでに、規則を定めているんだ」

　ホウヘストラーテンは青くなった。彼はチェスの腕前を友人たちに自慢しており、クラブで最低のプレイヤーと記載されて公表されるのは、耐え難い罰であった。さんざん嘲笑を浴びるだろう――その考えは全然気に入らなかった。

「ミスター・ストラカン」彼はたじろいだ。「俺の名が、年鑑にまったく出ないような方法はないのか？」

「一つだけある、ミスター・ホウヘストラーテン」ストラカンは冷たく言った。「たぶん君も、家に帰るまでに思いつくだろうよ」

ホウヘストラーテンは思いついた。翌朝彼はストラカンに電話をかけ、退会した。

9

試合の三十分後、近くのレストランで陽気な四人組がテーブルを囲んでいた。それはパームリーとクラグホーン、ストラカン、そしてニエムゾ゠ズボロフスキーであった。それはチェス名人の通訳であるザイサーは、混雑の中でどこかに行ってしまったので、ニエムゾ゠ズボロフスキーは黙っていた。それでも彼の晴れやかな、前にも増してうれしそうな笑みが、顔をランプのように輝かせるのをさえぎることはできなかった。

「どうして」トニーは問い詰めた。「どうしてレノルズは、あのチンピラを最後までやっつけなかったんだい？」

ストラカンは彼を咎めるように見た。「ミスター・クラグホーン、それではいかさまになりますよ。あのゲームには大金が賭けられていたのをお忘れですね。我々はそれを失いたくなかったし、不正に得たくもなかった。引き分けこそ唯一の円満な解決だったんです」

トニーは鋭い目で彼をちらりと見やった。「それじゃあのゲームは、見た目とは少しばかり違っていたということだね？」

パームリーは笑った。「いかにも、少しばかり違ってたね」

「どのあたりが？」

「そう、レノルズはホウヘストラーテンに勝つことはできなかった——百万年かかってもね」

「でも僕は見た——」

「君は自分が何を見たかわかっていない。君が見たのは、レノルズがチェス盤を挟んで、ホウヘストラーテンの真向かいに座ったところだ。レノルズが駒を動かして、指していった様子だ」

「それ以上に何が見えたっていうんだ？」

陰謀者たちはうれしそうな視線を交わした。

「トニー、君が見張りの前を通り抜けたら、ミスター・ニエムゾ＝ズボロフスキーが小部屋の片隅に座って、レノルズのためにあのゲームをやっていたのが見えただろうよ！メトロポリタン・チェス・クラブの手紙を受け取った日に、僕はそのアイデアをホイルの本から思いついたんだ」

「ニエムゾ＝ズボロフスキーがあのゲームをやってたって？」トニーはせきこんで言った。

「驚くことはないでしょう？」ストラカンが問いかけた。「チェスの試合は郵便や——電話や——電報や——外電や——ラジオを通して行われるんですよ」

「記譜法《ノーテーション》という方法があるんだ」パームリーは説明した。「どんな手も書き留められる速記法みたいなものさ。ホウヘストラーテンが指すと、ニエムゾ゠ズボロフスキーのところに伝えられた。ニエムゾ゠ズボロフスキーは第二のチェス盤で答えを出し、彼の手はレノルズのところに届けられたんだ」

「どうやって届けたんだ？　囁いたはずはない。ホウヘストラーテンが聞きつけただろう」

「囁いたわけじゃない」

「合図のはずもない。ホウヘストラーテンが見ただろうからな」

「合図でもないよ」

「じゃあどうやったんだ？　秘密を教えてくれよ」

再び陰謀者たちは、満足気な目配せを交わした。そしてベストのポケットから、パームリーは小さな平たい菱形の小片を取り出した。

「これを使ったのさ」彼はくすくす笑った。「ホウヘストラーテンの手はニエムゾ゠ズボロフスキーに、口伝てに届けられた。ドアの側にいた者が見て伝えたんだ。ニエムゾ゠ズボロフスキーの手は書き留められた――記譜法《ノーテーション》で――アカニレの皮のかけらにね。そして手から手を伝ってレノルズに届いたのさ。レノルズはさっと見て――駒を動かし――かけらを口に放り込んで食べてしまうのさ！　僕はチェス・プレイヤーじゃない、トニー。どんな手があるかすら知らない。でもこれは僕の思いつきなんだ、何から何までね！」

ニエムゾ＝ズボロフスキーはまったく英語を解しなかったが、アカニレの皮の小片と、その表面に走り書きする動作が、会話の本筋の説明となった。彼の笑みはさらに広がり、口の周りにもじゃもじゃと生えた髭の間から、ゲラゲラと甲高く勝ち誇った笑い声が上がった。

しかしトニーはまだ完全に満足したわけではなかった。「そんなことをやっていたのなら、君らは卑劣で破廉恥な悪党だな」彼は決めつけた。「なぜゲームの始まりは、あんなにひどかったんだ？」

パームリーの微笑が消えた。「始まりは確かにひどかった」彼は認めた。「危うく負けてしまうところだった」

ストラカンが言い直した。「ニエムゾ＝ズボロフスキーでなければ、負けていたでしょう」

パームリーはうなずいた。「皆が僕にそう言うんだ。さて、僕は駒が動き、アカニレの皮のかけらがレノルズのところに何度も届くのを見たから、何かがおかしいと知ったが、それが何なのか長いこと思いつかなかった。そして突然答えがひらめき、僕は直ちに事態を修正したよ。間違いを見つけたんだ」

「何だったんだい？」

パームリーはチェス名人と同じくらい口を広げてにんまり笑った。「違う言語では、記譜法《ノーテーション》も違っていたんだ」彼は説明した。「ミスター・ニエムゾ＝ズボロフスキーは、自分の手をロシア語で書いていたのさ！」

トニーが最後の意見を述べたのは、友人と二人きりになってからであった。

「慈善事業の冒険だったね」彼はまとめた。「僕らは面白い夜を過ごして、君は二十九ドル五十五セント儲けたってわけだ」

パームリーは笑った。「何も儲かってないよ」彼は訂正した。「ミスター・ニエムゾ＝ズボロフスキーはプロだ。彼は仕事に対して報酬をもらわなければならない。僕は彼に二十五ドルと申し出た。彼は五十ドル要求した。僕は二十六ドルに引き上げた。彼は四十五ドルに下げてきた。僕は二十七ドルに上げた。彼は四十ドルと言った。僕らが最終的に折り合ったのは――」

「いくらだったんだ？」

「二十九ドル五十セントさ」

クラグホーンは突然笑い出した。「じゃあ、今すべてが終わった時点での合計の利益は、五セント玉一枚ってことか」

「五セント玉の損だよ」パームリーは重々しく訂正した。

「なぜだい？」

「アカニレの皮一箱をおごったのさ」パームリーは目をキラキラさせて言った。「それが十セントかかったんだ」

10

遅かれ早かれ、元賭博師にして、いささか不本意ながらも運命の矯正者であるウィリアム・パームリーは、天国の真珠の門の守護天使と対面することになるが、その時、善人J・ハンプトン・ホウヘストラーテンの破滅に関する事実は、間違いなく取り調べられるはずだ。トニー・クラグホーンも審問されるだろう。というのもトニーは目撃者だったからである。スタフォード大佐は、容赦なく尋問されるだろう。七十歳という年齢と、真っ白な髪にもかかわらず、スタフォードは共犯者だったからだ。メトロポリタン・チェス・クラブの一般会員たちも、Aのアールダーズに始まりZのザイサーに至るまで、執拗な質問を受けるだろう。彼らもまた一人残らず、この卑劣な企てに荷担していたのだから。リトル・レノルズも例外ではない——それどころか最も渦中にいたのである。そして偉大なるニエムゾ＝ズボロフスキーその人は、手厳しく追及されるに違いない。

そしてJ・ハンプトン・ホウヘストラーテンを破滅させた件に関わった多くの罪人た

ちが、大いなる門の前で嘆願したり交渉したりしている間、かの善き人自身の霊魂は、悪名高い葉巻を吸いながら、何の問題もなく至福に満ちた場所へ、ずかずかと入っていくことだろう――おそらく。そしてそうした不測の事態が大いに憂慮され、またこの件に関する事実が多少入り組んでいることから、今ここで真実を書き留め、人類の分別ある意見を、温められた空気のように昇らせ、やがて門の尊い守護天使のところまで届かせることで、誤審を阻むことが望ましいのだ。

この話を口伝えに広めよう。目撃者を大勢集めよう。そうすればたぶん、メトロポリタン・チェス・クラブの会員たちは、スタフォード大佐を頭《かしら》に据えて戦闘隊形を組み、集団の一方の端にアールダーズを、もう一方にザイサーを置いて、門を行進しながら通り抜けるだろう。そしてその中のどこかで、人数の多さに隠れてはいるが、リトル・レノルズや――偉大なるニエムゾ゠ズボロフスキー――そしてビル・パームリー自身も行進していることだろう。

そしてかの善人J・ハンプトン・ホウヘストラーテンについては――さあ、どうなっていることやら？

エピローグ

「そのうち」トニー・クラグホーンが言った。「一緒に僕のクラブを全部回ってほしいな」

「何のために？」パームリーが聞いた。

「どのクラブにも、君宛の手紙が届いてるんだ」

パームリーはうめいた。

「君はわかってないんだよ」トニーは得意気に笑った。「自分がどれほど評判になってるかをね。その昔、ゲームでペテンにかけられたと思ったら、ゲームをやめるだけだった。この頃は、引き下がろうとすら思わない。そいつはただ、ビル・パームリーを呼びにやるのさ。ビル・パームリーは、物事をあるべき姿に戻すことができる。他の誰一人としてできなくてもね。ビル・パームリーあるところに、希望ありだ。僕らの標語は、

『まず我らのところへ！』さ。これが君のためにやってきた、ささやかで分別ある宣伝だよ！」

「トニー、君を殺してやりたいよ！」

「それより君は、成長していくビジネスをうまくさばくのに、株式会社を設立するだろうね。ちょっとその可能性を考えてみろよ！　常任奇術師が二、三人、熟練した手品師が一組、早業名人の遊撃隊が一つに、多彩ないかさまカード師を集めた小隊が一つ二つ、みな品行方正なことは保証付きなんだ。訓練の行き届いた小さな組織で——」

「君がそのトップになってね」パームリーがニヤリとした。

「僕以上の適任者がどこにいる?」トニーはしゃあしゃあと言ってのけた。「社長に就任してくれと君が言うなら、喜んで引き受けよう。僕らは仕事を追いかけない。追うものか。仕事の方からやってくるんだ。客一人が一ダース以上も持ちこんで、身動き取れないくらい殺到するぞ。僕たちは豪華な家具のついた部屋に座って、部下たちが小切手の裏書きをするのを見ているんだ。自分たちでは多過ぎてやれないのさ。僕らはいい葉巻を吸って、両脚を机に載せる。そして議論を戦わせるんだ。天気のこと——政治——最新の車——僕の妻の新しい帽子——大資本家が話し合うようなことなら、何でもね。時おり会議に入る。僕らのを手始めに、給料を上げ、配当金の支払いを認め、もっと広い場所に引っ越すことを決め——」

「そしてその頃には、すべてのペテン師がペテンをやめるさ。奴らは廃業する——そして僕らもね」

「ビル」トニーは大真面目に言った。「ずっとそんなふうに暮らせたらいいのになあ！」

堕天使の冒険

1

小さな部屋の空気はピリピリしていた。今にも爆発する、と誰もがはっきりとではなくても、うすうす感じ取っていた。

外のはるか下方の通りからは、深夜のタクシーの喧騒が時おり聞こえてきた。上からは強力なライトの、瞬きもしない光がまばゆく照らしていた。炉棚の上の時計と溢れ返った灰皿は、午前二時であることを示していた。しかしヒマラヤ・クラブのブリッジテーブルを囲んでいる男たちは、それぞれ三回勝負《ラバー》の区切りからゲームに加わったり降りたりしながら、他のことは一切構わず、ゲームに集中していた。

ストレイカーは後に、真夜中からずっと卒中の発作を起こしそうだったと断言した。ビリングズは自分のカードを神経質に握り締め、告発の瞬間を今か今かと待ち構えていた。チザムは相場電信機が彼にとって何万ドルをも意味する変動を打ち出すのを、平然と見ていられる人物だったが、この時は時おり不揃いな口髭の端を噛みながら、自分の見た目が内心の興奮を漏らさないよう願っていた。

他の者たちと同様に、チザムもアンソニー・P・クラグホーン――親しい者の間では

〝トニー〟・クラグホーンで通っている――に、絶大な信頼を寄せていた。何しろ賭け事に関することなら何でもござれの達人だと、自ら認めているのである。しかし数分が数時間に伸び、秀でた額に皺《しわ》一つないクラグホーンが、ヒマラヤ・クラブ――そして彼を招いた者たち――が提供する最上の葉巻をくゆらせ、一言も発しないのを見ていると、チザムの不安は増すばかりだった。

とはいっても彼は、トニーがぼんやり傍観していたと言うつもりはなかった。九時きっかりにゲームは始まった。九時きっかりにトニーは一番座り心地のいい椅子を引き寄せてどっかり腰を据えた。およそ半時間で三回勝負が終わるごとに、六人のプレイヤーたちは次にプレイする四人を決めるため、カードをカットして席を替えた。およそ半時間ごとに、トニーはその場を動かず新しい葉巻を求めた。

十時になって、チザムはトニーをもの問いたげに見つめた。トニーは無邪気な眼差しを返してきた。そこから真夜中までの勝負の合間ごとに、ストレイカー、ビリングズ、ホチキス、ベルはもの問いたげな視線を、黙したままの若者に投げかけた。若者は彼らを見つめ返した――しかし期待に応えることはできなかった。だが前日の午後トニーは、謎を容易に解き明かせると雄弁に語ってみせたのであった。

正確には、それはトニー自身が作り出した謎であった。容疑者ロイ・テリスは、トニーが言葉を選びつつクラブの友人たちに、ロイが驚くほど常に勝ち続けていると指摘するまで、そのように見られてはいなかったのだ。それまでもロイは、ブリッジでたいがい勝っていると認められていた。そして彼が賭け金の高いゲームを楽しみ、それが彼にとって高くつき過ぎることはめったになかったということも。冬の間のロイの勝ち金が、おそらく優に一万ドルに達しているだろうと指摘したのはトニーであった。そして直接非難することなく、ただ時おり、その単純な仕草がロイの評判に必ずしも有益でない瞬間に、意味ありげに眉を上げて見せたのもトニーであった。

　謎を作り出した彼は、それを解決するために招待された。謹んで彼は役目を引き受け、真面目くさって五時間の勝負に立ち会った後、もう一度観戦を希望した。この希望が叶えられると、彼はさらに三度目の機会にも出席したいと言い出した。この結果、彼の友人たちは手ひどい痛手をこうむった。何かが起こるのを待ち構えていたため、つい注意散漫になった挙句、何が起きつつあるかまったく知らないまま冷静かつ正確にプレイするテリスに、大層な額を巻き上げられたのだから。

　チザムは実際、まさにその日の午後、トニーに自らの失敗について説明していた。

「僕は手堅いプレイヤーなんだ」彼は熱を込めて主張した。「教本に従いルールを熟知し、それを改良しようなどとは思わない。無理な宣言《ビッド》（取れるトリック数と切り札の組の宣言）はしないし、他の人間がそうした時は、抜け目なくダブル（相手の競り高に対し得点を倍にすること）を要求する。しかしゲーム全体が今にもメチャメチャになりそうな時に、集中できるわけがないし、自分らしいプレイなどできないよ」

「一点につき二十五セントでも？」

「君が仕掛けた花火が爆発するのを待っている時に、一点二十五セントに何の意味がある？　昨夜の手を見てみろよ。三オッド（勝利に最低限必要な六トリックを除いたトリック数。三オッドは九トリック）がいいところだった。僕は五に競り上げた。僕らしくないだろう？　するとテリスはダブルをコールした——それこそ正気でまっとうな頭のプレイヤーが手の内を明かさないためにやることだ。そして黙って耐え忍ぶ代わりに僕がやったことと言えば、リダブル（相手にダブルをコールされた時、さらに得点を倍にすること）だよ！　クラグホーン、教えてくれ。これがまともな男のやることか？　僕に求められているプレイか？　そしてフィネス（強いカードを残しておいて低位のカードで場札を取ろうとすること）は失敗し、八百点もつけられてしまったんだ」

　トニーは思い出し笑いを浮かべ、「あれは学ぶところの多い手だったな」と述べた。「ほら、君が自分で競り上げる代わりに、彼の四オッドに対してダブルしておけば——」

　チザムは唸《うな》り声を上げて話の腰を折った。「いいか」彼はピシャリと指摘した。「君のブリッジ講義を受けるために、この件に関わらせたわけじゃないんだぞ。講義を受けたいなら、奴とのプレイにかかった費用の十分の一くらいで済む話だ。ゲームにおかしなところがあると言ったのは君だぞ。我々はそれが暴かれるのを待っている。それだけだ」

それから十時間後の午前二時、チザムはまだ待っていた。

こぎれいにめかしこみ、エチケットにやかましいビリングズは、この三日目の夜に、リボーク（場札と同じ種類の札があるのに他の札を出す反則）しているのを見つかり、末代までの恥と感じた。彼は即座に潔く罰金を支払った。実際に手加減しないでくれと言い張った。しかしトニーに向けた目つきからは、言葉をいくつ重ねるより雄弁に、なぜ彼が反則を犯すはめに陥ったかが読み取れた。そしてホチキスは、いらいらして自分のカードがうまく扱えず、役札に役札で対抗しようとして失敗し、得点が加算されると大幅な金額にふくれ上がることとなった。

そして午前二時、ビリングズもホチキスも、ストレイカー、ベル、チザムと同様に待っていた――待ち続けていた。

その偉大な瞬間、長く待ち望まれた瞬間は、思いがけない時に訪れた。二時十五分、男たちは八方塞《ふさ》がりで一時休止していた。チザムは点数を計算していた。彼の仲間たちはすでに小切手帳を開いていた。テリスは腕組みをして、自分の利益の正確な総額がわかるのを待ち構えていた。

その時、トニーは葉巻の先から灰を落とし、口を開いた。「勝ったのはまたもミスター・テリス、ただ一人だ」彼はまるで自分に言い聞かせるようにつぶやいた。「彼が勝ち続けてきたカードに印がついていると言ったら、彼は何と言うだろうね」

その瞬間、テリスは飛び上がった。

「なんと言った、クラグホーン？」彼は吠えた。「なんと言った？」

トニーは一歩も譲らなかった。「僕が言いたいのは」彼は言い放った。「君が印のついたカードで勝ち続けてきたってことさ」彼はそれまでブリッジのゲームで使われてきた二組のカードを取り上げ、両手で釣合いを取ってみせた。「何度でも言うよ」

「こいつ――！」テリスは叫び、彼に猛然と向かっていった。

チザムが大きな身体で割って入った。

「まあ落ち着け、テリス」彼は諭した。「我々はみな、何が起こっていたか知っている。ミスター・クラグホーンは我々のために、いろいろ調べてくれていたんだ」

テリスは周りを取り巻く顔を見回した。

「何だこれは？　陰謀か？」彼は問い詰めた。

チザムは首を振った。「テリス、そんなことをするわけがないことくらい、わかっているだろう。ベルもホチキスも、ストレイカーやビリングズも――みな評判を落としたくない。もちろん僕だってそうだ。我々はミスター・クラグホーンに調査を依頼した。それだけだ」

「で、どうしてまたミスター・クラグホーンに、そんな案件を判断する資格があるっていうんだ？　何の権利があって、ミスター・クラグホーンは僕を非難する？」

全員が一斉に声を上げた。ストレイカーらしき声が言うには、トニーがシュウォーツという男の化けの皮を剝がした場面に居合わせたという。ビリングズもそうした偉業の目撃者で、トニーがいかにしてパーム・ビーチで詐欺師を暴き出したか、その詳細を語って聞かせた。三人目の目撃者チザムからは、すぐさま半ダースもの逸話が出てきた。

トニー・クラグホーンの業績は、彼らの証言からも明らかなように、勝利に次ぐ勝利の長い連続だった。彼の通ってきた道には、目論見をくじかれたいかさま師、奇術師、詐欺師がごろごろしていた。いったん臭いを嗅ぎつけると、彼が狙った相手を倒し損ねることは決してなかった。

友人たちが自分の勝利について語っている間、トニーはふさわしい慎ましさをもって頭《こうべ》を垂れていた。確かにそれぞれの勝利の功績は完全に、ある夏トニーと知り合ったビル・パームリーという控えめな田舎者のおかげであった。そしてトニーは一度ならず何度も、後に有名になったさまざまなエピソードにおける彼自身の貢献など、些細なものだと説明してきた。しかしトニーの説明には説得力が欠けていたようで、友人たちは彼への賛辞を世界の隅々まで遠慮なく吹聴するのだった。

主導的な役割を果たした物静かな若者のことを、彼らが忘れてしまったのも無理はない。農夫で改心した賭博師であるパームリーは、目立ちたいとはつゆほども思わず、表に出ないままでいることを選んだ。ほとんど自動的に彼の月桂冠はクラグホーンに与えられ、抗議にもかかわらず押し上げられた高みの居心地は、クラグホーンにとって不快とはほど遠かったのだ。

テリスがブリッジでずっと勝ち続けていることがトニーの目に留まった頃、彼はこの件にパームリーの興味を引こうとしてみた。それは失敗に終わった。賭博師のキンキンナトゥス（紀元前五世紀のローマの軍人。ローマが攻められた際、独裁官に任命され軍を率いて敵を打ち破ると、地位を返上して農園生活に戻った）であるパームリーは、新たな月桂冠よりも自分の純血種の牛に関心が向いていた。それにクラグホーンの結論に、全面的に賛同しているわけでもなかった。

「トニー、誰かが勝ったからといって、必ずしもそいつがいかさまをしたとは限らないよ」彼はそう指摘した。

「でもこの場合——」

「どんな場合でもだ」パームリーは口を挟んだ。「いかさま賭博で得られた一ドルに対して、おそらく千ドルの正直なプレイで得られた金があるってことを覚えておくんだな」

「そんなことは本気で信じていないくせに！」

「どうかな。でもそう考えたいんだよ」

トニーの熱は冷水を浴びせられたが、すっかり消されたわけではなかった。この件について一晩頭の中でこねくり回した末、彼自身こそ適任であり、ビルの人間性への信頼はごく内輪に見積っても過大評価だという結論に達した。そんなわけでトニーは勇敢にも、難局へと乗り出したのである。

彼はテーブル越しにテリスに微笑みかけた。成功は手中にあり、その味は甘かった。

「印をつけたカードだよ、ミスター・テリス」彼は繰り返した。「印をつけたカードだ」

テリスは周りの一同の顔を見渡し、みるみる自信を失っていった。

「どうやら」彼は口ごもった。「カードに印がついていたとは知らなかったと言っても、無駄なようだな」

「まったくの無駄だね」とトニー。

「僕は公明正大に、ルールに則《のっと》ってゲームをして勝ったんだ」

「言い争って何になる？」ストレイカーが冷たく問いただした。

テリスは力なく見回した。「いや、君たち全員が僕の敵に回っているなら、言い争っても何にもならないな」彼は認めた。「僕に何をしろと言うんだ？」

「つぐなうんだ」

「どうやって？」

「勝った分を戻すのさ」

テリスは鼻を鳴らした。「そんなことするもんか」彼は言い放った。

「もし戻さないなら」とチザム。「このクラブでの会員資格を失うことになるぞ」

「戻したところで」テリスは挑みかかった。「僕が会員資格にしがみつくとでも思っているのか？　僕は君たちがクラブに残しておきたい人間か？　儲けを戻そうが戻すまいが何の違いがある——僕以外の者にとって？　僕はいかさまの現場を見つかったんだよな？　それだけで望ましくない会員ということじゃないか？　もちろん僕は正直にプレイしたと言うし、そう言うと君たちも思っているだろう。だが儲けを返したところで、君たちは僕を信じまい」

「そうするのが正しいふるまいだ、テリス」ストレイカーが静かに言った。

「いかさまを見つかった人間にとって、正しいふるまいが何になる？　いや、たとえ絞首刑になるとしても、羊ではなく狼として吊るされたいね」彼は点数表を手に取り、合計を調べた。「諸君、君たちは僕に借りがある。小切手を書きたまえ」

「なんだと？」チザムが息をのんだ。

「君たちは負けた。払うんだ」

「印をつけたカードのことはどうなった？」

「おや、どうなったとは？　もしカードに印がついていたなら、君が儲けたかもしれないじゃないか。そうじゃないと証明してみろよ」

「こっちは負けたんだぞ！」チザムは唖然として、唾《つば》を飛ばしながら叫んだ。

「それがなんだ？　カードに印がなければ、君はもっと負けていたかもしれない。それは我々全員に当てはまるんだ」この上なく自信に満ちて、彼はプレイヤーたちに笑顔を向けた。「払いたまえ」彼は促した。「払わなければ、君たち一人残らず訴えてやるからな。僕にはもはや、失って困る評判などないから、法廷に行くくらい痛くも痒《かゆ》くもない。だが君たちが世間の注目を大いに集め、新聞の第一面に名前を書き立てられたいと思うなら、借金を踏み倒してみたらいい」

手も足も出ず、陰謀者たちはトニーを見た。「どうしたらいい？」彼らは異口同音に尋ねた。

トニーは肩をすくめた。「それは僕の管轄じゃないな」彼は慎み深く答えた。

ストレイカーは鋭い目であたりを見回した。「ほら、テリスのはったりかもしれないよ」彼は明るい調子で言った。

テリスはニヤリと笑った。「そう思うなら、なぜ本人に向かって言わない？」

沈黙が流れた。そしてビリングズがペンを握り、小切手にさっと書き込んだ。

「さあ取れよ」彼は乱暴に言った。「僕には妻と二人の娘がいる。スキャンダルに巻き込むわけにはいかない」

「その通り」とテリス。「説明すれば納得してくれるだろうと思っていたよ」

一人また一人と男たちは小切手に書き入れ、唯一の勝者に手渡していった。彼はそれらを注意深くポケットに入れ、立ち上がり、陰謀者たちを見回した。「諸君」とつぶやいた。「それでは失礼するよ。貧しくとも正直な我が家へとね。それと最後にもう一つ頼みがある。今夜この部屋で起きたことは、他言無用に願いたい。一番の親友にもしゃべるんじゃないぞ」

ストレイカーは大声で笑った。「しゃべるなだと？」彼は甲高い声を上げた。「しゃべらないと思うか？　何が起こったか、二十四時間のうちにこのクラブの全員が知ることになるだろうよ！」

テリスは不吉な笑みを浮かべた。「その場合、ストレイカー」彼は警告した。「名誉毀損で訴えられても驚くなよ」

「なんだって？」

「君たち一人残らずだ」戸口で彼は間《ま》を取った。「君たちの間で僕の評判を貶《おとし》めるのは避けようがない。いずれにせよ、それについてはすでに徹底的にやっているようだからな。だが君らの誰かがこの部屋の外で、僕を一言でも悪く言ったという話が聞こえてきたら、仕返しするかって？　ああ、するともさ！　しかも思い切りな！　印をつけたカードだと？　誰がゲームに持ち込んだ？　それで誰が得をした？　誰が得しなかったんだ？」作り笑いを浮かべながら、彼はドアを開けた。「諸君、よく考えることだ！　ことを起こす前によく考えろ——そしてやめておけ！」

掛け金がカチリと鳴り、彼は出て行った。

苦痛に満ちた沈黙を最初に破ったのはビリングズだった。「もう一度このような勝利をすれば」彼は独り言を言った。「我々はみな破産するだろう（古代ギリシャのエペイロス王ピュロスの言葉「もう一度このような勝利をすれば、我々は破滅するだろう」の引用。割に合わない勝利の意味）。これからどうしたらいい、クラグホーン？」しかしその御仁は、立ち止まったものの新しい葉巻に火をつけただけで、賢明にも戸口まで退却していた。

「これからどうしたらいい、クラグホーン？」ホチキスも繰り返した。

トニーは肩をすくめた。「それは僕の管轄じゃないな」彼は慎み深く答えた。

彼が背後でそっとドアを閉めて去ってからかなり後も、陰謀者たちはテーブルを囲んで座り、意見を述べ合い、助言をやり取りし、互いの不運を慰め合った。しかしそれは面白くはあっても、この話とは関係ない。

2

物事には常にさまざまな見方があるものだ。たとえば公平な審判は、我々が物語ってきたエピソードを、ミスター・アンソニー・P・クラグホーンの大勝利と見なすのをためらうかもしれない。しかしクラグホーン自身は、何の疑問もなく大勝利として語った。彼は詐欺師の正体を暴くことを企て、成功した。彼の友人たちに巨額の出費をさせた計画だったということは、目的を達したという事実に比べれば大したことではなかった。実のところ、「大勝利」よりも強力な言葉を使わなかったのは、単にそれより強い言葉を思いつかなかっただけのことだった。

愛らしい妻に向かい、彼は自らの手柄をご満悦の体《てい》で語って聞かせた。彼女はカードのことは何も知らなかったが、トニーはとにかく褒められたくて、妻の称賛でもないよりはましだったのだ。しかし何よりも重要なのは、ビル・パームリーから認められることであり、それこそトニーが熱烈に待ち焦がれているものだった。幾度となくビルが奇妙にも思える道筋を進み、数多くの勝利の一つ一つの基礎を固めていく間、トニーはわけもわからず傍観していた。トニーの役割は観察し、驚き、入念に練られたそれぞれの作戦から導かれた結論に、拍手喝采することだった。

今や役割は逆転した、とトニーは謙虚にも感じていた。友人からの助けがなくても完全に主導権を握り、彼――トニー――が攻撃を仕掛けて、上々の結論にたどり着いたのだ。トニーが偉ぶることなく説明する間、今回はビルの方が聞き役に回る番となる。期待に胸を躍らせながら、トニーは一刻も無駄にせず、パームリーが隠遁している小さな町へあたふたと向かった。

「何かおかしいと確信していたよ」トニーはもったいぶって話し始めた。「そう、前からね。ずっと前からだよ」

「僕があれほど言ったのに?」ビルが尋ねた。

「君がなんと言ったって?」トニーは忍耐強く聞いた。

「いかさましなくても勝てるってことを、君に納得させようとしただろう」

「ああ、そうだね。覚えているよ」

「いかさま賭博で得られた一ドルに対して、正直なプレイで得られる金はおそらく千ドルになるだろうとも言ったよな」

「それも覚えているさ」トニーは認め、葉巻に火をつけた。「だが人間性というものを君は――何というか――過信しているんじゃないか？　今回の場合、容疑者は――彼の名前は伏せておいた方がいいと思うが――降参してすべてを認めたよ」

「おやおや！」とビル。「話を続けてくれ」

「この件を注意深く調べてみた。消去法を使ったんだ。ゲームはブリッジだった。だからある種のいかさまは役に立たない」

「その通り」

「たとえば隠し札などは、何の価値もない」トニーは言い、隠し札の本質について、その奥義を伝授した当の人物に説明し始めた。「隠し札というのは」と彼は自分からありがたい講釈を買って出た。「プレイヤーが手札として使う時まで、一枚ないし数枚のカードを隠しておくためのいかさまなのさ」

　ビルの落ち着いた表情には、微笑みの気配すら浮かんでいなかった。「そんな仕掛けがあると、聞いたことはあるな」彼はつぶやいた。

「そうとも。だが今まで君に説明してきた通り、容疑者――名前は言わない方がいいだろう――がそれを使えたはずはない。完全なカード一組の中に五十三枚目のカードを持ち込むことになるし、そうすればたちまち見破られるからな。ほら、テリ――容疑者が五枚目のエースを自分の手札に差し込んだら、必然的にそれは他の誰かの手にあるエースと重複することになる。すべての札が配られる場合、隠し札は意味がなくなってしまう」

ビルは絨毯をじっと見つめ、「まったく意味がないとも言えないよ」と修正した。

「まったく無意味だ」トニーは言い張った。

「隠し札はカードを配る際に使われるかもしれない」ビルは自らに言い聞かせるようにつぶやいた。「その――エヘン！――容疑者はエース四枚にキング四枚をすべて隠しておき、それらを抜いた一組のカードを誰かに切らせ、配る時に隠した札を自分に配るかもしれないよ」

「なんだって？」トニーは息をのんだ。

ビルは淡々と続けた。「もちろん、そんなのは極めて荒っぽいやり方だ。ずぶの素人でもなければ、そんなごまかしをやろうとは思わない。本当に抜け目ないブリッジのプレイヤーなら、最高のカードがパートナーの手に渡るようにするだろう。パートナーがグルになる必要はないんだよ。十分過ぎるほどのエースやキングを与えれば、ノートランプ（切り札なしの宣言）で勝負することになるだろう？　まったく無作為に、パートナーは正しいビッドをするというわけだ。テーブルの真向かいに座っているいかさま師にとっては、確実にそれができるカードを、パートナーに渡すだけで十分なのさ」

「なんてことだ！」トニーは吐き出すように言った。「そんなことは考えもしなかった！」

「五十二枚のカードの一枚が重複することのないように、隠し札を使うやり方はまだまだあるけど、それを話し合う必要はないな。先をどうぞ、トニー」

出鼻を挫《くじ》かれたように感じながら、青年は話を続けた。「正しいか間違っているかはともかく、容疑者は隠し札を使っていないと確信した。使っていたと思うか、ビル？」彼は心配そうに尋ねた。

「いや」

「僕は消去法を進めていった。いかさまのやり方にはいろいろある。ブリッジではそのほとんどは役に立たない。だがあるいかさまなら、どんなカードゲームにも使える」彼は間を置き、長い人差し指を友人に突きつけた。「僕が言っているのはもちろん、印をつけたカードのことさ」

「ははぁ！」

「僕はカードを念入りに調べた。印はなかった。だが僕はすべてを大胆なはったりに賭けてみたんだ」トニーは得意そうに高笑いした。「効果てきめんだったよ。私は勝ち取ったすべてを山となし」彼は誤って引用した。「それらを残らずただ一度の――ただ一度の――続きを忘れてしまったよ」（ラドヤード・キプリングの詩『もしも…』。正確には「もし君が勝ち取ったすべてを山となし、それらを残らずただ一度のコイン投げに賭けることができるなら――」）

「詩はいいから、何があったか教えてくれ」

「僕は心理的瞬間をつかんだ。得意なんだよ――心理的瞬間をつかむのがね――それで大胆にも、印のついたカードを使ったと、テリー――容疑者を非難した。そんなものを使っていないことは十分わかっていた。ほら」――トニーは大きなポケットからカードそのものを取り出した――「これがそうだ――印はついていない。でも僕には人間性ってものがわかっているから、確信していたんだ。いかさまをしたと詐欺師を責めたら――えへん！――陥落するとね。奴が使っていた方法そのものを、たまたま言い当てたかどうかは問題じゃない。非難だけで十分だ」

「効果はあったのか？」

「完璧にね。テリー――容疑者は黙り込んだ。黙るというのは告白したも同然だ」

ビルは微笑し、「そうかな？」と問いかけた。「もしそうなら、眠っている人間は、どんな罪でもすべて有罪ということになる」

「容疑者は万事休すと悟ったんだよ」

「たぶん彼一人に対して、君たちがあまりにも多くの銃を向けていると感じたんだろうね。君――と仲間たちが――有罪だと確信していたら、無実を訴えたところで何になる?」

「僕はその――エヘン!――容疑者を正当に扱うよう、細心の注意を払ったよ」

「なぜ彼を名前で呼ばないんだ? ロイ・テリスと?」

「どうして知ってる?」トニーは息をのんだ。

「そんなことはどうでもいい。続けろよ」

しかしトニーは驚愕のあまり、続けることができなくなった。「どうして知ってる?」彼は問い詰めた。

ビルは首を振った。「いったいなぜだ?」「とりあえずその話は置いておこう。君の話を最後まで聞かせてくれ」

トニーは当惑して友人を見つめた。彼は大勝利となるべきこの瞬間を待ち望んでいた。現実になってみると、予想したほど満足のいくものではなかった。彼は震える手で額を拭った。「たぶん君もこの話を、最後まで語れるんじゃないか、ビル?」

「おそらくね。テリスは何一つ認めなかった。テリスは何も否定しなかった。儲けた金を返すのを断った。度胸があるよ。たいした男だ。弁解の余地はないと悟ったんだろう。より良い機会を待つことにしたんだな」

トニーはしぶしぶうなずいた。「ほとんどその通りだ」彼は不服そうに認めた。

「君はテリスが、印のついたカードでプレイしていたと非難した。彼はもしカードに印がついていても、それで得はしていないと言い返した。そして彼は、結局のところごもっともな結論をつけ加えた。印は君の友人たちの利益になったかもしれない、とね」

「明らかに馬鹿馬鹿しいよ」トニーは評した。「カードに印はなかったんだから」

「君が思うほど馬鹿馬鹿しくはないよ」ビルは訂正し、その顔には厳しい皺が寄った。

「このカードには印がつ、い、て、い、る、からね」

3

「驚き」という言葉は時に、心の状態を表すのに弱すぎることがある。実際、友人が筋の通った正確な言葉で、簡潔に告げた時のトニーの反応を描写するには、英語の辞書を綿密に検討し、刷新し、内容を拡張しなければならないだろう。

トニーは顔から飛び出しそうな目でビルを見つめ、二、三度口を開け、唇をなめ、唾が飛びそうな勢いで「な、なんだって？」と言った。

「僕が言ったのは」ビルは繰り返した。「このカードには印がついているってことさ」

「でもそんなはずはない！」トニーは激昂した。「わからないのか？　それはひとえに僕のはったりのうまさなんだよ――カードには何の細工もなかったのに、何かあると彼に信じ込ませることができたんだ」

ビルは冷ややかな笑みを浮かべた。「時にははったりが、はったりでなくなることがある。暗闇で当てずっぽうに撃ったら、的の真ん中に当たることもある。時に善意の間抜けが、君みたいなね、トニー、露ほども疑わずに真実を言い当てることがあるのさ」

「でもそんなのあり得ないよ！　そのカードはすべて、拡大鏡で丹念に調べたんだ！　一度ならず十二回もだぞ！　何一つ見つからなかった！」

「トニー、君は何を探すべきかわかっていなかったんだ」ビルは近くのテーブルに、六枚のカードを広げた。「まず第一に、これらのカードはよくある模様ではない。真ん中の二人の小さな天使に気づいたかい？　『エンジェル・バックス』という名で知られているカードだ！」

「クラブから支給されたカードだ」

「そうだろうね」

「ここ八ヶ月というもの、ヒマラヤ・クラブではこれ以外のカードは使われなかったよ」

「ではこっちはどうだ？」ビルは二つ目の一組《パック》から、六枚のカードをテーブルに広げてみせた。

トニーはそのありきたりな幾何学模様のカードを、ちらりと見ただけだった。「ああ、それか？　良い方のカードが残り少なくなってきてから、クラブが仕入れている下級品だ」

「エンジェル・バックスは上級品なんだね？」

「もちろんだ。一目見ればわかる」

ビルは昔を思い出すように、半ば目を閉じた。

「僕が賭博師として生計を立てていた頃――まだこつを学んでいた頃には――エンジェル・バックスはよく目にするカードだった。良いカードさ。高価だが、その価値はあった。だんだん使われなくなってきたよ。より安いカードに取って代わられたんだ。近頃は誰も品質なんて気にしない。肝心なのは値段だけだ。実際、これはここ数年で久々に見たエンジェル・バックスのパックだ。もう製造されていないのかと思っていたよ」

トニーは辛抱できなくなった。

「話を戻そう、ビル」彼は懇願した。「カードに印がついていたと言ったね。どっちのパックだ？　どういう風に印がついている？」

「エンジェル・バックスさ、もちろん。天使たちをよく見てみろよ」

「何も見えないぞ」

ビルはニヤリとした。「この天使はたとえば、泥の中を歩いてきたらしい。右足が元々の姿ほどきれいじゃない」

「それがどうした?」

「こっちの天使は明らかに片手を泥に突っ込んだね。汚れているだろう。この三人目は泥に跪《ひざまず》いたんだ。片膝についている。そして四人目は宙返りをしたに違いない。顔色がはっきりと浅黒くなっている」

「まさか!」トニーは叫んだ。

「パックを全部調べてみろよ」ビルは促した。「そうすれば風呂に入らなくていい天使は、一人としていないことに気づくだろう。そしてまた――これはおそらく単なる偶然の一致だが――キングは右肩に印があって、クイーンは左肩に、ジャックはウエストのラインにあり、一組全部がそんな風になっているとわかるだろう。天使は小さく――印はさらに小さい――しかしそのつもりで探すと、明らかについているんだ」

何も言わずトニーは拡大鏡をさっと取り出し、カードの上に屈みこんだ。「君の言う通りだ!」彼は興奮して言った。「君の言う通りだ。これで僕の件も間違いなく証明できる」

「どういう意味だ?」

「テリスは印のついたカードを使っていた。僕の推量は的を射ていたんだ。テリスはゲームの進行中に、カードに印をつけていたんだよ」

「こんなに精巧に印をつけたって? こんなに正確に? トニー、そんなはずはないだろう！」

「だがゲームの最中でも印をつけられたはずだ」

「ああ――刺したり色の点をつけたりであればね。でもこんな風に印をつけられるか？　それぞれの裏の細かい仕様を選んで、こんなに整然と点を打てるか？　これには時間と技術と、人目につかない環境が必要だよ。印をつけた人物は自室でやったんだ」

「つまりテリスは印のついたカードを持ってきて、我々が使っていたものと入れ替えたってことか？」

「考えにくいな」

「なぜだ？　やれたはずだぞ」

「ありそうにないよ。高位のカードだけじゃなく、パックのどのカードにも印がついているのがわかるだろう」

「それがどうした？」

「その目的は何だ――ブリッジで？　本当にうまいプレイヤーは、七や八くらい下のカードも重視するだろう。でも三に対してフィネスするなんて聞いたことがあるか？　四は？　五は？　まともな奴なら、どうしてわざわざそういうカードに危険を冒して印をつける？」

トニーは額に皺を寄せた。「たぶん」彼は思い切って口にした。「たぶん、カードに印をつけた奴は、徹底的に仕事をしないと気が済まない質《たち》だったんだ。いったん始めたら、いつやめるべきかわからなくなったのさ」

ビルはきっぱりとかぶりを振った。「そんなはずはないよ、トニー。まったくもっておかしい。素人ならそういうこともするかもしれない——君も最初の一度くらいはやってみるかもな。だが我々が捜しているのはプロだ。でなければ僕は賭博や賭博師のことなど、何もわかっちゃいないってことになる。この仕事の美しさときたらどうだ！　この影が裏の色に完璧に調和しているのを見てみろよ！　それに覚えておいてくれ、彼が二や三に印をつけたとしたら、必ず理由があるんだ」

トニーは肩をすくめた。「理由があろうとなかろうと、たいして意味があるとは思えないね」

しかしビルはすでに時刻表を調べていた。「次の上り列車は四十分後に出発だな」彼は言った。「荷造りするよ」

トニーは驚いて彼を見た。

「二と三に印がついていたからって、街までいくのか？　実際のところ、その意味に重きを置きすぎていると思うよ」

「そのためだけなら面倒だろうね」とビル。彼は立ち上がって友を鋭い目で見た。「まず第一に、そのことがロイ・テリスの無実を証明するからだ」

「どうやって?」

「彼はブリッジ以外のゲームはやっていなかったと思うが」

「ああ、その通りだ」

「だが、このカードに印をつけた人物は、ブリッジをしようなんて考えてもいなかった。それが第二の点だ、トニー。カードに印をつけた奴は、ある極めてもっとも至極な理由で、小さな数のカードも無視しなかったのさ」

「どんな理由だ?」トニーは馬鹿にしたように尋ねた。

ビルは鞄を開けると、着る物を乱雑に投げ入れ始めた。そして友を見て笑いかけ、話そうと口を開き、閉じ、また微笑みかけた。

「トニー、まだピンとこないのかい?」ついに彼は問いただした。「このカードに印をつけた男は、ポーカーをするつもりだったんだ!」

4

パームリーが街まで同行する場合、他の時であればトニーは浮き浮きした期待感で満たされたものだった。それは常に、犯人捜査が本格的に始まったこと、罪人が必ず最終的に暴かれる追跡が進行中ということを意味していた。かつてのトニー——好奇心を極限までかき立てられるくらいには知らされていても、求める答えまでは知ることができない、恵まれた観客――は、楽しいスリルに次ぐスリルを満喫していたものだった。一度ならず半ダースに及ぶ回数、パームリーがよく訓練された猟犬のように匂いを嗅ぎつけ、絡《から》まりを解きほぐし、追跡の末に驚きの結末にたどり着くのを見ていた。トニーは見つめ、不思議の念に打たれ、称賛した。ここには鉄板から下ろされたばかりで熱々の、最も食欲をそそるやり方で給仕されたドラマがあった。以前はクラブで、センセーショナルな新聞の見出しから主な楽しみを得ていたが、直接味わう一つのスリルこそ、印刷で中継された一ダースに匹敵すると悟るようになった。そのすべてが限りなく楽しかった――しかしこの時に限って、トニーは愉快さのかけらも感じなかった。

彼はむっつりとして窓の外を眺め、憂鬱な回想にふけった。カードには印がついていた。テリスは無実だった。その二つの事実は、トニーも認めざるを得ないほど、実に明白だった。それはとりもなおさず、昼の後に夜が来るくらい当然のこととして、彼自身の特別な仲間の一人が犯人という結論にたどり着く。チザムかビリングズかホチキス、ベル、あるいはストレイカーのうちの誰かが。トニーは車輪の音を伴奏にして、そのリストをじっくり吟味した。犯人捜査は他の何にも劣らない娯楽だと彼も認めていた。しかし自らの友人の誰かが犠牲になると思うと、その熱狂もなぜかしら冷めてしまうのだった。

半時間ほど鬱々《うつうつ》とした考えにふけった後、彼は隣にいる物静かな田舎者の方へ振り向いた。「ビル」おずおずと切り出した。「街に着いたらヒマラヤ・クラブへ行きたいんだろうね」

「その通りだよ」

「その必要はないんじゃないかな」

「なぜだい？」

「そのつまり、実際、君に捜査してくれと頼んだわけじゃないからね」

「ああ、構わないさ」ビルは鷹揚《おうよう》に答えた。「頼まれるまで待たないから」

トニーの声は遠回しな非難の色を帯びた。「こうは思わないか？」彼は如才なく尋ねた。「頼まれるまで待つ方が良いって」

ビルは笑った。「つまり僕が出しゃばっていると――」

「そんなことは言っていないよ」

「ああ、でも君はそう思っている」彼はクラグホーンを鋭い目で見た。「トニー、君は暗闇で当てずっぽうに撃って、間違った男を倒してしまったんだ。ロイ・テリスをあくどい賭博師――いかさま師、泥棒――と決めつけ、まっとうな社会にふさわしくない輩《やから》と見なした。そんな汚名を着せておくつもりかい？」

「いやいや、とんでもない」トニーは声高に言い始めた。「そんなつもりは毛頭――」

「もちろんそうだろう」ビルはさえぎった。「君ほどの公平で真面目な人間なら、とてもそんなことは許しておけないはずだ。テリスの疑いは晴らしたい――一点の曇りもなく――ただ」――そしてビルは抜け目ない笑みを浮かべた――「ただ僕が、君の大事な親友たちの誰かのせいにするんじゃないかと恐れている。そうだろう?」

トニーはうなずいた。

ビルはニヤリとした。「それはあり得るね。間違いなく。否定はしないよ。もし誰かをやっつけようとして、手段を選ばないなら、君の友人たちの誰にでも有罪宣告できる――あるいはそれを言うなら、君自身にもね」

「僕にもだって?」トニーは喘《あえ》いだ。

「そうだとも。その印のついたカードをどうやって手に入れた?」

「どうやってって、テーブルから取ったんだよ」

「じゃどうしてそこにあったんだ? 君自身が印をつけたんじゃないとどうしてわかる? 君と友人たちが、テリスから巻き上げようと結託したんじゃないと、どうしてわかるんだ?」

今度はトニーがニヤリとする番だった。「僕らは負けたんだぞ」

「テリスに対してはそうだろうね。でもその前の晩、同じ仲間たちで他の誰かから大勝ちしただろう――どうした?」

「なぜそれを知っている?」

「たいしたことじゃない」とビル。「とにかく知っている――それで十分だ。それだけに狙いを絞れば、生贄《いけにえ》を見つけるなんていかに簡単か、教えてやろうとしただけさ。君と友人たちは朱に交わったというわけだ、トニー、そして朱に交われば赤くなる」

トニーの頭はくらくらした。「じゃ、つまり」とせきこんで尋ねた。「罪人はチザムか――ビリングズか――ストレイカーか――ベルか――ホチキスか――あるいは――あるいは――僕だというのか？」

ビルは笑った。「君の慰めになるなら――きっとなると思うが――秘密を教えよう。彼らの誰一人として疑っていないよ――あるいは君のこともね」彼は真面目な顔で訂正した。

トニーはずっしりとした重しが、ふわふわと簡単に浮かび上がるような気がした。

「本当に？」彼は叫んだ。

「僕らが探しているのは、プロのいかさま師だ」とビル。「覚えておいてくれ。しっかり肝に銘じておくんだ。トニー、君自身と奈落の底との間にあるのはそれだけだ。君は友達のことを心配するあまり、他に疑わしい人物がいることを、すっかり見過ごしている」

「誰だ？」トニーは答えをせがんだ。

「トニー・クラグホーンだ」ビルは言い――友人の仰天した顔に笑いかけた――「トニ

ー・クラグホーンは僕とずっと行動を共にしてきたから、いかさまの手法の知識を直接仕入れている。その知識を使わなかったとどうしてわかる？　理論を実践に移していないと、どうして言える？　そうすれば儲かるだろう——たんまりとね——しかも隠しおおせるかもしれない、いやトニー」とビル。「ロイ・テリスは安全だ。今我々が目を向けるべきなのはトニー・クラグホーンだ。そして僕が街へ行くとすれば、何とかして彼を救うためなのさ」

トニーはすっかり言葉を失い、その後の旅の間はずっと静かにしていた。

5

二人の男がヒマラヤ・クラブへ入っていったのは、繁忙時間の狭間だった。垂木つきの食堂で毎日昼食を取る常連たちは去った後で、カードルームで午後遅くから早朝まで、賭け事を試みるさらに多くの常連たちは、まだ到着していなかった。

「もっと後に出直した方が良さそうだ」とトニー。

「ここで待てばいいじゃないか？」とビルは提案し、テーブルについた。「トニー、コールドハンド（持ち札を全部見せること）でプレイするのはどうだ？」

トニーは疑わしげな目で友人を見た。「何を賭けて？」彼は尋ねた。

「何も賭けなくてもいいだろう？」ビルは答えた。「賭けずにプレイするのさ——ただ楽しむためにね」

トニーは半信半疑で同意した。普段ならこの友人に対して、暗黙の信頼で満たされているのだが、列車の中での経験は、彼の心の安定をひどく揺さぶった。彼――トニー――は疑われていたのだ。だからビルのどんな動きも、自分にとって危険につながるかもしれない。ぼんやりした不可解なやり方で災厄は迫っている――ごく罪のない見た目を装って。

いかにもやる気のない様子で、彼はテーブルにつき、呼び鈴《りん》を鳴らしてカードを持って来させた。

ビルは箱を眺め、開けようともしなかった。「このカードは好きじゃないな」彼は告げた。「エンジェル・バックスはあるかい？」

「かしこまりました」男は言った。

トニーの疑いは倍増した。「カードがどうかしたのか？」彼は尋ねた。

「もっと質の良いカードでプレイしたいんだ」田舎の青年はきっぱり言った。ウェイターが希望した模様の箱を持って戻って来るのを見て、彼の目は輝いた。

彼は封《シール》を破り、箱を開け、カードを半分に分けて慎重に切った。

「こっちの方が好みなのか？」トニーは聞いた。

「ずっと良いね。はるかに良いよ」彼はカードの表を伏せ、驚くべき速さで配った。

「ハートのキング、ダイヤの二、ハートの八、スペードのエース、クラブの三、スペードの七、ハートの十、クラブの七、ハートの五、ハートの七」

「何だこれは？」トニーは問いかけた。「手品か？」

ビルは肩をすくめた。「何とでも言えばいいよ。だが君のカードを見たら、ハートのフォーフラッシュができているはずだ。カードを引いたら手が完成するよ。山の一番上のカードもハートだからな」

「それで君は？」トニーは息をのんだ。

「スリーカードさ。ただのスリーカードだ」ビルは微笑んだ。「七が三枚のね」

「そしてカードを引いたら四枚になるのか？」

「それはあまりにあからさまだろう。いや、フルハウスで十分だ。君のフラッシュに勝てるよ」

トニーは大声で笑い出し、「わかったぞ！」と叫んだ。「もちろんわかったさ！」

「何がわかったって？」

「君があらかじめカードを仕組んだってことさ！」

「実に明らかだね」

「印のついたカードに取り換えたんだから、難しいことじゃない――田舎に持って行ったやつだ――ウェイターに渡された新しいものとすり替えたんだ！」

「そうかな？」ビルは挑みかけた。

「だってこのカードには印がついている！」

「その通り」

「同じパックのはずだ。でなければ——」

「さあ、言ってみろよ」

「でなければ」トニーは言いよどみ、額に冷や汗が突然噴き出した。「でなければこのクラブのエンジェル・バックスには、全部印がついているってことになる！」

ビルはにっこりした。「それこそ僕が見つけたかったことさ」彼は認めた。「おそらくこれらはすべて——こう言えるかな？——堕天使ってわけだ」

何も言わずトニーはウェイターを呼んだ。「もう一つ——いや二つ——エンジェル・バックスをくれ」彼は嚙みつくように言った。

ウェイターはかぶりを振った。「申し訳ありませんが、それは無理です」

「なぜだ？」

「エンジェル・バックスは大変品薄になっておりますが、会員の皆様は他のカードよりお好みになります。品質が良いのです。支配人からは、一つの集まりに一パック以上お渡ししないよう、言いつかっております」

トニーはポケットから紙幣を取りだした。「エンジェル・バックスをあと二つだ」彼は繰り返した。「わかるな？」

「できる限りやってみます」とウェイター。彼は数分後、一つだけ手にして戻ってきた。

「二つはご用意できませんでした」彼は謝った。「もう残り一グロスを切っているのです。これだけでも規則を犯しておりますので」

黙ったままトニーは、未開封のパックを友人に差し出した。「開けてくれ、ビル」

パームリーは両手を背中に回した。「君が開けろよ。またすり替えたと責められるかもしれないからな」

無言でトニーは封を破り、箱を逆さにして、カードがテーブルに流れ落ちるにまかせた。

「どうだ？」ビルは問いかけた。

「ここに印――これにも印。一枚残らずだ！」

「堕天使か！」パームリーはつぶやいた。「堕天使！　トニー、支配人と話をした方がいいんじゃないか？」

トニーは拳を固めた。「もし印をつけたのが奴なら、十分でクビにしてやる！」

「何だってそうカッカしているんだ？」ビルはなだめた。「いかさまをして、支配人に何の得がある？　僕たちが探しているのは彼じゃない。請け合うよ」

彼はいきり立った友人が支配人を呼び出し、ことの次第をその御仁に説明する間、静かに聞いていた。男はカードを調べ、青ざめて唇を噛んだ。「これはまったく」彼は口ごもった。「まさか――まさかこんなことが――」

「そうだとも！」トニーは決めつけた。

「この目で見なければ、とても信じられなかったでしょう。とうてい――あり得ない！」

「これをどう説明する？」

「わ――わたしはできません」

「君がやったんじゃないと、どうしてわかる？」

「そんな、わたしはこのクラブに二十八年も勤めております！　今さらこの年で手のひらを返して、つまらない詐欺師になるわけがございません。まったく、そんなことができるとお思いですか？」

ビルは会話に割って入った。「エンジェル・バックスは、あとどのくらいあるのかな？」

「一グロスを切っております」

「なぜもっと注文しないんだい？」

「いたしました。仲買業者が注文に応じられなかったのです」

「ほう！」ビルは半ば目を閉じた。「エンジェル・バックスを最初に買ったのはいつ？」

「一年前くらいです。それについてお話ししましょうか？」

「頼むよ」

「通信販売の会社から、見本のパックが送られてきたのです。インターナショナル・サプライ社という会社でした」

「そこの住所は？」

「ニューヨーク・シティ、タイムズ・スクエア駅の郵便局留めでした」

「続けて」

「見本品は頻繁に送られてきますが、その見本は非常に質が良かったのです」

「エンジェル・バックスだね――もちろん！」

「それだけではなく、そのカードは驚くほど安かったのです。あまりにも安かったので、実のところ、クラブはもっと質の悪いカードと同じ値段でそれを売って、儲けを出すことができたほどです」

「怪しいとは思わなかったのかい？」

「インターナショナル・サプライ社が説明したところでは、この型は製造中止が決まっているが、手元に大量に残っている。もし全部引き取ってくれたら、特別価格にするというのです。わたしの一存で購入したわけではございません。わたしはこの件を、クラブの委員会に諮《はか》りました。購入するようにとのことだったのです」

「他には？」

「それですべてです。会員の皆様は、申し上げたように、これをお気に召しました。わたしどもは何ヶ月も、こればかり使っておりました。そうするうちに、エンジェル・バックスが品薄になってきたのです。そこでさらに購入しようとしました」

「だがインターナショナル・サプライ社への手紙は、宛先不明で戻ってきたんだね？」

「そうです。彼らは廃業していたのです」

ビルは微笑んだ。「この臭いの跡は追うほどに、ますます面白くなってくるな」彼は友人の方を振り向いた。「トニー、次はどうする？」

「残りのカードを調べるよ、もちろん」

ビルの目はきらめいたが、真面目くさってうなずいた。「君がやったらどうかな、トニー。百以上のパックが残っているから、時間がかかるぞ。でもやり遂げてくれ。一つ残らず調べて、表にまとめるんだ」

6

熱しやすい友人が去っていくと、ビルは支配人を自分の側《そば》の椅子へ手招きした。「聞きたいことがたくさんあるんだ」彼は切り出した。「だがミスター・クラグホーンには、あと一時間は安全に、邪魔にならないところにいてもらおう。彼は倉庫のエンジェル・バックスを一組一組調べるだろうが、カード全部に印がついているのがわかるだろうよ」支配人は話の続きを待っていた。「まず最初に、このクラブの会員は入れ替わりが激しいだろう？」

「どういうことでしょう？」

「新たな会員が選出され――古い会員が辞める、あるいは来なくなるってことだよ」

「いかがなものかと思うほど頻繁ですね、ええ」

「だいたいでいいから、一年前にはよく来ていたのに、今は来なくなった会員はどのくらいいるだろう？」

「おそらく二十人ほどかと」支配人は答えた。

「彼らの名前を紙に書いてくれ」

彼はその通りにした。

「高い賭け金でプレイするのは、ここではよくあることなのか？」ビルは続けた。

「いつものことでございます」

「だがその二十人全員が、ポーカーをやるわけではないだろう」

「ええ」

「他のゲームをやる者の名前に、線を引いて消してくれ。それで何人残る？」

「ちょうど十二人です」

「では、他の角度から見てみよう。この一年以内に、クラブで大勝ちした者がいただろうね？」

「はい。少なくとも八人から十人はいらっしゃいます」

「そのうち何人が、ポーカーで勝っている？」

「五、六人です」

「彼らの名前を書いてくれ。二つのリストを比べてみよう。大勝ちした者――ポーカーで――の中で、来なくなった者は何人だ？」

「一人だけです」

「それは簡単に説明がつくんじゃないか？　大勝ちしている者は、来なくなったりしないものだ。勝ち続けている限り、ゲームに執着するものだからね」

「当然ですね」

「しかし、大勝ちしていたある男が――ポーカーで――運が変わるのを待たなかった。クラブに来なくなった」

支配人はうなずいた。「ずっと不思議に思っておりました。その方はポーカーをやり、ここの部屋のテーブルについた方たちの中で、最強のプレイヤーだと評判でした。六ヶ月ほぼ毎晩プレイをしておられましたが――」

「それから？」

「まったく理解できないのですが、ただいらっしゃらなくなったのです」

ビルは相手を鋭く見つめた。「その男は——面白いことにたまたま——一年ほど前に選出された会員じゃないかい？」

支配人は飲み込めてきた様子でうなずいた。「そうです。ミスター・アシュリー・ケンドリックは、エンジェル・バックスを買った一週間後に推薦されました。会員選出委員会はずっと、基準が甘いことで知られているのです。ヒマラヤに入るのは簡単です。ミスター・ケンドリックは、名前が公示されてから五日後に選出されました」

「彼はポーカーをやるんだね？」

「はい」

「エンジェル・バックスで？」

「はい」

「それで勝っていた？」

「必ず」

「そして六ヶ月後、カードが少なくなり始めた頃、来なくなったんだね？」

「いえ、違います」

「どういうことだい？」

「来られなくなったというところは合っています。でもその時点ではまだ、エンジェル・バックスは少なくなってはいませんでした」

ビルは口笛を吹いた。「ますます面白くなっていくぞ！」

「その頃はエンジェル・バックスしか使っていなかったのです。十分貯えておりましたから。ミスター・ケンドリックはある晩、ただおいでにならず――それきりでございました」

「彼の住所はあるかい？」

「ええ、でも役には立ちません。住所はまさにここでしたから――ヒマラヤ・クラブ気付でした」

「転送先の住所はないんだろうね？」

「必要なかったのです。加入されてからここで過ごされた最後の晩まで、ミスター・ケンドリックには手紙一通来ませんでした」

この重大な局面で、トニー・クラグホーンが鼻息も荒くこの場に押し入ってきた。

「ビル」彼は宣言した。「エンジェル・バックスを調べたぞ」

「全部か？　こんなに早く？」

「一組につき一、二枚見れば、それ以上は必要ない。全部印がついていたよ」

彼は自分の発表が、大興奮を引き起こすものと期待していた。拍子抜けだった。

「ああ、そうだろうと思った」ビルは冷静に言った。「ところでこっちも忙しかったよ」

トニーは無念さを飲み込んだ。「それで成果は？」と詰問した。

「トニー、行き詰まってしまったよ。いくつか発見はあったが、役に立たない――これっぽっちもね。お手上げだ。どんどん臭いが強くなる痕跡を見つけて、追いかけてみた。何もない壁にぶち当たったというわけさ」

「僕に手助けさせてくれていたら」トニーは断言した。「そんなことにはならなかっただろうよ」

「そうだね。そうだろうね」

「まだ遅くはないよ」トニーは促した。

ビルは残念そうにニヤリとした。「わかったよ、トニー。アシュリー・ケンドリックという男を見つけるにはどうしたらいいか、教えてくれ」

「アシュリー・ケンドリック？　アシュリー・ケンドリックだって？　さあ、もう何ヶ月もここに来ていないね」

「それはもうわかっているんだ」

「彼と連絡を取る方法はわからないが、親友を紹介することならできるよ」

「やはりこのクラブの会員なのかい？」

「かつてはね」とトニー。「ヴェナーという名の男だ。良い奴だが、これほど不運な男もいないだろうよ」

ビルは支配人の方を見た。「君の来なくなった者たちのリストに、彼の名はあるか

「ええ。ミスター・クラグホーンがおっしゃった通り、ミスター・ヴェナーは——不運な方でした」

ビルはハッと息をのんだ。「ひょっとして……ひょっとすると……彼の不運は、エンジェル・バックスが足りなくなってきた頃に始まったんじゃないか」

支配人はビクッとした。「考えてみますと、その通りです」

ビルは跳び上がり、彼にしては珍しく興奮して、両腕を頭上で振り回した。「僕はなんという馬鹿だったんだ！　なんという間抜け！　なんという阿呆！　すぐにわかって当然なのに！　たちまち見当がついても良さそうなものだ！　一目瞭然じゃないか！」

トニーは彼の熱狂を、理解も共感もできなかった。「君が何を言いたいのかわからないよ」

「ヴェナーがすべてを説明するってことが、わからないかい？」

トニーは彼に、やや咎めるような視線を向けた。「ビル」彼は注意した。「僕の前で、ヴェナーをけなすことは言ってほしくないな！　いまだかつて、あんな良い奴には会ったことがない——運には見放されたにしても——それに彼がどうすべてを説明するのかわからないね」

超人的な努力でビルは表情を整え、再び座った。「すまない、トニー。ちょっと興奮しすぎたようだ。でもヴェナーについて教えてくれ。何もかも」

トニーはもったいぶった。「この件にヴェナーが関係あるとは思えないね」

「なるほど、わからないだろうね」ビルはいら立ちを何とか抑えながら言った。「でもとにかく、僕の疑問に答えてくれよ」

トニーは友人の権威をあまりにも長く認めてきたので、無下《むげ》に断ることはできなかった。「どうしてもと言うなら――」

「どうしてもだ」

「では教えよう。でも前もって言っておくが、何の役にも立たないぞ」彼は支配人に探るような目を向けた。「これはここだけの話だ」彼は警告した。「我々三人だけの秘密だ」

「決して漏らしません。でも席を外した方がよろしければ――」

トニーは寛大にかぶりを振った。

「僕が君を疑ったのだから、君は聞く権利があるよ」彼はパームリーの方を向いた。

「ビル」彼は話し始めた。「ヴェナーはクラブに加入して一年も経っていないが――良い男だ――頭の先から爪先まで紳士だ」

「彼はポーカーをやっていた。彼とは何度もプレイした。彼はめったに高額を賭けることはなかった——最初のうちは。まずまずのゲームをしていた——五分五分よりちょっとましくらいの。それから不運なことに、ケンドリックと出会ったんだ。

もちろん、ケンドリックについては言うまでもないね。今まで見た中で最も強いポーカープレイヤーの一人だ。人の心をほとんど読めてしまう奴だ。いつも大金の掛かるゲームでプレイし、金額が少ないと一蹴した。ヴェナーはケンドリックに出会い、奴に魅了されてしまったんだ。ケンドリックのプレイを見るために、自分のプレイを止めてしまった。こんなに素晴らしいものは見たことがない、と言っていたよ。ケンドリックもそれを喜んでいたね。ケンドリックはいつも、自分の側《そば》の椅子をヴェナーのために取っておいた。

二人は親しい友人になった。どちらか一方だけを見かけることはなかったよ。ケンドリックは、ヴェナーに教えるのが好きだったようだ。そしてヴェナーの目は、ケンドリックに釘付けだった。ゲームが終わると、二人は一緒に帰った。ケンドリックはこのクラブに住んでいた。ときどきヴェナーも、ケンドリックの部屋を共同で使っていたと思うよ。

そしてある晩ケンドリックは現れず、ヴェナーはこの世で無二の親友がいなくなった

「続けてくれ」

かのようだった。彼はケンドリックがプレイしていたテーブルを渡り歩いた。今にもケンドリックが入ってくるのではというように、ドアに目を据えていたよ。ケンドリックを見かけなかったかと、会う人ごとに尋ねていたね。

一週間もの間、ヴェナーは見張っていた。ケンドリックが犯罪に巻き込まれたのではないかと疑っていると、我々の一人ならず何人にも語っていた。そうして彼がいなくなったものと諦めたんだ」

パームリーの目は虚空をじっと見つめていた。

「それからヴェナーはゲームで――大金の掛かったゲームで――ケンドリックに取って代わったのか？」

「ああ、それは愚かなことだったが、ヴェナーはケンドリックの地位につけるほど、彼から十分学んできたと思ったんだ。彼は実行した――何晩か。彼は勝ったよ――大きくね――それから彼の運は変わった。一晩は勝った。次の晩は二倍も負けた。千ドル勝ったら――三千ドル失った。二千勝ったら――五千負けるという具合だ。

僕はやめるよう説得した。何度も説き伏せたが、彼はいつものように礼儀正しく、できないと説明するのが常だった。彼は他の者たちから勝っていた。彼らに反撃の機会を与えることで、公平さを保たないといけなかったんだ」

トニーは間を置き、重々しくうなずいた。

「それがヴェナーのやったことだ。騎士道的な、紳士的な、常軌を逸した行為さ。そう思わないか?」

ビルは支配人の方を向いた。「どう考える?」と尋ねた。

「二十八年間このクラブに勤めてきて、時には考えない方が賢明なこともあると学びました」

ビルはうなずいた。「君がどうやって二十八年間も続けられたのかわかったよ」彼はトニーの方へ振り向いた。「最後まで話してくれ」

トニーは声をひそめた。「いよいよ伏せておきたいところに来た。ヴェナーは破産したよ。一セント残らず失った。クラブに来ることもやめざるを得なくなった。会費未納者として掲示されていたよ」

「彼は今、どこにいる? 何の仕事をしているんだ?」

「誰にも言うなよ、いいか? ヴェナーはどん底まで落ちた。安レストランでウェイターの仕事をしなければならなくなって、僕はちょくちょくそこで食事をしては、消化不良を起こしているというわけだ」

パームリーはニヤッと笑って友人に感謝の眼差しを向けた。

「トニー、君は助けになったよ! どれだけ役立ったかわからないだろうね!」彼は立ち上がって、意味ありげに支配人にウィンクした。「なぞなぞは得意かい?」

「どんななぞなぞですか？」

「難しいぞ。当てられるかやってみてくれ」真面目くさってビルは提案した。「二十五歳のコネティカット在住の農夫が、ニューヨークへ真昼の列車で行き、午後をヒマラヤ・クラブで過ごしてから、鉄の胃袋を持っているため安レストランで夕食を取るなら、そこの――ウェイターの名は何だろうね？」

「ヴェナーでしょう」支配人は即答した。

「クラスの首席になれるよ」ビルは言った。

7

パームリーとすっかり煙に巻かれた友人が、八番街南の薄汚い二流の飲食店へ向かい、そこでヴェナーという男に給仕してもらい、件《くだん》のヴェナーを雑然とした従業員用食堂に閉じこめ、罪を免除する約束と、徐々に増える金額で件のヴェナーを誘惑し、重かったその舌をすこぶる滑らかにしていくまでの間、時を二年前までさかのぼり、あるとりわけ奇妙な話の原点まで立ち戻るとしよう。

その日は耐えがたいほど暑く、むしむししていた。暖められた空気の層は上昇する重油のように、のたうち、捻《ね》じれつつ、焼けつく道路からのろのろと浮かび上がっていた。アスファルトそのものも、軟らかくねばついていた。雨のない一週間に溜まった、息のつまるような埃は、人間たちを喉から苦しめようと待ち伏せしていた。無数の窓辺では生気のないゼラニウムが、容赦ない太陽の下でだらりと萎《しお》れていた。同じ温度計が街路の高さにあれば、九十度（摂氏約三十二度）台を超えていただろう。同じ温度計が、近くのどの住居でも五階まで持ち運ばれていたら、金属の屋根の下で上からはギラギラと燃え盛る太陽に、下からは茹《う》だるような空気の流れに攻められて、ぐんぐん数値が上がっていき、ついには百度（摂氏約三十八度）を超す気温を示すまでになっただろう。しかしその地区で最も荒れ果てた建物の一つの最上階で、ホール・ベッドルーム（廊下の端にある小寝室）という名で知られる地獄の、小さなテーブルに屈み込んでいる男は、自分の仕事に集中するあまり、そんな些細な気候のことなど気にも留めていなかった。

彼の部屋の唯一の窓は閉め切られ、通りの向かいから透かして見られないよう、内側に石鹸《せっけん》を塗りたくってあった。ドアには鍵が掛けられ――単に鍵だけではなく、家具を動かし立てかけてバリケードにしていた。そして部屋の中の空気はそよとも動かず、こもった熱気にもかかわらず、携帯用石油ストーブの上のやかんが、男の肘の傍で景気よく沸き立っていた。

彼が座っている前のテーブルの上には、紙の段ボール箱――何ダースもの山――が、整然と天井に届くほど積み上げられていた。右側には皿があり、赤茶けたアルコール臭のする液体が入っていた。左側には青味を帯びた液体が入った、二つ目の皿があった。

細かいラクダの毛のブラシが半ダース、彼の前に几帳面に並べられていた。そして気候とストーブときっちり閉じられた出入口だけでは、部屋の暑さがまだ足りないとでも言うように、強力な電灯がコードから下がり、眩《まばゆ》い光が男の手と、彼の注意を引きつけている物を照らしていた。

彼は立ち上がり、大きな山から段ボール箱を一つ取り上げ、うまく抱えて沸騰しているやかんの蒸気が紙の封にシューッと当たるようにした。段ボール箱はパッと開いた。気をつけてそっと床に置き、中身を取り出した。それぞれ同じように封をされた、小さな紙の箱が一グロス。封は順番に、噴き出す蒸気に一瞬当てられた。どれもほぼ瞬時に開いた。

男は開いた箱を片方に置き、再び座り、水分で染みがつかないよう両手を丹念に拭ってから、箱の一つを振り、新しいカードのパックを出した。彼はそれをテーブルに広げ、ブラシの一本を取り、色のついた液体に浸し、長い訓練で会得した熟練の技で、それぞれのカードの裏側に微小な点を打っていった。

もしこの場で見ている者がいたら、塗られた色がカードの裏側に完璧に馴染んでいることに気づいただろう。もっと奇妙なことに、微小な染みの水分が乾くと、カードに手が加えられたことを示すには、綿密な精査が求められることにも気づいたはずだ。湿った状態では、液体の小さな斑点が見えた。乾くと周りの色にあまりにうまく溶け込んだので、秘密を知らない者が印を見つけることは、まずできなかっただろう。

作業の間、男はカードの順番を崩さないよう注意した。工場で梱包されたカードは、常に同じ形で配列されている。彼は六枚から八枚のカードを吟味し、自分のつけた印が見分けられないことに満足して、パックを揃え、箱に戻した。再度封を蒸気の噴射にかざした。そして蓋を閉じ、またくっつくよう封を押さえ、片側に置いた。

テーブルの下の一ダースの段ボール箱は、数週間の労働の成果を表していた。彼が自らに許す最速の作業法では、一時間に十パックを超えることはなかった――各々の段ボール箱には一グロスのパックが入っていた――そして彼の前の大きな山は、少なくとも数百個に上る段ボール箱であった。もし作業を止めて数えていたら、その結果にゾッとしたことだろう。一時間に十パック、一日に八十から百パック、最良でも一週間に五グロス以下。膨大な任務を完遂するまでには、一年近くかかるだろう。

おそらく着手する前に、男は計算したのだろう。消費する時間を見積もり、やる価値があると判断したのだろう。というのも一パック仕上げて次に取り掛かるまで、一瞬も休まなかったからだ。彼は素早く、ただし注意深く、鞭《むち》を持った奴隷監督が後ろにいるのでなければ説明できないような集中力をもって作業した。訓練は彼に驚くべき技術をもたらした。無駄な動きは一つとしてなく、狙いを外れたエネルギーもなかった。少しずつ未完の仕事の山は消えていき、少しずつ完成した製作品の山ができてきた。

七時かそのあたりに、彼は石油ストーブを消し、段ボール箱の山の上にきれいな白い布をかぶせ、手を洗い、身なりを整え、外に出て、背後の部屋のドアに南京錠を掛けた。風に当たるため入口に集まっていた、ビルの他の店子《たなこ》たちが、側《そば》を通る彼に会釈した。

「こんばんは、ミスター・ケンドリック」彼らは一斉に声を掛けた。

「こんばんは」ケンドリックは返し、歩を進めた――角を曲がったところにある軽食堂へ。

「彼は何で生計を立てているんだ？」隣人の一人が尋ねた。

「文学者なのさ」もっと訳知りな一人が言った。

「何だって？」

「文学者だ。小説や本や物語を書いているんだ。朝から晩まで部屋にこもって、書いている――ただ書いているんだ。彼が自分でそう言っていたよ。勤め人のように、規則正しく時間を守っているって」

「そんなの仕事じゃないな――ただ書いているなんて」聞いている方は評し、質問に転じた。「彼が書いた物を読んだことがあるか？」

「まだないね。彼が言うには、向こう一年で出版される物はないそうだ。でも何か出たら教えてくれるってさ」

ここでその年の終わりまで、ひとっ飛びするとしよう。未完の仕事の山は小さくなり

──ついに消えた。小さな部屋はきれいに積まれた段ボール箱で埋められ、それらは誰かが検査したとしても、開けられたことはないと断言しただろう。インターナショナル・サプライ社──こと本名ケンドリック──は、上質なカードの見本を、破格の安値で三つのクラブに提供していた。いずれもその屋根の下で行われるゲームの賭け金が大きいこと、そして一見《いちげん》でも会員資格を得られる緩さで有名だったが、その中からすべてをヒマラヤ・クラブに売ることにした。

翌日、この時のために特別に借りられ、インターナショナル・サプライ社──ことケンドリック──が自ら御する、馬に引かせた荷車が、数百グロスの印のついたカードをヒマラヤ・クラブに運び込んだ。

その週のうちにミスター・アシュリー・ケンドリックは、その悪名高い組織から会員に推薦された。五日後、彼は選出された。

一ヶ月も経たないうちに、彼はヒマラヤのカードテーブルについた者の中で、最も強いポーカー・プレイヤーとして認知され、そして彼の本、小説、物語を読むのを楽しみにしていた元隣人は、しばらく待っていたが──そのうち彼のことを忘れた。

8

賭博師の天国、それはプレイが絶え間なく続き、賭け金は高く、プレイヤーたちは気前が良く、そしてすべてのカードに印がついている場所だ。そんな信じられないほどありがたい場所にケンドリックはいた。一年もの間、彼は働きながら計画を練り、一年もの間、蓄えだけでつましく生活した。ついに報われたとしたら、それが当然というものだ。

それでもうまくやり過ぎるという失敗は犯さなかった。決して負けないプレイヤーは相手を挫《くじ》けさせるが、時おり負けることはたいした痛手ではなく、犠牲者を大いに鼓舞する。パックのカードを全部知っており、まるで公開されているかのように相手の手をたやすく読み取れ、カードを引くべき時かそうでないか常にわかるケンドリックは、実際に勝つことを自らに許した回数より、はるかに多く勝つことができた。ケンドリックが驚くような額の損失を一度も抱えることなく、夜が過ぎていくことはほとんどなかった。ハッタリのきいた手で敗れることが一度もなく、一連の勝負を終えることもまずなかった。しかしその賭博師が、席についた時よりも金を失って席を立つことはなかった。一連の勝負の最後にケンドリックが、小切手帳を取り出す必要に迫られることもなかった。

彼は勝利金の限度額を厳しく自らに定めており、自制心が強かったので決められた金額を超えることはなかった。とはいえ限度額は大きなものだったので、十日が過ぎる頃には、前年の出費を埋め合わせるほどになっており、三ヶ月後には銀行口座が膨大な額に達していた。

四ヶ月後、彼は限度額をさらに大きくして口座の額を倍にし、五ヶ月後にはすべての制限をかなぐり捨てた。彼は独特の、良いプレイヤーがひしめくヒマラヤですら聞いたことのないようなポーカーを始めた。彼には巨額の貯えがあり、エンジェル・バックスが品薄になってきた時のために、できるだけ勝っておくという計画だった。

まさにこの重大な時にヴェナーが、と彼はパームリーに打ち明けたが、この場面に登場してきたのであった。

ヴェナーは愛想だけは良い、甲斐性なしの役立たずで、ささやかな遺産を浪費し、乏しい財産が底を尽きそうになっていた。ポーカーの腕はまあまあで、場合によってはいかさまも辞さず、インチキな小細工をさらに極めて大儲けしようとクラブで半ダースのカードを買い、印をつけるという見上げた目的から家に持って帰った。いったん印をつけたら、クラブのカードとすり替える機会を窺うつもりだった。

二、三パック印を付けた後で、それらのカードが既に印をつけられているという驚愕の事実に気づいた。自分の目で見た証拠が信じられなかった。慌てて封がされた箱を開けていき、誰か不正行為の先駆者に先を越されたと気づいた。ヒマラヤで他のカードもこっそり検査した結果、驚くべき真実への確信を深めた。

ヴェナーはそれまで、ちっぽけないかさまで満足していた。これほどまで桁外《けたはず》れな規模の詐欺が存在することに気づいて、天地がひっくり返るほど驚いた。一瞬、秘密を知ったからには、自分も好きなだけ勝てると考えた。しかし再考して思いついたのは、この瞬間にも稼いでいるに違いない大胆な詐欺師を手先に使えたら、もっと稼げてはるかに安全ということだった。

何ヶ月間もケンドリックは大評判の勝者だった。彼の秘密を見抜いてから二十四時間以内に、ヴェナーは彼と対面した。

「君は何一つ証明できないよ」ケンドリックは言った。

「わかっている」とヴェナー。

「カードに印がついていたと聞いて、誰より一番驚いているのは僕だ」ケンドリックは言い張った。

「では他の会員たちに伝えて、別のカードが使われるようにしてもいいんだね？」

ケンドリックの目が細くなった。ヴェナーの考えなど彼にとってはお見通しだった。

「他の案は？」彼は詰問した。

「僕と山分けしよう」ヴェナーは囁いた。「儲けた分の半分をくれれば、墓場のように黙っているよ」

彼は間を置いた。「嫌ならばらすだけだ。君が洗いざらい告白したと――」

「誰も信じやしないさ」

「そう思うなら断れよ」

ケンドリックはまずい立場にあり、そのことは十分に承知していた。解決策は――すぐにひらめいた解決策は――ヴェナーの条件を受け入れたと見せかけて、舞台から永久に消えてしまうというものだ。しかし致命的な弱点も明らかだ。ヴェナーは腹いせに、当局に追跡させるかもしれない。それより、ヴェナーもどっぷり泥にはまり込むまで待つ方がいいだろう、とケンドリックは即座に決心した。ヴェナーを共犯者にし、自らの自由を危険にさらしてまで、口を開くことはできないようにするのだ。そしてまた、今後の勝ち分を山分けにしなければならないとしても、短期間で大金が積み上がるだろう――そう、二、三週間で。

彼はヴェナーの手を力強く握った。

「君のことが気に入ったよ」彼は言った。「提案を受け入れよう」

それから短くも興味深い期間が始まり、その間ヴェナーは、トニーが述べたところではケンドリックの傍らに座って、表面上は彼のゲームを研究しているように見せていたが、彼自身の告白によれば、犯罪に手を染めている相棒が、自分が認める以上に勝たないよう、またそのようにして自分の取り分をだまし取らないよう、彼のプレイを鋭い目で追っていたのだった。

数日後、ヴェナーはケンドリックの部屋に押しかけて、一緒に住むことにした。そうやってより間近で彼を見張ることができたことで、短くも幸福な二週間、ヴェナーの収入はとてつもなくふくらんだ。彼は新しい服を一揃い買い、小さくても高価なタイピンを見せびらかすようになった。自動車さえ考慮に入れていた。状況が好転したおかげで、購入が十分可能になったのだ。

そして、ヴェナーが幹部会議を召集し、今後はケンドリックが勝ち金の半分のみならず、四分の三を差し出すよう提議したその夜、抜け目ない賭博師はいなくなった。ヴェナーは心配した。本当に相棒が犯罪に巻き込まれたと思っていた。その週の終わりに、メキシコ・シティへの航路の途中で出された手紙が届き、ヴェナーに真実を伝えた。ケンドリックは永遠に姿をくらましたのだ。彼は残りの人生を安楽に過ごせるだけの金を稼いでいた。自分の勝ち金を、たとえヴェナーのような好ましい人物にも、分け与えようとは申し出なかった。にもかかわらず、彼はヴェナーに祝福の言葉を与え、ヴェナーのタイピンのコレクションを称賛し、それらをメキシコに持ってきたことを伝えていた。

すぐにヴェナーは、のっぴきならない状況に陥ったことを悟った。彼の収入は途絶えた。支出は続いていた。しかしエンジェル・バックスは救いの希望だった。

彼は大金が掛かったゲームで、ケンドリックに取って代わり、二晩は大勝ちした。三日目の晩、心底ゾッとしたことに、見慣れない模様のカードが使われており、ヴェナーは達人と見なされていた男たちを相手に、正直なポーカーをすることを余儀なくされ、それに先立つ二度の集まりで儲けた額よりも負けてしまった。

四日目の晩はエンジェル・バックスが戻ってきて、ヴェナーはうまくやった。しかし五日目と六日目の晩は他のカードが代わりに使われ、その結果は悲惨そのものだった。

それに続く出来事は、悪夢の様相を呈していた。ヴェナーは借金をし、いやおうなしにプレイせざるを得なかった。さらに突如として、ケンドリックが経験してきたよりもはるかに危険な事態に直面した。エンジェル・バックスが不足してきて他のカードが代用されるようになり、ヴェナーがエンジェル・バックスだと必ず勝つのに、それ以外の場合は負けていると、そのうち目敏い見物人が状況に注意を向けるだろう。

彼は夜中にまんじりともせず横たわり、恐ろしい情景を想像し、起こりうることを心に描き出すようになった。エンジェル・バックスをもっと買い込み、印をつけてゲームに持ち込むことを思いついた。わかったのは、この模様のカードが、どんな値段でも入手不可能ということだった。もし仮に入手できたとしても、テーブルに持ち込めば怪しいという噂を招かずにはいられない。

クラブがエンジェル・バックスの代わりに使っているカードに、印をつけることも考えた。しかしそれらと、使われているカードとをすり替えるのに不可欠な手先の早業は、自分の力量をはるかに超えているとわかった。過去のちっぽけないかさまでは、時おりカードの丸ごとすり替え《リンギング》という名で知られる不正に手を染めていた。ほどほどの賭け金で、観客もいなければそれは可能だった。彼自身よりずっと熟練の賭博師たちを除いても、二十人かそれ以上の男たちに近くから見られている大きなゲームでは不可能だった。身の毛もよだつような一週間、ヴェナーは地獄の亡者たちのような責め苦を耐え忍んだ。ケンドリックのように彼も、神々が味方してくれて、印のついたカードが運良くテーブルに回ってきた時には、勝ちを制限しなければならないと十分に悟った。しかしケンドリックとは違って、彼は慣れないカードであまりにも頻繁にプレイしなければならず――そして負けを制限するのはまったく不可能だと思い知った。

過去のいかさまのバチが当たったとしたら、その週だけで千倍にもなって跳ね返ってきた。毎晩見た目は陽気に笑いながら、魂は苦痛に身悶えしていた。勝ち過ぎては疑いを招くことから、エンジェル・バックスが差し出す賭け金を次から次へと見過ごした。プレイのやり方を変える勇気がなかったため、それ以外の晩には負け、それも手ひどく――壊滅的に――負けてしまった。こうした緊張を強いられて、この男が参ってしまっても無理はない。

彼はでたらめで無謀なプレイをするようになった。心理学に通じた抜け目ない相手方は、風向きが変わったのを感じた。彼らは二度続いた集まりで、彼を身ぐるみ剝がした。他人の煙草の最後の一本を奪い取るのは礼儀に反するが、最後の一ドルを奪い取るのはそれに当たらない。相手方は容赦なかった。ヴェナーがヒマラヤ・クラブを最後に去った時、友人たちが貸してくれるだけの金は借り尽くし、何も持たず、ポケットは空《から》っぽだった。

この、最初はぽつぽつと、最後は感情に支配されるまま一気呵成に語られた物語が、八番街南の薄汚い二流の飲食店のウェイターであるヴェナーという男の口から、パームリーとクラグホーンが聞いたものであった。

9

彼らがレストランを出て住宅地区に戻る途中、ビルが口を開いたのは半時間経ってからのことだった。トニーは人生で初めて完膚なきまでに打ちのめされ、黙ったまま彼の傍で歩を進めていた。

「僕たちが始めたのは」とビル。「ロイ・テリスがブリッジでいかさまをやったかどうかを、見つけ出すためだったよね？　面白いな、なんて長い道のりに連れて来られたことか！　テリス——エンジェル・バックス——ヒマラヤ——ケンドリック——ヴェナー——」

「僕の前で二度とあいつの名を出さないでくれ！」トニーがさえぎった。

「なぜだい？」

「あいつのせいで、僕の胃腸にしてきた仕打ちを考えるとね。あのみすぼらしいレストランで、少なくとも週に一度食事をして、それもあいつに同情していたからさ！　ああ！」

「ヴェナーは以前よりずっと落ちぶれた、そうじゃないか？　君はずっとあのレストランの客で、彼はそこのウェイターなんだから」

「当然の報いだ！」

「おそらく。おそらくね。何かが――何と呼んでも構わないが――公正なプレイをしない奴に仕返しをする。ヴェナーは代償を払ったよ――えらく高くついた。君が真の男なら、トニー、これからもあのレストランで、時々食事をし続けることだな」

「なぜだ？」

「いつかヴェナーを正しい道に連れ戻すことができるかもしれないし、何であれ君の借りを払う方法でもあるからね。どうだい、トニー？」

「うーん――考えておくよ」

ビルはうなずいて承諾した。「払え！　払え！　払え！　誰も逃れられないのさ！」

「逃れられないだって？　ケンドリックはどうなんだ？」

「彼も例外じゃない。大成功を収めるまでに耐え忍んだ、奴隷のような生活を考えてみろよ！　彼に何ができたはずか――今頃どこにいたはずか考えてみろよ――同じエネルギーを別のまっとうな目的に注いでいれば！」

「贅沢三昧に暮らしているじゃないか、メキシコで」

「ああ、六ヶ月くらいはね、おそらく」

「一生食うに困らないくらい稼いだぞ」

「同じことをやった賭博師は多いが、なぜか金がもたないんだ。そんな風に稼いだ金は、長続きしない。天使のように――堕天使のように――羽が生えているのさ！　まともな人間なら自分の財産を守るのに、法律を当てにできる。ケンドリックはそうじゃない。他の連中がそれを知ったら――メキシコで――彼にどんな勝ち目がある？」ビルは勢いよくかぶりを振った。「いいや、二人のうち、ヴェナーの方が運がいい。彼は生きているが、今現在ケンドリックが生きていないことに、二対一で賭けるよ。彼はあまりにも金のために働きすぎて、生きてそれを手放しはしないだろうからな。そしてメキシコでは人の命は安い――実に安いんだ」

「そうかもな」とトニー。「そうかもな」彼は少しの間考えこんだ。それから友人の方を振り返った。「そもそもの最初から、なぜ君がそう熱心に、この件に興味を持ったのかわからなかったんだ。何だったんだ？　冒険したかったのか？」

「六年間も全国を放浪した後で、それはないね」

「では何だい？」

ビルは満足の笑みを浮かべた。「今朝言ったように――随分前のことのようだね？

——ただ君の評判を守りたいという友情からだよ」

「僕の評判ね」トニーは疑うように繰り返した。

「それだけだ。いいかい、君がテリスを暴き立てた後で、君が僕の弟子だったと彼は思いついて、その本家にまっすぐ問題を持ち込んだんだ」

「君のところに行ったのか？」トニーは息をのんだ。

「それが伝えたかったことなんだ」ビルは認めた。「テリスは無実だ。君ももうわかっただろう。彼はその時にわかっていたし、僕にもすぐに納得させた。自分の嫌疑を晴らしたがっていたが、それだけじゃなかった。もしカードに印がついていたなら、それは君が自分でつけたと信じ込んでいて、君が——それから君の友人たちが——刑務所に入れられるのを望んでいたんだ！　彼は賢くて、素晴らしく頭の回転が早い男だから、僕がこの件に乗り出さないと、今頃は君に逆ねじを食わせているだろうと確信したのさ！」

トニーの顔は紫色になった。「でも僕は無実だ！　君だって知っているだろう！」

「時には証明するのが難しいこともあるよ、トニー。テリスだって無実だったが、君にわからせることはできなかった」

トニーはぐっと感情を飲み込んだ。「僕と友人たちは、テリスに存分に謝らないといけないな」

「そうだとも！」

「すぐにやるよ。それはそうと、君がテリスに請求する報酬は、僕に払わせてくれ」

「それが正しいね」

「君の経費もだ。どれだけであっても。借りを返すよ」

ビルはニヤリとした。「そうだね、話してくれたら百ドル払うと、ヴェナーに約束したのを聞いていただろう」

「それは払うよ」

「ヴェナーに小切手を振り出す時、間違えてゼロを一つ多く、小数点の前に滑り込ませてくれ」

「何だってそんなことをしなきゃならないんだ?」トニーは抵抗した。

「別に理由はないさ」とビル。「感傷的になっているだけだよ。百ドルで――たった百ドルぽっちで――ヴェナーは魂をさらけ出した。自分の魂には少なくとも千ドルの価値があると信じさせることで、彼の自尊心を取り戻させたいんだ」

トニーはうなずいた。「なるほど、わかったよ。小切手は千ドルと読めるようにしよう。さあ、次は君への報酬だ」

「高くつくぞ」

「覚悟しているよ」

「テリスも覚悟していたよ、抜け目ない奴だ! 僕に報いるために手元に十分な現金が欲しいから、君の友人たちはとっとと全額払うべきだと言い張っていたよ」

トニーは微笑んだ。友人の手本にならって、賭け事には参加せず、見るだけに留めるようになってから、彼の財源は好転していた。預金口座はふくれ上がり、それを知っているのは心地よかった。

「ビル」彼は言った。「僕は怖くないよ。欲しいだけ言ってくれ」

「厳しく行くぞ」

「そうだとしても、その価値はあるよ」

「わかった、トニー、これだ」ビルは手を伸ばした。「五十二枚のエンジェル・バックス——五十二枚の印のついたカード——五十二人の堕天使たちだ。記念品として寝室の壁にピンで留めておくよ！」

著者付記

この話の中心的なエピソードは、奇妙なものではあるが、名高いロベール・ウーダン（近代奇術の父と呼ばれるフランスのマジシャン）によって語られた事実に基づいている。

スペイン人賭博師のビアンコは、膨大な数のカードに印をつけ、元の箱に入れて再び封をし、ハバナのクラブに特売価格で売りつけた。カードを追ってキューバへ行った彼はボロ儲けした。

何もかもうまくいっていたのだが、それも二人目の賭博師、フランス人のラフォルカードが現れて、自分用にカードに印を入れようとして大量に持ち帰り、既に印がついているのを発見して仰天するまでのことだった。ビアンコの目覚ましい大成功を知っていたラフォルカードは、すぐさまそのスペイン人が犯人だと確信し、それを暴露する代わりに、儲けを山分けしないかと持ちかけた。

この申し出にビアンコは渋々応じたが、数ヶ月後にうんざりして姿を消した。ラフォルカードは取り残されて自分でいかさまを続けていたが、ビアンコのような熟練の腕は持ち合わせていなかったので、いかさまを見つかって逮捕された。裁判で、ラフォルカードがカードに印を入れたのではなく、持ち込んだのでもないことは証明され、彼が印に気づいていたかは証明できなかった。検察側は敗れ、ラフォルカードは無罪放免となった。

今度はラフォルカードが姿をくらまし、彼もビアンコもその後の消息は知れなかった。

P・W

付録　カシーノについて

第五話「良心の問題」でプレイされるカシーノは、五十二枚のカード一組を使い、手札と場札を合わせて取り、得点となるカードを相手より多く取れば勝ちとなるゲームです。通常、二人でプレイします。

ディーラーは相手に四枚、場札として四枚、自分に四枚を配ります。場札は表向きに、それぞれの手札は裏向きで相手には見せません。残りは山札として積んでおきます。

プレイヤーは交互に手札を出し、場札に合わせて取っていきます。一度に出せるのは一枚だけです。取り方は次の通りです。

①場札と同じ数のカードが手札にあれば、それを場札の上に置いて取ることが出来ます。

②場札に同じ数のカードが二枚または三枚あるとき、手札に同じ数のカードがあればその札で一度に取ることが出来ます。たとえば、場札に4・4・8・10のカードがあるとき、手札に4を持っていれば、そのカードで二枚の4を取ることが出来ます。

③数枚の場札の数の合計と、手札のカードの数が同じなら、手札一枚でそれを全部取ること

が出来ます。たとえば、場札に2・3・4・8のカードがあって、手札に9のカードがあれば、その一枚で2・3・4の三枚を一度に取ることが出来ます。

なお、絵札は同じランクのカード同士でないと取れません。たとえば、J（ジャック）はJ以外のカードでは取ることが出来ません。

一枚の札で場札を全部一度に取ることが出来たとき、これをスウィープといい、最後に得点を数えるとき、カードの数とは別に1点になります。

手札で場札をすぐには取らず、ひとまず付けておき（付け札）、次の手番で一緒に取る方法もあります。また、相手の付けた札を自分の手番のときに合わせて取ることも出来ます。このように様々なカードの取り方がありますが、煩瑣《はんさ》になりますので省略します。

場札を取ることも付け札をすることも出来ないときと、相手にスウィープされたときは、手札を一枚、場に捨てなければなりません。

二人が交互に四回プレイして手札がなくなったら、ディーラーは再び山札から四枚ずつを配り、ゲームを続けます。このとき場札には配りません。手札と山札が全部なくなるとゲームは終了です。めいめいの取ったカードの得点を計算します。得点の数え方は次の通りです。

①カードを多く取った方に3点。

②スペードのカードを多く取った方に1点。

③ビッグ・カシーノ（ダイヤの10）を取った人に2点。
④リトル・カシーノ（スペードの2）を取った人に1点。
⑤エース一枚につき1点。
⑥スウィープ一回につき1点。

以上を集計して得点の多い方が勝ちとなります。

＊

ここでは本文の理解のために簡単にゲームのルールと手順を説明しただけですので、詳しくはカード・ゲームの入門書などをご覧下さい。なお、本稿では左記の解説書を参考とさせていただきました。

＊松田道弘『トランプゲーム事典』（東京堂出版）
＊デヴィッド・パーレット『トランプ・ゲーム大百科』（社会思想社）

解説　表が出たらぼくの勝ち、裏が出たらきみの負け

森　英俊

だまされる快感――実際に自分自身が詐欺やいかさまの被害に遭ったとしたら腹も立つだろうが、これが活字の世界でということであれば、大多数は快哉を叫ぶに違いない。そもそもこのだまされる快感なくしては、ミステリ、とりわけ本格物を読む楽しみは半減してしまう。「表が出たらぼくの勝ち、裏が出たらきみの負け」――さながらこんな欺瞞トリックの博覧会ともいうべきなのが、本書『悪党どものお楽しみ』である。

Who Is Percival Wilde?

パーシヴァル・ワイルドは一八八七年、ニューヨークに生まれ、弱冠十九歳にしてコロンビア大学を卒業し、銀行に勤めたのちに、書評や原稿を書いて生計を立てるようになった。その後、ヴォードヴィル用の一幕物の脚本を手がけるようになり、これが全米各地で評判を取り、千三百以上の都市で上演されたといわれている。一九一五年にはそれらをまとめた最

初の著書*Dawn and other one-act plays of life today*を出版。本書『悪党どものお楽しみ』(一九二九)をはじめとするミステリのほか、フラッパーの女性の生態を風刺的に描いた*The Devil's Booth*(一九三〇)などの普通小説もある。その後も、一九五三年に亡くなるまで、劇作、演劇評、普通小説、ミステリの各分野で旺盛な活躍ぶりを見せた。

ミステリ作家としてのパーシヴァル・ワイルド

江戸川乱歩が絶賛したおかげか、わが国ではパーシヴァル・ワイルドというと、法廷物の名作『検死審問—インクエスト—』(一九三九)の作者、というイメージが一時期どうしてもぬぐい切れない感があった。

たしかに、検死審問での劇的なやりとりはこの作者ならではのものだろう。つぎつぎに登場する証人たちの脱線ぶり、一日ごとの報酬を目当てに審問を不必要に引き延ばそうとする陪審員たちなど、随所にくすぐりも盛り込まれてはいる。ただ、作者の他のミステリと決定的に違うのは、おふざけの要素、お遊びの要素が極力、抑えられていることで、謎解きとして、こぢんまりまとまり過ぎている感は免れない。作者自身もそれを不満に感じたのか、その続編ともいうべき『検死審問ふたたび』(一九四二)では、名探偵きどりで検死官を悩ませる陪審員長が物語の語り手をつとめ、この御仁が本編のいたるところに注釈をさしはさむといった、破天荒なプロットがすこぶる愉しい。

実際、このお遊びやおふざけの要素というのはワイルドのミステリを読み解く際のキーワードで、処女長編『ミステリ・ウィークエンド』（一九三八）で背景になるのは、到着するまで目的地が明かされないミステリ・ツアー、さらには未紹介長編 *Design for Murder*（一九四一）のそれは、トランプで犯人役と被害者役をきめ、それ以外の人間が犯人当てを楽しむ〈殺人ゲーム〉である。全編が手紙と電報で構成されている短編集『探偵術教えます』（一九四七）はそもそものスタイルからしてお遊びの要素が強いが、作中で展開されるのも、謎解きならぬ〈探偵ごっこ〉。そして本書のテーマは――いわずもがなだろう。

ワイルドはこのほかにも作中で「おふざけ」をやっている。その顕著な例が、はた迷惑なキャラクター。前述の『検死審問ふたたび』の陪審員長は勝手に現場検証に出かけたあげく、そこにやってきた検死官を犯人と勘違いして大騒ぎをひき起こす。『探偵術教えます』で主役をつとめるP（ピーター）・モーランは、お屋敷で運転手をするかたわら探偵学校の通信教育を受講しているという変わり種で、その迷走ぶりたるやすさまじい。たとえば、「P・モーランと消えたダイヤモンド」では、成功報酬千ドルということでダイヤモンド紛失事件の調査に乗り出したはいいが、探偵小説の過去の名作を参考にするあまり、ナポレオンの胸像を床にたたきつけて壊すなど、室内にある高価な美術品を次々と台無しにし、ついには依頼人から二千ドルやるから調査を打ち切ってほしいと懇願される始末。

本書で始終ユーモラスな役どころを演じるトニー・クラグホーンも、名探偵の手助けをするちょっと間の抜けた従来型のワトスンというより、はた迷惑な人間そのものである。そんな夫に絶大な信頼を寄せ、心から愛している妻のミリーはいう。

「ねえトニー、あなたが救おうとする人たちより、あなた自身がいつも助けを必要としていることに気づかないの？」

とにかく、巻き込まれ型といおうか、自分ひとりでは抜け出せない苦境に陥っては「ドラえも〜ん！」と助けを求めるのび太くんのような、困った、それでいながら愛すべきキャラなのである。

『悪党どものお楽しみ』の行間からうかがえるもの

古今の傑作短編集をリストアップした〈クイーンの定員〉のひとつに選んだにもかかわらず、エラリー・クイーンの本書に関する記述は意外なことにきわめてとぼしい。わずかに、「賭博にからむ謎を解く専門家ビル・パームリーの詐欺師暴露譚」という説明を付け加えている程度。だが、『悪党どものお楽しみ』は、クイーンが選んだアメリカの黄金時代の作品のなかでももっとも個性的かつ魅力的な短編集であり、どことなくノスタルジックでありながら、こんにち読んでも、実に新鮮に感じられる。それは、なぜなのだろうか？

それはひと言でいってしまえば、「狂乱の一九二〇年代（the Roaring Twenties）」と呼ばれる活気にあふれた時代の側面を活写しているからだろう。禁酒法という、アメリカの歴史に残る愚法の施行で幕をあけ、ウォール街の金融恐慌で事実上の終焉を迎えることになる十年間。

禁酒法によって、かえって〈スピーキージー〉と呼ばれるもぐり酒場が繁昌し、ギャングたちは密造酒販売で巨万の富を築いた。大量生産、大量消費によって、自動車も大衆のものになり、株や土地は買うそばから面白いように値上がりする。エンパイアステート・ビルディングなど、ニューヨークは高層建築ブームに沸き、老いも若きもが海外旅行に熱中する。人々は夜な夜なダンスやギャンブルに興じ、街にはジャズがあふれていた。ボクシングのジャック・デンプシー、野球のベーブ・ルースやルー・ゲーリッグ、さらにはニューヨークからパリまでの単独無着陸飛行に成功したリンドバーグなど、各界のスターにも事欠かなかった。映画がサイレントからトーキーに移行し、ミステリの世界でも黄金時代が到来するなど、大衆文化が一斉に花開き、だれもがアメリカという大国の繁栄に酔い、浮かれていた。

『悪党どものお楽しみ』(原題 *Rogues in Clover* は、安楽に暮らすという意味の成句“be in clover”から採られている)におさめられた諸編は、一九二四年と二七年に執筆されたもので、人々が能天気にギャンブルに興じるさまは、まさにこの狂乱の時代の雰囲気を伝えている。本書よりもやや時代はくだるが、後年デイモン・ラニアンが〈ブロードウェイ物語〉と呼ばれる一連の作品のなかで好んで描いたところのもの――密造酒やフラッパーやナイトクラブ、ギャンブラーや詐欺師や愛すべき小悪党たちの世界――とも、共通するものがある。

だが、劇作家であり、鋭い批判精神の持ち主だったパーシヴァル・ワイルドは、この時代の風潮には迎合しなかった。それは、六年間にわたるギャンブルづけの生活から足を洗い、土の近くに身を落ち着けて、自分自身を見出すことに成功した田舎青年――探偵役をつとめるビル・パームリーの性格づけにもうかがえる。それと対照的なのが、お人好しだが愚かなトニー・クラグホーンで、さまざまなクラブでカードのゲームに興じるさまは、まさにこの時代のアメリカの大衆そのものだろう。それだけに、単行本化された際に付け加えられたとおぼしき「エピローグ」の結びでトニーが漏らす言葉（「ずっとそんなふうに暮らせたらいいのになあ！」）は暗示的で、「そんなわけはないだろう。早く目をさませ」という作者のメッセージが込められているように思えてならない。そしてそれが六十年後のわが国のバブル期にも当てはまる教訓であっただけに、これらの短編は少しも古びた感じがしないのである。

収録作品解題

シンボル（The Symbol）

十八歳のときに家を飛び出したビル・パームリーが、六年間にわたるカード詐欺師、いかさま師、賭博師生活の果てにたどり着いた故郷。そのコネティカット州ウェスト・ウッドにある自宅の居間は、暖炉の片隅にあるラジオをのぞけば、すべてが記憶どおりで、なにひとつとして変わっていない。ビルを出迎えたピューリタンの厳格な父親は、息子の目を見て即座にその放蕩ぶりを見抜き、「お前が勝てばここに残る。負けたら出て行く」と、ポーカーの勝負を挑む。さて、その結果やいかに？　アメリカの生んだ偉大なる大衆作家、O・ヘンリーを思わせる人情話。収録作のなかでは唯一、ミステリ的な興味に乏しい。とはいえ、全体のプロローグともいうべき役割を果たしており、ある小道具が効果的に用いられているのが印象に残る。

カードの出方（The Run of the Cards）

ギャンブル生活から足を洗って、田舎町の農夫となったビル。そんな彼がたまたま、車を運転していて田舎道の溝にはまってしまった女性を助けたことから、その夫をいかさまポーカーの被害から救うことになる。

ビルと、彼を長いこと悩ませることになるトニー・クラグホーン、その愛らしい夫人ミリーとの出会いが描かれた一編。ここでも小道具の巧みな使われ方が目立つ。いかさまトリックを暴くための手がかりがさりげなく提示されているのも、心地よい。なお蛇足になるが、アメリカの隠語では「口八丁手八丁の詐欺師」のことを〈oil merchant〉（直訳すれば「石油商」になる）という。

ポーカー・ドッグ（The Poker Dog）

今度は一転して、摩天楼のそびえ立つ大都会ニューヨークが舞台。

物語の導入部とでもいうべき、ユーモラスな電報のやりとりが、なんとも傑作。トニーからの助けを求める電報にもいっこうに重い腰をあげようとしなかったビルが、夫人に懇願され駆けつけるのには、笑わされてしまう。聞けば、トニーは夫人の従兄弟の青年がポーカーで巻きあげられたお金を取り戻そうとして、かえって自分自身が深みにはまってしまったという。結局ビルは、カードを隠し持つのが不可能だったにもかかわらず相手の手札が替わっていたという謎に、挑むことになった。

ここで活躍する小道具は品物ではなく、ビルが市の野犬収容所で見つけてきて〈ポーカー・ドッグ〉と命名した、疥癬《かいせん》持ちの雑種犬。犯人の用いたトリック（松田道弘氏の『トリック専科』第三章「一分ごとにカモは生まれる」に、これに関するくわしい記述がある）に対抗して、ビルの仕掛けるトリックが面白い。〈ポーカー・ドッグ〉の果たす意外な役割――まさしくミステリの醍醐味《だいごみ》がここにある。

赤と黒（Red and Black）

どこにでも鼻つまみ者はいるもので、トニーの所属するヒマラヤ・クラブの会員ホイットニーも、そのあまりの卑しさゆえに、みなの嫌悪の対象になっていた。こんな同情の余地のない被害者（「ホイットニーに愛すべき点は何一つなかった。敵を作ることにかけては、並外れた才能を持っていた」）が、ルーレットで黒が十三回連続して出たために大負けしたというのだから、内心では喝采を送りたいくらいだったが、トニーはいたずら心を起こして、ビルを呼ぶことにする。

実際にそのようなものが造れるかどうかは別にして、ビルがいかさまを暴くために用いた発明品、〈ルーレットスコープ〉の着想が秀逸。いかさまのトリックそのものにも意外性があるが、本編を際立たせているのは、なんといっても被害者の特異な性格だろう。その吝嗇ぶりを見越して先手を打つビルの手並みはみごとなもので、ちょっとシニカルな結末も光っている。

なお、一一五頁でホイットニーが口にする、「レッド・アンド・ブラックなら金を賭けたって、負けるたびに賭け金を倍にしていけば、そのうち勝てるはずだ」という必勝法は、〈ダブリング・アップ〉と呼ばれるもの。ただし、ルーレットの場合、「0」か「00」の目が出たときの賭け金は胴元のものになるので、実際にはこの方法でも勝てるとは限らない。

良心の問題（A Case of Conscience）

自らトラブルに足をつっこんでしまうことの多いトニーだが、権威あるウィンザー・クラブでのこの一件などはその最たるもの。今度は、裕福な老人が貧乏な青年とカシーノの勝負をして、毎晩のように金を巻きあげられているのを見て、いかさまの被害に遭っているとうかつにも断言してしまったがために、それを証明せざるを得ないはめに陥る。例によってビルに泣きついてはみたものの、さすがのビルにも、他人の手札に工作する手段は思い浮かばない……。

ちょっとした発想の転換で、不可能事が一瞬にして消え去る——よくできたパズラーのエッセンスともいうべき、あざやかさに満ちた傑作。なによりも終盤、物語の様相ががらりと変わるのがすばらしい。

ビギナーズ・ラック（The Beginner's Luck）

ビルも一目を置くポーカー・プレイヤー、ピート・カーニーのいかさまを暴いてほしいという依頼の手紙がフロリダから送られてくる。それに目を通したビルはこともあろうに、トニーを自分の代わりに現地にやろうとする。きみならビギナーズ・ラックに恵まれ、初々しい気持ちで問題にあたることができるだろう、とおだてて。

愛すべきトニーの、底抜けの善人ぶり、まぬけぶりが最高潮に達した作品。最後の最後でビルの真意が明らかになるが、トニーのふられていた役どころには、にやりとせずにはいられない。

火の柱（The Pillar of Fire）

自らの偶像ともいうべき友人が負けるケースなど想定すらしたことがなかったため、ビルがビーチ・ポーカーで大敗したと聞いたとき、トニーはただならぬ狼狽ぶりを見せた。だが相手がトニーの足下にも及ばないプレイヤーだと知って、ビルはおのれのプライドにかけて、いかさまトリックをつきとめようとする。

さしものビルも苦杯をなめそうになる、シリーズの異色編。室内ではなく海辺でのゲームであるだけに不可能趣味もいっそう濃厚で（「問題は、印のついた札も手先のごまかしもなく、水着という格好で、あいつがどうやっていかさまをしたかということだ」）、それだけに単純で大胆不敵なトリックが意表をつく。相手方の〈透視術〉に対しビルが〈読心術〉で対抗するのも、気がきいている。

アカニレの皮（Slippery Elm）

これまでのエピソードとは一転して、チェスの対戦が物語の中心に据えられている。ここに登場するのは、「赤と黒」のホイットニー・バーンサイドに勝るとも劣らない、いやそれ以上の鼻つまみ者ハンプトン・ホウヘストラーテン。なにせ、この御仁ときたら、ひとりよがりで独善的なばかりか、対戦中にすさまじい臭いの葉巻を吸っては相手の思考力を鈍らせ、まんまと勝ちをおさめてしまうのだ。思いあまったチェス・クラブの面々はビルに嘆願書を送り、なんとかこの男に一泡ふかせてやろうとする。

故郷に戻って以来、一貫して探偵の役を演じてきたビル・パームリーが、正義という目的のために今度はいかさまを仕掛ける側に回る、冒頭の「シンボル」に照応しているともいえる中編。ビルと成否の鍵を握るある人物、チェス・クラブの面々との連係プレーが見どころで、お得意の小道具も奇想天外な用いられ方をしている。

堕天使の冒険（The Adventure of the Fallen Angels）

一九二五年発行のイギリスの探偵雑誌〈ハッチンスンズ・ミステリ・ストーリー・マガジン〉に掲載された短編。その後、ドロシー・L・セイヤーズの編んだアンソロジー *Great*

Short Stories of Detection, Mystery, and Horror Vol.1（一九二八）に採録されたが、短編集の元版ならびに国書刊行会版のほうには収録されていない、本文庫独自のボーナス・トラックとして、お楽しみいただきたい。

ヒマラヤ・クラブでまたしてもやっかいなことが起き、トニーがしろうと探偵さながらに大活躍し、ブリッジの勝負でのいかさまの手口を暴く……と思いきや、やっぱり、最終的にはビルの出番となる。奇抜なトリックもさることながら、ビルが友人のために一肌脱ごうとする動機もすばらしい。

なお、本編を自身の編纂したアンソロジー『世界短編傑作集3』（創元推理文庫）に選んだ江戸川乱歩は、「チェスタトンを思わせる、とびきり奇抜なトリックがあり、しかも同時に、一種のユーモアと、奇妙な味がただよって、忘れがたい印象を残す」と、いかにも乱歩らしい評価を与えている。

【付記】

国書刊行会の〈ミステリーの本棚〉の一冊として、『悪党どものお楽しみ』が刊行されてから十六年以上がたち、その間に、パーシヴァル・ワイルドをめぐる翻訳事情にも劇的な変化があった。以下の「ミステリ関係著作リスト」を見れば一目瞭然なように、*Design for Murder* をのぞく全作品が紹介され、ミステリ作家としての実像もほぼつかめるようになった。寡作だが、それぞれの作品のクオリティはきわめて高く、『検死審問―インクエスト―』だけで事足りる作家、という誤ったイメージは完全に払拭されたものと思う。

二〇一六年に邦訳の出た『ミステリ・ウィークエンド』は、《このミステリーがすごい！》では惜しくも十六位に留まったものの、同書を海外部門の一位に挙げた選者が三人もいた。再評価も著しく、この作家を贔屓《ひいき》にしてきた身としては、うれしい限りである。

パーシヴァル・ワイルド　ミステリ関係著作リスト

［長編］
Mystery Week-End (1938)『ミステリ・ウィークエンド』武藤崇恵訳（原書房）
Inquest (1939)『検死審問―インクエスト―』越前敏弥訳（創元推理文庫）
Design for Murder (1941)
Tinsley's Bones (1942)『検死審問ふたたび』越前敏弥訳（創元推理文庫）

［短編集］
Rogues in Clover (1929)『悪党どものお楽しみ』＊本書
P. Moran, Operative (1947)『探偵術教えます』巴妙子訳（晶文社）

主要参考文献

＊松田道弘『とりっくものがたり』（筑摩書房、1979／ちくま文庫［『トリックものがたり』と改題］1986）
＊松田道弘『トリック専科』（社会思想社、1982）
＊松田道弘『トリック・とりっぷ』（講談社、1982）
＊小鷹信光『アメリカ語を愛した男たち』（研究社出版、1985／ちくま文庫、1999）
＊猿谷要『物語アメリカの歴史』（中公新書、1991）

本書は、パーシヴァル・ワイルド『悪党どものお楽しみ』（国書刊行会〈ミステリーの本棚〉、二〇〇〇年）に、新訳「堕天使の冒険」を加え、再編集したものです。

編集＝藤原編集室

あなたは誰？　ヘレン・マクロイ　渕上痩平訳

匿名の電話の警告を無視してフリーダは婚約者の実家へ向かうが、その夜のパーティで殺人事件が起こる。本格ミステリの巨匠マクロイの初期傑作。

二人のウィリング　ヘレン・マクロイ　渕上痩平訳

本人の目前に現れたウィリング博士を名乗る男は誰か。「啼く鳥は絶えてなし」というダイイングメッセージの謎をめぐる冒険が始まる。（深緑野分）

オシリスの眼　R・オースティン・フリーマン　渕上痩平訳

忽然と消えたエジプト学者は殺害されたのか？ 名探偵ホームズ最強のライバル、ソーンダイク博士が緻密なロジックで事件に挑む。英国探偵小説の古典。

ロルドの恐怖劇場　アンドレ・ド・ロルド　平岡敦編訳

二十世紀初頭のパリで絶大な人気を博した恐怖演劇グラン・ギニョル座。その座付作家ロルドが血と悪夢で紡ぎあげた二十二篇の悲鳴で終わる物語。

ブラウン神父の無心　G・K・チェスタトン　南條竹則／坂本あおい訳

ホームズと並び称される名探偵「ブラウン神父」シリーズを鮮烈な新訳で。「木の葉を隠すなら森のなか」などの警句と逆説に満ちた探偵譚。（高沢治）

ブラウン神父の知恵　G・K・チェスタトン　南條竹則／坂本あおい訳

独特の人間洞察力と鋭い閃きでブラウン神父が逆説に満ちたこの世界の在り方を解き明かす。全12篇を収録。新訳シリーズ第二弾。（甕由己夫）

氷　アンナ・カヴァン　山田和子訳

氷が全世界を覆いつくそうとしていた。私は少女の行方を必死に探し求める。恐ろしくも美しい終末のヴィジョンで読者を魅了した伝説的名作。

郵便局と蛇　A・E・コッパード　西崎憲編訳

日常の裏側にひそむ神秘と怪奇を淡々とした筆致で描く、孤高の英国作家の詩情あふれる作品集。新訳一篇を追加し、巻末に訳者による評伝を収録。

奥の部屋　ロバート・エイクマン　今本渉編訳

不気味な雰囲気、謎めいた象徴、魂の奥処をゆさぶる深い戦慄。幽霊不在の時代における新しい恐怖を描く、怪奇小説の極北エイクマンの傑作集。

エドガー・アラン・ポー短篇集　エドガー・アラン・ポー　西崎憲編訳

ポーが描く恐怖と想像力の圧倒的なパワーは、時を超え深い影響を与え続ける。よりすぐりの短篇7篇を新訳で贈る。巻末に作家小伝と作品解説。

悪党《あくとう》どものお楽《たの》しみ

二〇一七年三月十日　第一刷発行

著者　パーシヴァル・ワイルド
訳者　巴妙子（ともえ・たえこ）

発行者　山野浩一
発行所　株式会社　筑摩書房
東京都台東区蔵前二―五―三　〒一一一―八七五五
振替〇〇一六〇―八―四一二三
装幀者　安野光雅
印刷所　中央精版印刷株式会社
製本所　中央精版印刷株式会社

ISBN978-4-480-43429-6 C0197

ちくま文庫